本书获
浙江省哲学社会科学规划项目基金(18NDJC075YB)
湖州师范学院科研启动经费(RK18042)
湖州师范学院配套资金(KYR18046B)
资助出版

民国报刊词话叙录

马强 著

广西师范大学出版社
·桂林·

凡　例

1. 本书所收民国报刊词话主要依据为写作于民国时期并在民国报刊发表的词话。但是有写作于清末，民国期间发表，其作者生活之年代也在清末或民国时期，如陈锐《词比》、佚名《词通》，本书也予以收录。

2. 本书仿学界词话专书之体例，如《词话丛编》对于词中宫调之学、词律之学予以收录，本书对于《宫调辨歧》也遵前例予以收录。

3. 本书收录词话，多数以文言为主，但为反映民国报刊词话全貌，"谈词""读词"白话之类，虽未标词话之名，实属论词话体，也予以收录，不避"体例之杂"之嫌。

4. 本书亦从民国报载笔记中辑录论词话语，如沈曾植《海日楼笔记》、况周颐《蕙风簃笔记》和孙寰镜《栖霞阁笔记》等。

5. 本书研究板块之布局参考《清词话考述》，但亦有变化，结尾有"内容摘录"摘取词话中有特色之内容，供读者窥见该词话之一斑。"学界研究"一栏，凡学界已有整理本或论文研究，皆注明，以方便读者按图索骥。

6. 本书所收词话以年为序，跨年词话连载者并入第一年。

自　序

词话是传统词学批评的重要方式，采用话体写作而成，记录词之本事，论词之作法、流派、音律，品鉴词作等。词话最早产生于宋代，北宋是词话的初现时期，宋室南渡前后，词话开始繁荣；元、明两代，词话创作陷入低潮；至清代词学复兴，词话创作再次繁荣。[①]民国词话有传承、有新变，借助于近代以来报刊的发达，衍生了大量报刊词话。民国报刊词话类型多样，从类型上说，既有坚持传统的"读词型"词话，又有追逐新闻的"时事型"词话，以及带有滑稽、香艳内容的"娱乐型"词话。从写作语言来说，受到晚清报刊白话文运动与新文化运动的持续影响，产生了少量白话词话。就报刊词话发表数量阶段而言，前两个十年不如后两个十年，四个阶段是依次渐高的趋势，头两个阶段是平稳发展阶段，后两个阶段是高潮阶段，这与民国报刊词学繁荣同步，有研究认为："（民国报刊词学文献）繁荣期（1919—1937），是词学由传统向现代转变的关键阶段，研究性论文大量出现；中衰期（1937—1949），这一时期受战乱

---

① 可参考朱崇才《词话史》，北京：中华书局，2005 年。

影响，报刊与文章的数量都有所减少。”①民国报刊词话、民国报刊词学文献也与民国词学整体发展步调一致，刘扬忠先生曾指出：“1931 年至 1949 年，为现代词学初具规模、词学研究现代学科体系基本形成时期。”②

民国词话的整理与研究，在学界早已展开。唐圭璋先生《词话丛编》（北京：中华书局，2005 年）收录民国词话十七种。谭新红教授《清词话考述》（武汉：武汉大学出版社，2009 年）考述民国词话六十余种。刘梦芙教授《近现代词话丛编》（合肥：黄山书社，2009 年）收录民国词话七种。朱崇才教授《词话丛编续编》（北京：人民文学出版社，2010 年），屈兴国先生《词话丛编二编》（杭州：浙江古籍出版社，2013 年），葛渭君先生《词话丛编补编》（北京：中华书局，2013 年）也各收入近二十种民国词话。专业刊物《词学》陆续整理刊登的民国词话有十余种。这些著作收录的民国词话既有报刊词话，也有其他形态的词话。杨传庆、和希林《辑校民国词话三十种》（台湾：花木兰文化出版社，2016 年），杜海华先生《二十世纪词学报刊论文索引》（北京：北京图书馆出版社，2007 年），张璋先生《历代词话续编》（郑州：大象出版社，2005 年）收录的民国词话以报刊词话为主。曹辛华教授《论民国词话的特点及其价值》（《社会科学战线》2014 年第 7 期）、《论全民国词话编纂的考索、编纂及其意义》（《泰山学院学报》2012 年第 1 期），对民国

---

① 周银婷：《民国报刊与词学传播》，华东师范大学 2010 年硕士论文摘要。

② 刘扬忠：《二十世纪中国词学学术史论纲（上篇）》，《暨南学报》2000 年第 6 期。

词话展开全景式探讨;词话个案研究方面,孙克强、彭玉平二位教授对况周颐词话作过深入探讨。

在学界研究的基础上,本书初次尝试对民国报刊词话进行叙录,希望起到目录提要之作用。同时,由于作者水平有限,恐难达到预期目标,书中也存在诸多不足之处,还望读者见谅。

目录

1912

《绾春楼词话》……1

1913

《菉猗室曲话·卓徐余慧》……3

《栖霞阁笔记续》……6

《闺秀词话》……7

《旧时月色斋词谭》……8

1914

《荷香馆琐言》……11

《曲栏闲话》……12

《滑稽词话》……13

《倚琴楼词话》……13

《学词随笔》……16

《眉庐丛话》……17

1915

《镜台词话》……19

《香艳词话》…… 20
《京都浪游客诗话续》…… 22
《闺秀词话》…… 22
《梅魂菊影室词话》…… 23
《竹雨绿窗词话》…… 25
《适斋词话》…… 28

1916

《绿蕉阁诗话》…… 29
《红藕花馆词话》…… 30
《双凤阁词话》…… 32
《舍我论词》…… 34
《鹓雏词话》…… 35

1917

《病倩词话》…… 41
《论词》…… 42
《论词》…… 42
《论词》…… 43
《淡月梨花馆词话》…… 43
《习静斋词话》…… 44
《哲庐诗词话》…… 46
《天问庐词话》…… 46
《悃簃词话》…… 48
《申报词话》…… 51

1918

《空斋词话》…… 55
《根香山馆词话》…… 57

《才华富有室词话》……58
《小蝶诗词话》……59

1919

《冰簃词话》……61
《凉云室词话》……63
《心陶阁词话》……64
《词话》……65
《星园词话》……65
《冷庐非词话》……66
《黛影阁词话》……68
《滑稽词话》……69
《宝贤菴词话》……69
《拜龚楼词话》……71

1920

《餐樱庑词话》……73
《红叶山房词话》……77
《词话》……78
《梅讯》……79

1921

《守诚斋词话》……81
《小梅花馆词话》……82
《双十屋词话》……82
《读书杂记·词论之部》……83
《三馀漫载》……84
《玉楼述雅》……84
《留云馆诗词话》……86
《静照轩词话》……87

《倚声偶得》…… 87

1922

《啼红阁词话》…… 89
《记二词客》…… 90
《海棠香梦馆词话》…… 91
《词话》…… 92
《七夕词话》…… 92
《楙斋词话》…… 93
《怀兰拜石轩词话》…… 93

1923

《说词》…… 95
《以词代书》…… 96
《诗餘管窥》…… 96
《兰蓓蕾馆词话》…… 97
《爱莲轩词话》…… 98
《今闺秀词话》…… 99

1924

《自惕斋词话》…… 101
《冷绿馆谐词话》…… 102
《凤吟楼词话》…… 102
《怀玉馆词话》…… 103
《嚼红馆词话》…… 103
《西斋笔记》…… 104
《双梅花龛词话》…… 104
《灵云别馆散记》…… 105

《评迦陵、曝书亭词》…… 106

1925

《稼轩词说》…… 109
《梅庵词话》…… 110
《旧诗话》…… 111
《餐碧簃词话》…… 112
《求物治斋词话》…… 112

1926

《芳翠楼词话》…… 113
《词澜》…… 114
《一苇轩词话》…… 116
《纗兰堂室词话》…… 117

1927

《柳溪词话》…… 119
《秋苹词话》…… 120
《听歌词话》…… 121
《读红馆词话》…… 121

1928

《忆红馆词话》…… 123
《垂云阁恋爱词话》…… 124
《丹翁词话》…… 125

1929

《菁园词话》…… 127
《怡簃词话》…… 127
《述学：诠诗》…… 134
《还读轩诗词话》…… 135

1931

《酹月楼词话》…… 137
《二云词论》…… 138
《读词小纪》…… 139
《读词偶得》…… 141

1932

《诗词话》…… 145
《读〈闺秀百家词选〉札记》…… 146
《读词星语》…… 148
《觉园词话》…… 151

1933

《棕窗杂记》…… 155
《韦斋杂说》…… 156
《读词杂志》…… 157
《放屁词话》…… 158
《词学讲义》…… 159
《孑楼诗词话》…… 161

《词论雪珠》…… 163
《词林新语》…… 164
《忍寒庐零拾》…… 165
《词通》…… 167
《词比》…… 170
《白醉拣话》…… 172
《听鹂榭词话》…… 174

1934

《西溪词话》…… 177
《金词述要》…… 178
《邹啸说词》…… 179
《词说》…… 182
《词逡》…… 183
《词话》…… 184
《读词杂记》…… 185
《读彊村词》…… 186
《谈词》…… 187

1935

《词论》…… 191
《半雨楼杂钞》…… 192
《海日楼笔记》…… 192
《读词杂记》…… 195
《便佳簃杂钞》…… 196
《词的浅说》…… 197

《传卞赛吴梅村忏情》…… 198
《论词之作法》…… 199
《读词闲话》…… 200
《词的研究法》…… 202
《今人词话》…… 203
《恋张女欧阳修受劾》…… 204
《两宋词人小传》…… 205
《凝寒室词话》…… 207
《读词随笔》…… 208
《论词之起源》…… 209
《古今词话》…… 210
《怎么样读词》…… 210
《再论读词》…… 211
《词之矩律——『词式』导言》…… 212
《熊毛嘉礼词话》…… 213
《倚声臆得》…… 213

1936

《词品》…… 217
《读词偶识》…… 219
《香塚词话》…… 219
《安徽两宋词人小识》…… 220
《读词偶得》…… 221
《影香词话》…… 222
《读词杂记》…… 223
《褒碧斋诗词话》…… 225

1937

《读词杂记》…… 227
《聆风簃诗词话》…… 228
《蕉窗词话》…… 229
《词话》…… 230
《谈词》…… 231

1938

《淡伯斋词话》…… 233
《绛岑词话》…… 234

1939

《词牌胜说》…… 237
《客窗随笔》…… 238
《词人的幽默》…… 240

1940

《词话》…… 241
《读余偶记：历代女词家评介》…… 242
《寒蛩碎语》…… 243
《菊部词话》…… 243
《纫芳宧读词记》…… 244
《艳词拾录》…… 245
《歌词臆说》…… 246
《定庵词话》…… 247
《星槎词话》…… 248

1941

《珍重阁词话》…… 251
《读词杂记》…… 254
《唱词臆说——玉田生讴曲旨要详解》…… 255
《为初学说作诗词门径》…… 256
《词话》…… 257
《清词经眼录》…… 257
《吟边小识》…… 258
《南唐二主词辑述》…… 259
《词史卮谈》…… 260
《词学一隅》…… 261
《读词随笔》…… 262
《方外词话》…… 263
《花阴偶笔》…… 263
《箹轩漫录》…… 264
《清季词家述闻》…… 264
《谈谈作词》…… 265
《榆香拾存（卷中）》…… 266
《词林要籍解题》（附：近代名家词集）…… 267
《惜阴堂明词丛刻叙例》…… 268
《学山词话》…… 269

1942

《寒夜谈词》…… 271
《读词琐记》…… 272

《谈谈福堂体》…… 272
《读词劄记》…… 273
《沤庵词话》…… 273
《迎秋馆杂缀》…… 275
《清代闺秀诗话》…… 275
《宫调辨歧》…… 276
《三六九画报词话》…… 277
《集宋词帖》…… 278
《况夔笙〈蕙风词话〉诠评》…… 279
《宋词作法概说（一）》…… 281
《艺文丛谈：诵帚词筏》…… 282
《海日碎金》…… 284
《疚斋词论》…… 285
《海绡说词：宋周邦彦片玉词》…… 288
《汇辑宋人词话》…… 289

1943

《南唐二主词释》…… 291
《北游琐记》…… 292
《东鳞西爪录》…… 293
《萍庐词话》…… 294
《读词杂感》…… 294
《海日楼随笔》…… 295
《凯斋词话》…… 296
《石淙阁词话》…… 297
《石床词话》…… 297

《桐阴漫笔》…… 298

1944

《读词随笔》…… 299
《读词随笔》…… 300
《梦桐室词话》…… 301
《词的讲解》…… 302

1945

《词之话》…… 305
《晚清词人的印象》…… 307

1946

《诗余闲评》…… 309
《空祸词话》…… 310
《弦边词话》…… 310

1947

《读词杂记》…… 313
《读词杂记》…… 314
《词韵约例》…… 316
《从岳飞的〈满江红〉谈起》…… 317
《〈宋词三百首〉：一部最精粹的词选——中国文学名著讲话之七》…… 318
《读词漫谈》…… 319
《集成词话》…… 320
《讲词散记》…… 321

《今古一炉室谈词》…… 322
《双白龛词话》…… 324
《宋词漫释》…… 326
《谈词及词人》…… 328
《谈六州头歌》…… 331
《无庵说词》…… 332
《燕柳词话》…… 334

1948

《词林语丝》…… 335
《客窗漫谈》…… 336
《诗词闲话》…… 337

1949

《纫芳簃说词》…… 339
《香宋词读后》…… 340
《无所任庵词话》…… 342

主要参考文献 …… 343

1912

《绾春楼词话》

【出处】载《妇女时报》1912 年第 7 期。

【作者小传】杨芬若，系毕倚虹之妻，杨圻之女，母亲李道清为李鸿章孙女。有《绾春词》《绾春楼词话》。

【内容提要】《绾春楼词话》，词话近二十则，以评闺秀词为主。词话前有小序："春雨帘纤，薄寒料峭。小楼兀坐，意态寂寥。追忆昔日所读诸闺秀词集，清词丽句，深印脑海，每不能去。际此多暇，一一写出，编为词话，藉以排遣时日……"

开篇录仁和孙碧梧女史《菩萨蛮》五阕，认为小令与《花间集》相媲美，其长调亦有宋人意境，录其《水龙吟》；录通州陈无垢女史《菩萨蛮》，哀其遭遇；又录陈圆圆词《有所思》《转应曲》，以人存词;集句词殊为不易,录葛秀英集句词三阕《忆王孙》《虞美人》《巫山一段云》;又录德清俞绣孙(曲园先生之女)《长亭怨慢》。

词话有论及词选,如对梁令娴《艺蘅馆词选》颇多青睐,评“上溯五代,下迄有清,博视竹垞《词综》而无其浩瀚,精视皋文《词选》而矫其严苛。繁简斟酌,颇具苦心”。作者亦云自己编纂词选“余近有《绿窗红泪词》之辑,集有清一代闺秀之作,体仿《花间》,专收小令、中调。词宗《饮水》,意取哀感顽艳类,多伤春怨别之辞。悉屏酬酢赠畲之什。积时六月,共选词凡九十五家,二百三十一首。书成置案头,自供吟讽而已”。

【内容摘录】阳湖庄莲佩女士盘珠嫁同邑吴孝廉轼,年廿五便卒。著《秋水轩词》一卷,多凄咽之音,如柳絮词《苏幔遮》云:“早抽条,迟作絮。不见花开,只见花飞处。绕砌萦帘刚欲住。打个盘旋,又被风吹去。　野棠村,荒草渡。离却枝头,总是伤心路。待趁残春春不顾。葬尔空池,恨结萍无数。”凄婉幽咽,真伤心人别有怀抱矣。[①]

① 此则词话又见于《滑稽时报》1915年第4期所载《绾春楼词话》,仅此一则。

1913

《蒉猗室曲话·卓徐余慧》

【出处】载《庸言》1913 年第 6、7、9 期。

【作者小传】姚华(1876－1930),字重光,号茫父,贵州贵筑人。清光绪二十三年(1897)举人,光绪三十年(1904)进士,任工部虞衡司主事。入民国后任中华民国临时政府参议院议员、北京女子师范大学校长,精于篆刻,学问渊博。姚华著述较多,有《元刊杂剧三十种校正》《莲花庵书画集》《弗堂类稿》等。《弗堂类稿》三十一卷,中有《弗堂集》收词 291 首,曲 86 首。《蒉猗室曲话》与《曲海一勺》为曲学著述,均连载于 1913 年至 1914 年《庸言》杂志。

【内容提要】第六期小序云:"明杭州卓人月选《古今词统》十六卷,搜罗甚富。然至采录小说传奇之作以充数,不免为大雅所讥。徐士俊评且时拦入传奇，更觉不伦。抑亦可见词曲虽分疆界，明人尚视一体。予方治曲，喜其于变迁之迹，有所考证。因节取其语，以资鄙说，盖翻词入曲，尚见本原。非援曲入词，致伤糅杂也，录卓、徐余慧。”文后跋云：“予读《词统》（明湘蕤馆原本）既毕，其有关于曲者，随手写记，时有所见，拉杂书之。不知何时再得从容整理也。癸丑太阳三之十四，倚檠记，茫父。”由此可知乃针对《古今词统》而发。

《卓徐余慧》虽为曲话，其研究“翻词入曲”现象于词学可鉴，如词牌与曲牌之渊源：“少游《调笑令》咏昭君、烟中怨、乐昌公主，倩女四首。发端先作七言口号，即叠末二字以为词头，谓之《调笑转踏》，考其起源，出于乐语。而徐士俊评，以为前数行疑是元人宾白所自，始被之管弦，竟是董解元数段，此语非特足为剧曲考原，更可见词曲转移之迹象。”词韵与曲韵之关联，“萧竹屋《前调·记梦》词‘花径相逢，眼期心诺’。卓注云‘诺字用韵与北曲同’”。词之语与曲词渊源，“六一《浣溪沙·春游》词云：‘日斜归去奈何春’，徐云‘汤若士良辰美景奈何天本此’”。词曲风格之别，“按此与山谷《归田乐》正是一类，于词格则显粗率，然论之于曲，正如陈隋二主《玉树后庭花》，高视三唐近体矣”。

作者认为词演变为曲的时间大致在宋代词倡之时，“山谷、稼轩、次仲、龙洲诸家才情豪纵，于词格已不中材，有时放笔，更出正轨。词至宋末，多堕恶道，诸家不能辞其咎也。然下启金元，遂为千古曲家开山鼻祖”。接着又举刘过《天仙子》（别酒醺醺容易醉），认为词语虽俗，却可以探究词曲接续之际，“宋词之所谓短，即元曲之所谓长”。

作者探究词曲演变轨迹的资料既立足于《词统》,又参考《乐府指迷》。前者如"《词统》所录诸词及注中常有足资曲家掌故者"录词多首及注。"《词统》旧序更收何元朗、钱功父二作。探源于古诗、乐府,究委于金元歌曲,词曲变迁,言之详矣。"作者在引用何元朗、钱功父二人全序的基础上,又进行阐述,"按元朗所云,多足与鄙说相证。……乐府以皦迳扬厉为工,诗余以婉丽流畅为美。北曲宜宗乐府,南曲应祖诗余。南北分流,渊源各别,虽关时运,亦缘地理,由此推论,尚有至言,惜乎元朗未之发明,予颇有所窥,别著为篇"。从地域文化的角度来探讨南北曲风格不同,所宗法对象也不同。

关于张炎词论,先总述其作用,"张玉田《乐府指迷》,后世词家奉为圭臬,考其所论,于古今两体乐府大抵相通,制曲者不可不知"。接着例举张炎《词源》第十五《令曲》篇末"近代词人却有用力于与此者,倘以为专门之学,亦词家之射雕手"为《词统》所收者,以证明《词源》之影响,并且认为词曲之"曲"已经发轫于张炎之时,即张炎《词源》第十五《令曲》之"曲"。

【内容摘录】顾夐《荷叶杯》"泥人无语不抬头",卓注"泥,去声",元稹诗"泥他沽酒拔金钗",杜诗"忽忽穷愁泥杀人"一作"詎"。顾夐词"黄莺娇啭詎芳妍"一作"妮",王通叟诗"十三妮子小窗中"。按元剧宾白"小妮子"当以此为主。

【学界研究】收入《任中敏文集·新曲苑(下)》(南京:凤凰出版社,2014 年)。今人郑海涛、赵欣有论文《姚华词曲观刍议》,载《文学评论丛刊》2013 年第 2 期。

《栖霞阁笔记续》

【出处】载《大共和日报》,1913 年 5 月 20 日。

【作者小传】孙寰镜(1876 -?),字静庵,又作静安,号寰镜庐主人,或云笔名寰镜庐主人,江苏无锡人,妻胡无闷(著《香艳词话》)。著有笔记小说《寰镜庐野乘》《松窗漫笔》《栖霞阁笔记》等。孙氏于 1904 年与陈去病等共同创办《二十世纪大舞台》杂志,倡导戏剧改革。杂剧二种《安乐窝》《鬼磷寒》,皆刊于该刊。

【内容提要】《栖霞阁笔记续》论词仅"郑苕仙《满庭芳》绝命词"一则,叙癸丑(1853)太平天国之乱,郑苕仙作绝命词《满庭芳》。按徐乃昌《小檀栾室闺秀词钞》卷十六载:"郑蕙字苕仙,一字怀苏,扬子人,山阴程振室。"又《续纂扬州府志》:"蕙,适山阴程作人,寄居扬州,工花卉仕女,赋色妍妙,又工诗词。咸丰三年,城陷,自刎不死,作绝命词二首云'一死未能求,九死须遂志。哀哀寸草心,自裁服何辜。''骨肉如雨散,恩情图报难。只将数行字,留于后人看。'又《满庭芳》词,'留待作人夫子用徐君宝妻韵'云云。"

《闺秀词话》

【出处】载《时事汇录》1913 年第 1 期。

【作者小传】佚名。

【内容提要】词话多记录清女词人词事，如序言："有清一代，闺秀能词者尤众。搜罗汇集，不下数百家。平居多暇，时加点校，因从友人所请，日举数首，辑为词话。"

词话例举如俞曲园先生次女绣孙存词十五首，吴县吴佩湘有《写韵楼词》，南海吴小荷亦有《写韵楼词》，徐积馀有《闺秀词》六集，夏敬观妻左缀芬有《暗香》《疏影》，周济侧室亦能词。词话有为漱玉词辨诬，如"香冷金猊，被翻红浪，起来慵自梳头"。第二句向来被人误解，作者认为此句与柳永"酒力渐浓春思荡，鸳鸯被翻红浪"之狎意之义不同，乃是"词本言蹙被而起，故纹叠波澜"。亦有谈及诗词之变，如"唐人初为词，本由诗体流变，亦不甚分别也，如《忆江南》《花非花》《杨柳枝》等。诗词并列其体。《竹枝》竟是七言绝句，后人以为词。予谓此类当辨其意境耳"。

【内容摘录】徐积馀初刻《闺秀词》六集，余尝见之，未遑留意。近况玉梅以余为词话，特举一编相赠，则增附至八集，都若干家。以旧所储藏，互校有无，亦良可为乐耳。玉梅方辑《绘芳词》，凡古今咏美人形体者，靡不搜录，五色并驰，不可殚形，因怂恿付刻，他日必能流传士女间也。

《旧时月色斋词谭》

【出处】载《华侨杂志》1913 年第 1 期,1913 年第 2 期,《生活日报》1914 年第 3 期。亦载《民权素》1916 年第 13、15、17 期,1926 年收入民权出版社印行之《民权素粹编》第二卷第三集。第 17 期变词谭为词谈,署“续第十四集”,误,乃续第十五集。《华侨杂志》所载与《民权素》所载,为顺序颠倒,如《华侨杂志》所载第 1 期与《民权素》第 17 期主要内容相同,《华侨杂志》第 2 期与《民权素》第十五集主要内容相同。

【作者小传】陈世宜(1884－1959),字小树,号匪石,别号倦鹤,江苏江宁人。幼颖悟,有“神童”之称。1901 年,入学于省尊经书院,深受书院山长次珊先生之赏识。庚辛之际,新学渐盛,江宁亦创办幼学堂。1905 年,他慨然受聘任该学堂教员,1906 年东渡日本修习法律,结识革命党人黄兴,并入同盟会。1908 年回国后任苏州江苏法政学堂教务。武昌起义后,积极参与江苏独立之谋;胜利后不愿居功求报,只身赴南洋槟榔屿任《光华日报》记者,宣传革命。1913 年归国后在多家报纸任记者,1919 年起,先后在中国大学、华北大学、持志大学、中央大学任教授。编有《旧时月色斋藏书目》,词学著作有《声执》《宋词举》《旧时月色斋词谭》《倦鹤近体乐府》等,遗著有油印本《陈匪石先生遗稿》。

【内容提要】词话含有比较丰富的词学理论,包括论述清代词学、论述词之作法、批评《词律》错误、推崇梦窗等。对于清代词学，作者认为“驾有明之上，且骎骎而入于宋”，清代词派虽有浙西、常州两派，但是“实则玉田、碧山两家而已”。关于词中体制，词话认为“小令最难”，近代以来填小令者受到《花间集》影响最深，不能“脱温、韦、冯、李、晏、欧窠臼”。欲脱花间影响，其一“取语淡意远之致，以古乐府神行之”；其二“用豪迈疏宏之致”。关于词之作法，词人论及词笔、词之咏物、词中用事、词中用气。如词中用事，作者云“造句琢字不外一‘化’字。用一故实，必有数故实以辅佐之。意取于此，用字不妨取于彼。合数典为一典，自新颖而有来历”，对于历来用典之难题，作者用一化字统摄，字、意分用，合多为一，自能浑化。

词话注重在前人基础上申论，如关于张炎《乐府指迷》中论词之用事“紧著题融化不涩”，作者认为“予谓‘融化’固难，‘不涩’则尤难。盖词之运用故实无直用者，无明用者。且地名、人名随意砌入，则生硬而不圆熟，凌杂而不纯粹。故融化之法最重。取其意者，不妨变其面目，仍不能失其本真。使造作太过，令人不解其所隶何事，则晦涩矣。欲免此弊，须有一番研炼工夫”。词话将张炎理论分为两个阶段，融化易，不涩最难，欲要不涩，则需要下一番磨炼工夫。《蕙风词话》论“重”“拙”“大”三字，该词话则论“重”“拙”之关系，“词笔无害于拙。唯拙故重，重则无浅薄浮滑之病，而入浑厚之基在焉”。

《词律》一书居功至伟，但不足之处亦多，清代及民国学者多有指摘。陈匪石以梦窗《探春慢》《玉京谣》，清真《浪淘沙慢》等，评其不当之处。

作者亦步朱祖谋之后，推崇梦窗词，从气的角度来评述："世人病梦窗之涩，予不谓然。盖涩由气滞；梦窗之气深入骨里，弥满行间，沉着而不浮，凝聚而不散，深厚而不浅薄，绝无丝毫滞相。"而且由梦窗而推及姜夔，认为"白石之气清刚拔俗，在字句外，人得而见之"，所以"知白石者较多"；"梦窗之气，潜气内转，伏于无字句中，人不得而见之"，所以"知梦窗者少"。

【内容摘录】有清一代词学驾有明之上，且骎骎而入于宋。然究其指归，则"宋末"二字足以尽之。何则？清代之词派，浙西、常州而已。浙西倡自竹垞，实衍玉田之绪；常州起于茗柯，实宗碧山之作。迭相流衍，垂三百年。世之学者，非朱即张，实则玉田、碧山两家而已。湖海楼崛起清初，导源幼安，极纵横跌宕之妙，至无语不可入词，而自然浑脱。然自关天分，非后人勉强可学，故后无传人，不能与浙西、常州分镳并进也。至同、光以降，半塘、沤尹出，始倡导周、吴而趋其途径。沤尹则直入梦窗之室，吴派遂为清末之新声矣。若学美成而至者，则尚未之有也。

趋轻倩一派，其失也浮；趋侧艳一派，其失也猥；趋豪迈一派，其失也粗；趋圆熟一派，其失也滑；趋典实一派，其失也砌；趋雕琢一派，其失也纤；趋疏宕一派，其失也生硬；趋艰深一派，其失也晦涩。然皆不善学者之误，两宋名家固无是也。

【学界研究】今被钟振振辑《宋词举（外三种）》，《词话丛编二编》《词话丛编补编》《历代词话续编》收录，皆依据《民权素》版本。

1914

《荷香馆琐言》

【出处】《荷香馆琐言》乃是笔记，先后载《文艺杂志》1914年、1918年；《荷香馆琐言续》载上海《人文》，1930年。

【作者小传】 丁国钧（？－1919），字秉衡，号秉衡居士。江苏常熟人，清末藏书家、目录学家。清末任江苏仪征县训导，早年从师缪荃孙，精于校勘。家藏书颇富，曾收藏有宋刻《旧闻证误》、劳格校正本《铁琴铜剑楼藏书目录》、严元照评点本《鲒埼亭集》等珍稀之本。藏书处有“荷香馆”。深研目录学，先后写有《补晋书艺文志》四卷，附录一卷，勘误一卷，著《荷香馆琐言》《晋书校证》《晋书校文》《先儒言行录》等。

【内容提要】《荷香馆琐言》1914年中第6、10期有谈词四则，为“柳如是寒柳词”“曾文正词”“柳如是词”“袁随园词”。“柳如是寒柳词”录抄本《有学集》中柳如是《金明池》词；“曾文正词”录曾国藩《金缕曲》词两阕，为诗文集中不载；“柳如是词”录自《玉台画史》；“袁随园词”乃是录袁枚《华胥引》词两首，四则谈词皆有因人存词之意。

《曲栏闲话》

【出处】载《女子世界》1914 年第 2 期。

【作者小传】陈蝶仙（1879 - 1940），字栩园，号天虚我生，鸳鸯蝴蝶派作家。1918 年成立家庭工业社股份公司，1930 年创办并主编《上海机制国货联合会会刊》。主要从事言情小说的创作。曾出版文艺杂志《著作林》，并任《游戏杂志》《女子世界》和《申报》副刊《自由谈》主编。著有诗词曲汇集《栩园丛稿》，长篇小说《泪珠缘》《玉田恨史》《井底鸳鸯》等。

【内容提要】《曲栏闲话》论词曲七则，其中论词五则；论词谈用衬字与用韵，如“元人制词，率以被之索，取悦于俗。其增字、衬字之多，几不可以复辨本格，于是变而为曲……词一变而为北曲，北曲一变而为南曲，其变为南曲者，由明人渐删其北曲之增字、衬字，而引归于词”。

词话驳万树《词律》，如“自词曲判为两途，而词家遂多不明曲调。万红友作《词律》洵为词界功臣，然不明增字、衬字之理”，

“《词律》注可平可仄，亦未可以全信。其谓上去不能混淆，而唯平入可以通融说，固近似，然终隔膜一层，未能畅论其原因”。

《滑稽词话》

【出处】载《最新滑稽杂志》1914 年第 6 期。

【作者小传】佚名。

【内容提要】词话七则，皆以词记滑稽事。第一则词嘲弄某某随地便溺；第二则记录某君恋某妓，暗访香踪，以词自嘲；第三则父子同宿某妓，被人作词讥之；第四则宋氏兄弟在上海租界误认逃妻，诉至法庭；第五则写某僧恋邻女美色，作淫词被罚；第六则写张长舌写词嘲讽朋友，害其家破人亡，有劝谏之意；第七则以词论民国政治，颇有新意，其《满江红》：“新党伟人，无非是、民权革命。有多少、和平分子，绝端否认。暴烈行为宜取缔，进行手腕何强硬。看中央、能力竟何如，风潮静。　舍权利，谁人肯。称义务，谁人尽。喜军人天职、服从命令。关系由来最密切，自由都说称平等。谱新词、唤起国民魂，同胞听。”

《倚琴楼词话》

【出处】载《夏星杂志》1914 年第 1、2 期。

【作者小传】 周太玄（1895－1968），原名焯，号朗宣；又改名元，以号行。四川成都人。教育家、翻译家、政论家、社会活动家和诗人。1916 年中国公学毕业后，任《民信报》编辑。1919 年参加少年中国学会，同年赴法国留学。创办《旅欧周刊》，任主编。1930 年获法国大学生物学博士学位，应成都大学校长张澜先生之聘回国。1931 年 11 月三所大学合并为国立四川大学，1932 年被聘为理学院长兼生物系主任。中华人民共和国成立后，任中国科学院植物研究所研究员，兼任北京大学教授。1968 年 7 月在北京病逝。一生著述颇丰，著作 7 部，译著 11 部。今人编有《周太玄诗词选集》。

【内容提要】 词话有独特的词学见解，如"作词贵灵空，意贵缥缈，用笔宜熟造，意须生"，"词意贵含蓄不尽，必使人读之有咀嚼味方好"，"艳词最难，当以苦医俗，以境界医邪荡"，"穷而后工词亦云，然非只穷其身，盖必穷其心，心穷而后志苦，志苦而后情幽且真，不然南唐、容成、朱轮、绿绮不可以为词矣"，以及精彩的词人点评，其中对于纳兰性德词分析尤为深刻："其得天也厚，故虽生长华膴而不作一秾丽语。其涉世也浅，故不作一寒酸语。不知人间有不幸事，故不作一抑郁语。语语以真性情、真学问出之，故又不作酬酢语。"此外，词话还有文献价值，近代四川词人朱策勋《历代蜀词全辑》中仅记录存词一首，而《倚琴楼词话》记录了四首。词话还保留了民国词人毕一拂（倚虹）、杨芬若的资料。

【内容摘录】 纳兰容若所著之《饮水侧帽词》继响南唐，齐名陈朱，最擅长小令，字字句句均系性情语，而悱凉天成绵缠独到，如有神助。其得天也厚,故虽生长华膴而不作一秾丽语。其涉世也浅,故不作一寒酸语。不知人间有不幸事,故不作一抑郁语。语语以真性情、真学问出之,故又不作酬酢语。盖唯文人最真,亦唯文人最假,其入世稍深,经历既广,所谓真性情者,渐澌灭而酬酢征逐之事乃多,故其为词非性情语而市井语也,然其阅世至深则又至真,盖能出世者也。其为词则必如孤云野鹤,来去无迹而作真性情语,故不入世者,固真入世,而出世者亦真以真性情为词,则其词为个人之言非众人之言,为独到之言非肤浅之言。张玉田谓作寿词最难,盖不难于用意措词,而实难于舍己从人作酬酢语也。非作酬酢语难,作酬酢语而见真性情实难。作酬酢语而见真性情,吾于古今则未见也其人,非不能也,实不可能也。然作出世语而真者尚多,作不入世语而真者实少,千余年唯南唐后主及纳兰容若二人而已,学词者、学清真、白石、梦窗、玉田易,学后主容若实难,此其所以可贵也耶。

作词只先求无病平妥后,再求高妙,方是大家路数。下笔之时即须要将眼光放得高远,用意选词方才不陷于卑弱。至于用字尤须深加磨炼,方不蹈一二字失检即为全阕减色之病。至于骨格、气魄则在平时之抱负蓄养,非可强而至也。

【学界研究】今人陈应鸾从周太玄一生所作的诗词作品中选入两百多首,编为《周太玄诗词选集》(成都:四川文艺出版社,2004年)。

《学词随笔》

【出处】载《江东杂俎》1914 年第 1 期。

【作者小传】姚鹓雏（1892－1954），原名锡钧，字雄伯，笔名龙公。松江县人，家住西门外祭江亭西。近代文学家。加入南社，为该社“四才子”之一，历任上海《申报》及《江东》《春声》等杂志编辑，经常发表小说、诗、词，抗战爆发，挈眷内迁入蜀，任监察院主任秘书。抗战胜利，递补为监察委员。著有《榆眉室文存》《鹓雏杂著》《止观室诗话》《桐花萝月馆随笔》《檐曝余闻录》《恬养簃诗》《苍雪词》等。著作中多有论词文字。

【内容提要】该随笔是“幽居多暇”时所作，录朱彝尊《卖花声》（衰柳白门湾），谭献评为“声可裂竹”，但作者高度赞赏。作者还评了白石、梦窗、清真、稼轩几位词人，从他们的共同点来评价，如“空处出力，即烘托遥写诀也，清真、梦窗于此最能。白石《暗香》《疏影》两阕亦饶此境界。稼轩‘红莲相倚深如怨，白鸟无言定是愁’两语，谭仲修最赏之”；如从用典批评梦窗词与稼轩词“梦窗晦处病在用事太杂，往往上下两句，各使一典，遂觉一篇之中托意迷离，不可寻诘，稼轩《贺新郎·赋琵琶》故事胪列杂乱无章，亦犯此病”。关于词与韵的关系，作者认为“劲折清空之词宜用仄韵，曼妙富丽之词宜用平韵”。

《眉庐丛话》

【出处】载1914年《东方杂志》第11卷第5号，第13卷第2号。

【作者小传】况周颐(1859－1926)，原名周仪，因避宣统帝溥仪讳，改名周颐。字夔笙，一字揆孙，别号玉梅词人、玉梅词隐，晚号蕙风词隐。广西临桂(今桂林)人，原籍湖南宝庆。光绪五年举人，曾官内阁中书，后入张之洞、端方幕府。一生致力于词，凡五十年，尤精于词论。与王鹏运、朱祖谋、郑文焯合称“清末四大家”。著有《蕙风词》《蕙风词话》。

【内容提要】《眉庐丛话》具有较高的文学研究价值。就词学文献而言，这些词话“一来丰富了况周颐的词学理论，是对况周颐词学理论的重要补充；二来保留了许多晚清词学文献，有很高的文献价值”。书中有十四条词话，被孙克强收入《蕙风词话、广蕙风词话》中；其次，书中还保存了一些作者原创的诗词，也未收入生前的词集。最有价值的词却是十三首咏美人词。

【内容摘录】上海新闸桥迤东，有缪筱山医寓，揭橥其门者再。与江阴缪筱珊先生，姓字巧合，余尝作诗赋其事。越翼月，先生至自都门，见而赏之。因再占一词，调寄《点绛唇》云：“男女分科，霜红龛主原耆宿。(太原傅青主先生山以医名，著有男科、女科，今盛行)藕香盈菊，何用蔆芩劚。(先生刻精本丛书，名《藕香零拾》)八代文衰,和缓功谁属。医吾俗,牙籤玉轴,乞借闲中读。”

【学界研究】 后被沈云龙主编的《近代中国史料丛刊》所收录,乃是依据《东方杂志》影印,无标点。1996年《民国笔记小说大观》由山西古籍出版社出版,为第一辑第三册。关于《眉庐丛话》,有刘玩思《眉庐丛话研究》,西华师范大学硕士论文,2016年。

1915

《镜台词话》

【出处】载《女子世界》1915 年第 1 期。

【作者小传】陈巢南(1874－1933),名庆林,一名庆麟,号去病,别字病倩,江苏省吴江市同里镇人,文学家、社会活动家、革命家。1898 年创办雪耻学会,1903 年赴日本,主编《江苏杂志》。翌年回国后,任上海《警钟日报》主笔,又创办《二十世纪大舞台》杂志。1906 年加入同盟会。1909 年和柳亚子等创建南社,后参加辛亥革命、讨袁护法运动。晚年任江苏博物馆馆长、江苏省通志馆编纂委员,亦执教东南大学。著有《浩歌堂诗钞》《巢南文集》《明遗民录》等,辑有《笠泽词徵》。今人编有《陈去病诗文集》《陈去病全集》。柳亚子《怀人诗十章》悼念陈巢南:“乡邦坛坫慎交社,桑海遗闻补史亭。

一自莘庐耆旧死，松陵文献尽推卿。”

【内容提要】词话内容围绕女词人李清照、魏夫人、朱淑真词事，可知“镜台”之义也。词话篇幅较短，共计八则。主要内容有录李清照《词论》全文，评曰“此篇于源流正变，推阐极致，其所评骘诸家，是非优劣，尤似老吏断狱，轻重悉当，洵乎深得词家三昧矣”；赞易安词《声声慢》用叠字之妙；叙陆德夫于赵明诚词中辨李清照词句事；辨李清照再嫁之诬；引曾慥《乐府雅词》中魏夫人《好事近》《阮郎归》《减兰》诸词，赞其“清绝韵绝，不在易安之下”；举朱淑真《生查子》词，称其与李易安齐名。

陈巢南提倡唐诗，反对一味模拟宋诗的同光体，于词反对常州词派。认为“近代词人唯定庵龚氏足以名家”。陈氏所引《词论》“五代干戈，斯文道熄”与今本相比“五代干戈，四海瓜分豆剖，斯文道熄”少“四海瓜分豆剖”一句。

陈巢南另有《病倩词话》，载《民国日报》，1917 年 9 月，今人朱崇才《词话丛编续编》（北京：人民文学出版社，2010 年）收录。

【学界研究】今人杨传庆、和希林《辑校民国词话三十种》（台湾：花木兰文化出版社，2016 年）收录。

《香艳词话》

【出处】载《莺花杂志》1915 年第 2、3 期。

【作者小传】胡无闷，清末民初女戏曲家，小字玉儿，号凝香楼主人，生卒年不详，广东人。1915 年与丈夫孙寰镜共同主编《莺花杂志》，《章台柳传奇》为其代表作，另有《玉管姻传奇》等多种剧作。《章台柳传奇》是传世最早的戏曲连环画，是民国连环画精品。它已经完成了从绣像图书到“回回画”或“回回图”的转变，用图贯穿整个故事，成为中国戏曲“小人书”的前身。此后她主持《莺花杂志》，该刊于 1915 年 2 月出版，有《凝香楼奁艳丛话》。

【内容提要】 第 2 期共十三则，以录词记事为主，以词记录各种香奁之事。如录辽萧后《十香词》，词因猥亵而被诬害；无名氏女郎《玉蝴蝶》词叙述为情憔悴，为马致远所赏；龚定山尚书与横波夫人游西湖作《丑奴儿令》述夫妻恩爱；江夏女子周炤作《风流子》词述佳人才子情事；随春、昭霁、婉君联吟《沁园春》词；西湖女子沈方珠作《减字木兰花》叙红颜薄命等。第 3 期七则，以香艳诗话记录事为主，间以词。鞋杯行酒中有《沁园春》词，余则以诗话为主，如钱牧斋作《徐娘歌行》记常熟徐公子坎坷情事，作《戏赠陆姬孟珠二绝句》即歌姬孟珠事。

【内容摘录】 龚定山尚书与横波夫人月夜泛舟西湖，作《丑奴儿令》四阕，自序云：“五月十四夜，湖风酣畅，月明如洗，繁星尽敛，天水一碧。偕内人系艇子于寓楼下，剥菱煮芡，小饮达曙。人声既绝，楼台灯火，周视悄然。唯四山苍翠，时时滴入杯底，千百年西湖，今夕始独为吾所有。徘徊顾恋，不谓人世也。酒语情话，因口占四调以纪其事。子瞻有云‘何地无月，但少闲人如吾两人’，予谓则何地无闲人，无事寻事如吾两人者，未易多得耳。”……

《京都浪游客诗话续》

【出处】载《小说新报》1915 年第 11 期。

【作者小传】徐吁公(名煦),上海崇明人,生卒年不详,好游南北,鸳鸯蝴蝶派小说家,与蒋箸超合著《蝶花劫》,颇有影响,有《湘疲室诗草》《湘疲室词稿》《双城女子》《云红集》等。

【内容提要】收词话十则。第一则收友人绮霞词作“癸甲之年,怆怀世变,发语每多哀感,录其秋词两首,调寄《菩萨蛮》”;第二则以李白“平林漠漠烟如织”喻词胜诗处;第三则喻“学诗如学围棋,易会而难精;学词如学象棋,易精而难会”;第四则论填词先辨四声五音,后命意语句;第五则记燕社赖波民(疑为赖汝民,《寸心》1917 年创刊杂志作家)词作;第六则录病尧(陈病尧)词作;第七则录石年寿词作;第八则录己作《江城梅花引》悼亡友人;第九则录己作《浪淘沙》抒羁旅之情;第十则录朱竹垞词。

《闺秀词话》

【出处】载《妇女杂志》1915 年第 1 卷第 1 号。

【作者小传】佚名。

【内容提要】词话两则。记录王朗《浪淘沙·闺情》两首,陈其年《妇人集》谓"金沙王朗,学博次回女也。学博以香奁体盛传吴下,朗亦生而夙悟。诗歌书画,靡不精工,尤长小词,为古今绝调"。

《梅魂菊影室词话》

【出处】先后发表于1915年至1916年报刊,《双星杂志》1915年第2、3期以"莼农"署名发表,第4期署名"鹊脑";1915年《文星杂志》以"西神"笔名发表,乃续《双星杂志》第4期;1916年《春声》刊第二集、第三集,署名"红鹅生",前后共计三十则,词话乃以其室名命之。

【作者小传】王蕴章(1884－1942),字莼农,别号众多,有西神,别署二泉亭长、鹊脑词人等,室名梅魂菊影室、菊影楼、篁冷轩、秋云平室,江苏金匮(今无锡)人。光绪二十八年(1902)中举,任上海沪江大学、南方大学、暨南大学国文教授,上海《新闻报》编辑,上海正风文学院院长。参与多个文学社团,如南社、淞社、春音词社、沤社等,词学著作有《词学》《词学一隅》《词史卮谈》《梅魂菊影室词话》《秋平云室词话》等。

【内容提要】词话以品评词人词作、记录词社词事、考证词集版本为主。品评词人之作有评清词人与宋词人作品,清词人如海盐黄韵珊"其所著《倚晴楼诗馀》亦能脱去凡近,时出新意,虽雄警微有不逮”,“《东鸥草堂词》,祥符周星誉著。……词学辛、柳,非其所长,而时有佳致”。宋词人如谢无逸“其词复含思凄婉,轻倩可人”。品评之中尤能注意点出词人之身世经历对词人的影响,并与其他词人相较:“《香消酒醒词》,仁和赵秋舲著。秋舲少饮香名,南宫早捷,而仕宦不进,穷愁潦倒以殁。故其所作,亦多哀怨噍杀之音。然艳而失之纤,清而失之滑,以拟《倚晴》,弥复不逮。盖《倚晴》取经虽不甚高,时能以偏师直闯宋人之垒,秋舲则信手拈来,未能于文从字顺外更进一步。”

关于词之考证如“张大复《梅花草堂笔记》云曾见阁本《辛稼轩集》,凡二本,而诗余得半,中有寄调《贺新郎》咏水仙花二阕”,但是作者将嘉靖本、四印斋本与张大复录之词进行比对,前二者只有一阕,张氏声称有二,也只录一阕,并且多有差异,如“‘翠被’作‘翠袂’,‘娇红’作‘娇黄’”,作者认为“明人好讹,于此可见”。

民国词社、词作记录亦可充史料。词社记录乃春音词社“近与虞山庞檗子、秣陵陈倦鹤有词社之举,请归安朱古微先生为社长。古微先生欣然承诺,且取燃灯之语,以‘春音’二字名社。第一集集于古渝轩,入社者有杭县徐仲可、通州白中垒、吴县吴瞿安、南浔周梦坡、吴江叶楚伧诸人。……”并录第一集朱祖谋与况蕙风二词宗词作,共记录三次社集。词作则录上海李小瀛《枝安山房词》中《洞仙歌》四阕。

词话有对传统词论点评。如评王阮亭《花草蒙拾》论云间词派一条,作者赞同其说“此语恰中清初词人之弊”,进而认为“大抵清初人所作小令,雅有《花间》风韵,长调未多讲究,未始非此论阶之厉也”。但是作者并未止步于此,接着对王阮亭持论与所作的背离进行分析:“……此语辨矣。然阮亭所作,亦以小令为工,习俗移人,可畏哉!”

词话亦透露作者之词品风格爱好,作者认为作词应当讲曲径通幽之法,不喜词作一览无遗,其对赵秋舲词的前后态度发生转变即说明此点:“余初学为词,喜其清圆流丽,辄诵不去口。旋览其山温水软,一览无余,非如小李将军之画楼台金碧,步步引人入胜也,乃屏不复观。”

【学界研究】《辑校民国词话三十种》收录;《词学》第二十八辑收录。

《竹雨绿窗词话》

【出处】载上海《民权素》1915 年第九至十六集。

【作者小传】按《词话丛编续编》碧痕,南社社员。

【内容提要】词话共七十二则,内容丰富,涉及词之作法、民国词人词作之记录、名家词作之评点。词之作法如第三则:“词所忌者为酸腐、为怪诞、为粗莽、为艰涩。”第十六则:“词重纤巧而忌秽淫。”第十七则:“盖词之所重者,拍眼为最。”第二十五则:“词之小令,如诗之绝句,最贵紧束精密,数语而括尽题意,搜罗万物。”第二十八则:“作词须自标旗帜,别立新意。”这些词论有些则属于老生常谈,如第五十八则:“作词难,作词而咏物尤难。”有的则短小精警,“词之足以感人,是词之功用”,一句话点明了词作为文学,首要功能在于以情感人。

对名家之评点，如第四则推崇清真"予幼读美成词，即喜其《意难忘》之'衣染莺黄'，《风流子》之'枫林凋晚叶'数阕。是笑是泣，疑远疑近，真是词家神手"，又推崇卢祖皋偶句之佳，谢无逸工于炼字。第十五则"南唐诸词家，以小语致巧，而后主尤胜，哀感顽艳，诚可称词中之南面王"，对南唐词"小语致巧"特质给予了高度评价。

词话也对断代词史作了点评，如第九则："予观五代之词，镂玉雕琼，裁花剪翠，如娇女子施朱粉，非不美艳，惜乎专工粉泽，有失正气。"第二十则："宋时南渡诸家，多以《花间集》为宗。"第二十九则："盖明初得金元之余炎，乐府中盛行南北曲，词不大盛，是以作者多就于曲，至若顾孔昭、刘基、文徵明、陈道复诸人之作，岂皆取给于人乎！"

词人身处民国，对民国词坛亦有记录，录民国词人词作，如第六则"《真相画报》刊有《写韵楼诗馀》一卷，都数百阕，为南海吴荷屋先生女公子尚熹所著。尚熹字渌卿，工诗善画，其词尤纤丽"。第五十五、五十六则点评黎梨玉、邱维生之词作。词人是南社成员，所录多南社成员，如二十二则"长沙宁太一……其词亦富。顾太一为稼轩一派，生平多抚时感事之作，绝不作小儿女喁喁口吻"。其他如社友郑任广、傅君剑。第四十三则："上海南社，为人才丛聚之处，诗词文章，冠绝一时。出有《南社集》，集中分文选、诗选、词选三门。词栏多唱和应酬之作，慷慨悲歌，英气勃然，毫无争秾斗艳之气，大是辛稼轩、蒋心馀一派笔法。"第五十四则记傲寒吟社事，另，词话尚记录有民国歌姬之词数则，如"小女子歌词"录词人壬子之春，在襄阳闻歌姬之词，再如“花可可自言吴氏，名嫣，苏州人。流寓北京，家道中落，遂入北里。善音乐，知诗词，胸中罗记甚富，尤善谈吐。予自涉迹花丛，仅见一人而已”。其记述词事亦有古人之风。

作者对词的精彩评点之处颇多，源于对词的从小喜爱：“十四五时，偶于先祖藏书楼中，翻取《全唐诗》《六十一家词》等书阅之，爱不忍释，然尤爱于词。”

【内容摘录】词有教人读之破颜、读之伤心、读之而慷慨激昂、读之而悔惧慑缩者，此无他，性情使然耳。我之性情，发乎声而见于词，人孰无性情，读有所触，则形随矣。词之足以感人，是词之功用，亵声哀音，不可以入世，此其故也。

词称诗馀，本文章之小道，三唐引绪，五代分支，宋起大晟乐府，人才一盛。周片玉辈，移宫换羽，按时兴歌，于是词家旗帜，五色纷飘矣。至金元则曲盛，而词势稍煞，亦文章之命运，乐府之变更。而明而清，词亦追胜于前，然而规行矩步，不出宋人窠臼。

癸丑春，小住武昌，与刘菊坡、易雪泥、纪雷渊、郑任厂诸子相唱和，并组织傲寒吟社。一时入社者六十余人。颇称极盛。其间词家如菊坡以豪放称，蝶魂以艳冶称，蠹声以健瘦称，任厂以浑厚称，雷渊以婉约称。别如碧玉女史之纤语，雷清女士之情语，兰如女士之隽语，梨玉女史之景语，五色缤纷，令人炫目，惜乎集未一年，而轮蹄东西，风流云散，不复旧日之盛况矣。

【学界研究】《历代词话》《词话丛编续编》《词话丛编二编》整理收录。

《适斋词话》

【出处】载《爱国月报》1915 年第 1 卷第 1 期,后又载《同德杂志》1917 年第 2 期。

【作者小传】邝振翎(1885－1932),字摩汉,别署石溪词客。江西省寻乌县留车镇黄羌村人。早年加入同盟会,参加南昌光复、武昌起义、滦州起义,为辛亥革命功臣。后接受共产主义思想,1921 年初,与胡鄂公等人组建中国共产主义同志会,成为国内早期马列政党的创建者,也是中共早期党员。他一生致力于教育,先后在国立北京政法大学、国立武昌中山大学、中央陆军军官学校担任重要教职,是近代知名的教育家。1915 年冬受学于林纾门下学词,著有《石溪词》《适斋词话》等。

【内容提要】词话以人存词为主,所录均为作者词友。录有何俊卿《梅花仙馆词》词若干首与己之唱和词;录蔡突灵集宋词十阕与己集词十阕;录南康赖波民词一阕。录词之外,兼作评点。如录《梅花仙馆词草》之《满江红 · 中秋感怀》《高阳台》,评为悲感之作;录蔡《啼红词》之《采桑子》,评为多豪俊沉痛之作。录赖氏《满江红 · 北京天安门雪中怀古》,评为沉雄悲咽。

【学界研究】和希林《晚清民国词话两种》收录整理,载《古代文学理论研究》第四十二辑。

1916

《绿蘼阁诗话》

【出处】载《妇女时报》1916年第19、20、21期。

【作者小传】湘叶，不详。

【内容提要】以闺秀诗话为主，记词者仅三则，载于第20期。三则寓于诗词论述之中，第一则是记梁溪顾兼塘《拜石山房词》中题其女兄羽素女史《高阳台·绿梅影楼填词图》，作者认为"词意所称，不无溢美"；第二则杨蕊渊[1]女史夫婿用《声声慢》题杨女史

---

① 杨蕊渊，清代江苏金匮（今无锡）人，名芸。蕊渊善填词，好音乐。自幼聪慧，擅辨琴音。曾经精巧地重新修订箫谱。所著《琴清阁词》清逸雅致，秀丽妩媚。南陵徐氏刊刻《小檀栾闺秀词》称其为清代闺秀第一人，尝与金逸（1770－1794）、李佩金结诗社唱和。

填词图;第三则杨蕊渊女史《湘月》词题《绿梅影楼诗词》。三则均是以词存人。

《红藕花馆词话》

【出处】载《小说新报》1916年第2卷第1、4、5期。

【作者小传】刘哲庐,浙江绍兴人,南社社员,陈衍弟子,著有《文学常识》。

【内容提要】词话共二十六则,对于词之作法,词体,词境,词与诗、曲之别等加以探讨,同时品评宋之词人与近代词人作品。评宋词人如"词有四难,一曰用意、二曰铸词、三曰设色、四曰命篇。宋人欢愉愁苦之致动于中而不能抑者,类发于诗余,故其所造,独臻绝境"。对宋人作词的动机有了新的见解:"词忌陈腐,尤忌深晦,忌率易,尤忌涩曲。""词与诗不同",将词与诗之具体用语加以比较,得出结论较使人信服。"词之工绝处乃不在韵与艳",重要在于"先洗粉泽后除雕缋",然后"灵气勃发,古色黯然而以情兴经纬其间"。

评少游《踏莎行》词,樊增祥《千秋岁引》四阕与太白之"暝色入高楼,有人楼上愁"同一趣旨。作者有将论词标准与名人范篇结合探讨,以达到深刻效果,如词中用事要做到"著题融化不涩",便以东坡《永遇乐》中"燕子楼空,佳人何在,空锁楼中燕"用张建封事。引梁任公游台湾《蝶恋花》四、五两阕与《浣溪沙》比较,论"余谓僻词宜浑脱乃近自然,常调宜生新斯能振动”。梁启超《浣溪沙》词不及前者。

当然亦有引古人词论者,如第二期中“词有与古诗同义者”引自《七颂堂词绎》,“填词必溯六朝者”引自杨慎词论。

【内容摘录】 古诗之于乐府,律诗之于词,分镳并辔,非有后先。有谓诗降而为词、以词为诗之余者,非通论也。词盛于唐人,而六代已滥觞。梁武帝有《江南弄》,陈后主有《玉树后庭花》,隋炀帝有《夜饮朝眠曲》,均与诗迥有辨别,安得谓词即诗之余耶。

词有三法,章法、句法、字法,有此三长,方可称词。句法中有字面,盖词中有生硬字用不得,须是深加锻炼,字字推敲响亮,歌诵妥溜,方为本色语。如贺方回、吴梦窗皆精于炼字者,多从李长吉、温庭筠诗中取法来,字面亦词中之起眼处,不可不留意也,至句法、章法更无论矣。

词与诗不同,然人仅知其不同,而不知其所以不同也。词之句语,有两字、三字、四字至七八字者,唯叠实字读之且不通,况付雪儿乎?合用虚字呼唤一字如“正”“但”“任”“况”之类,两字如“莫是”“又还”之类,三字如“更能消”“最无端”之类,却要用之得其所。渔洋山人曰“‘无可奈何花落去,似曾相识燕归来’定非香奁诗,‘良辰美景奈何天,赏心乐事谁家院’定非草堂词”,斯即词曲之分界也。

【学界研究】 今人傅宇斌将《红藕花馆词话》整理,发表于《词学》2012年第1期。

《双凤阁词话》

【出处】 原发表于《申报·自由谈》,从1916年5月12日至8月9日分16期连载。《续稿》作于1918年,与《双凤阁词话》重新发表于《二雏余墨》(小说丛报社出版,1918年)。

【作者小传】 朱鸳雏(1894－1921),名玺,字孽儿,苏州人,寄籍松江,与姚鹓雏并称"松江二雏"。由松江孤儿院抚育长大。十三岁从马漱予学诗,后从姚鹓雏学词。曾由杨了公、姚鹓雏介绍入南社,写了不少诗词,发表于《南社丛刻》。南社内部展开唐宋之争时,鸳雏站在宋诗派一边,被柳亚子驱逐出社。著有《朱鸳雏遗著》《凤子词》《红蚕茧集》《银箫集》《帘外桃花记》《二雏余墨》(与姚鹓雏合刊)等。

【内容提要】 词话主要是以人存词,并涉及词学研究及评点词人词作。以人存词,如署云间庄永祚天申著《西堂词》数首,署汪价著《半舫词》数首,署碧海逸伶著《秋屏词》数首等。同时录闺秀词多首,如韩寒簧著《绿窗词》,松陵沈宛君著《鹂吹词》,宛君长女叶昭齐著《愁言词》,评曰:"女子之词,类多弱于气格,而清轻婉约,别有意味可寻。"对南社词人也有记录,如首则录王蕴章词二则,1915年秋与杨了公共研白石词,跟随姚鹓雏学词三年,得《春痕词》若干首,并录词序;《续稿》中曾提出编有《清词综》之计划,并撰《清词人录》一卷,得清初至清末七十余家,如吴梅村、吴兆骞、孔尚任、王士禛、陈维崧、蒋春霖、王闿运等。

如考察词调名取于诗句辑录自杨慎《词品》,录晚清民初词人冯梦华论苏词:“独往独来,一空羁靮,一也;含刚吐柔,发其绝诣,二也;忠爱之诚,深以寄托,三也;笑乐哀伤,皆中其节,四也。”关于词学之研究,如词与诗之关系,《诗经》中已经见词之滥觞,同时认为“故词曲之体,亦始于六朝。梁武帝之《江南弄》、沈约之《六忆诗》,实为词曲之滥觞。唐人乐府,多采五七言绝句”。关于音学,提出“音学四变”,多有创见。

评他人词作,如“少游之词,寄慨身世,一往情深,而怨悱不乱,悄乎小雅之遗。向子諲《酒边词》、刘克庄《后村词》,眷恋旧君,伤时念乱”“咏物之作,以王中仙为上,其词旨凄咽,寄托遥深,不足以禁体限之”等。

【内容摘录】 三年来学词于姚先生之门,得《春痕词》若干首。侧艳之作,止以导淫悠谬之辞,或将损性。山谷绮语,法秀所呵,良用自疚。然而人天影事,有不忍相忘者,草稿既烬,第留其序。序曰:“平生役于世故,而尘役劳劳,禀赋不实,而孕愁漠漠,宜乎局促两间,莫知其所。沉吟章句,莫极其情矣。尔乃心灵兰蕙之温馨,神思裙裾之曼妙,若有人焉。在我之旁,如花之浓,如玉之珑。若怡其生,若泽其梦。高情无滓,尘壒奇愁,亦破鸿濛。殊呻窈吟,知所托焉。幽情丽想,莫不逮焉。”(《申报》,1916 年 7 月 12 日)

宋人之词,各自成家。少游之词,寄慨身世,一往情深,而怨悱不乱,悄乎小雅之遗。向子諲《酒边词》、刘克庄《后村词》,眷恋旧君,伤时念乱。例以古诗,亦子建、少陵之亚。此儒家之词也。剑南之词,屏除纤艳。清真绝俗,远峭沉郁,而出以平淡之词。例以古诗，亦元亮、右丞之匹。此道家之词也。耆卿词曲，密处能疏，奡处能平，状难状之状，达难达之情。例以古诗，间符康乐。此名家之词也。东坡之词，慨当以慷，间邻豪放（如《满庭芳》《大江东去》《江城子》是）。龙川之词，感愤淋漓（如《六州歌头》《木兰花慢》《浣溪纱》是），眷怀君国。稼轩之词，才思横溢，悲壮苍凉（如《永遇乐》是）。例之古诗，远法太冲，近师太白，此纵横家之词也（见《论文杂记》）。观此古之词人，莫不自辟涂辙，所作之词，各不相类。岂若后世词人之依草附木，取古人一家之词，以自矜效法哉。即使尽心效法，亦当辨别其家数。归其一旨，不则东拉西杂，复成何理。尝论近时词人，多喜苏辛词曲之豪纵，竞相效法，浮嚣粗犷，不复成词。此则不善学苏辛之失，非苏辛之失也。（《申报》，1916年7月25日）

【学界研究】孙克强、和希林整理：《双凤阁词话》，《文学与文化》2014年第4期。

《舍我论词》

【出处】载《民国日报》论词1916年11月20日、12月19日，1917年2月20、23日。

【作者小传】成勋（1898－1991），南京人，祖籍湖南湘乡。笔名舍我，中国近代著名报人。1913年为安庆《民岩报》撰稿，至1924年先后创办《世界晚报》（北京）、《民生报》（南京）、《立报》

（上海），1945 年在重庆创办《世界日报》。1952 年由香港去台湾，执教于政治大学、台湾师范大学、东海大学，1988 年在台北创办《台湾立报》，1991 年去世，从事新闻业近七十七年，一生参与创办媒体、刊物近二十家。

【内容提要】 首论作词须将心里的龌龊想法涤除干净，便能思虑通明，以温庭筠、秦少游、苏东坡等词句为例。次论词分两派，一派以南唐五代之北宋，另一派即南宋；前者浑化，以南唐李氏父子与秦观、柳永为代表；后者刻炼。学浑化派词不善则流于浮滑，而清真梦窗词可以救治。第三则认为谭献词论主涩即刻炼也，并赞赏谭词疏空而不质实。第四则论张惠言"寄托"说与谭献"涩"字之旨暗合。第五则论谭献"涩"字与梦窗词相合。第六则评朱祖谋能悟得梦窗词旨。

【内容摘录】 梦窗有"断红若到西湖底，搅翠栏、总是愁鱼"之句。炼诚炼矣，佳则未也。何若"黄蜂频扑秋千索，有当时、纤手香凝"之意深而趣永耶。古微先生即深明此旨者也。观古微词可以知矣。

《鹓雏词话》[①]

【作者小传】 姚鹓雏（1892－1954），原名锡钧，字雄伯，笔名

① 将姚鹓雏所有论词文字放在一起命名为《鹓雏词话》。

龙公，松江县人，近代文学家。在京师大学堂学习，师事林纾。加入南社，为该社“四才子”之一，曾与社友陈匪石组织“七襄社”，编《七襄》刊物；还与高吹万、姚石子等发起创建“国学商兑会”，参加编辑《国学丛选》，后得陈陶遗介绍，任上海《太平洋报》编辑。后又改任《民国日报》编辑。1925 年后从政，从政之余在高校兼课。中华人民共和国成立后，受聘为上海文史馆馆员。

【内容提要】《霓裳馀韵记》载《太平洋报》，1912 年 7 月 14 日至 31 日。前两则署名鹓雏，此后署名虬髯客，主要是以词记录梨园名旦的往事，如记佩兰有词《阮郎归》《惜分飞》《河传》《潇湘夜雨》，记畹华有《南浦》《长相思》。

《学词随笔》载《江东杂俎》1914 年第一期，对竹垞、梦窗、稼轩词评点。认为朱彝尊《江湖载酒集》词，纯乎清商哀竹之音，“刻削隽永”四字，足为定评；梦窗晦处，病在用事太杂；1916 年 6 月 2 日《民国日报》评陈匪石《今词选》“衷其师彊村之绪，一以南宋为依归”。

《论词》载《民国日报》，1916 年 7 月 12 日，比较《花影集》中《南商调》“暖风轻扇，艳惊人红芳万千”与龙川《水调歌头》“怎芳菲世界游人未赏，都付与莺和燕”。

《空际》载《民国日报》，1916 年 8 月 11 日，由某家评梦窗词“梦窗每能于空际回身，非神力不办”而发深思。

《悼庞檗子》载《民国日报》，1916 年 10 月 2 日，评庞树柏词“璀璨瑰玮，凄清刻骨。如万玉哀鸣，世多能道之者”。

《以曲为诗》载《民国日报》，1916 年 10 月 30 日，探讨曲与诗，曲与词关系，关于曲与词“词之佳者，固有近曲之一种，然已仅见一两阕。全本以曲为词,便落流俗。柳屯田之清丽,人犹讥为太俗,况其下者耶?”

《东坡之病》载《民国日报》,1916 年 10 月 31 日,认为东坡之病是“无换笔之妙”,以词“明月几时有,把酒问青天。不知天上宫阙,今夕是何年”与诗《渡海》“参横斗转欲三更,苦雨终风也解晴。云散月明谁点缀?天容海色本澄清”为例,无东坡之才,切不可学东坡之诗。

《小序》载《民国日报》,1916 年 12 月 3 日,认为其诗词小序是补充诗词不能尽者,白石词序的弱点是“伤与词意重复”,而这一观点与周济“白石小序甚可观,苦与词复”(《宋四家词选目录序》)。今人刘扬忠则从叙事的角度,阐述了词与序互文的新观点(《从词序互文看姜夔词的叙事特色》,《社会科学战线》2014 年第 5 期)。

《论词》载《民国日报》,1916 年 11 月 1 日。

《词品》载《民国日报》,1916 年 12 月 24 日。

《论词》载《民国日报》,1917 年 1 月 1 日,较为精粹。

《菊仙》载《民国日报》,1917 年 2 月 12 日,记录自己所作咏菊词《长亭怨慢》一首。

《懒簃杂缀》载《民国日报》,1917 年 3 月 27 日至 4 月 25 日。首先就周济词论中北宋词应歌、南宋词应社,词之勾勒与寄托发表观点,认为“初学不必讳勾勒,不必学无寄托”。其次以词存人,录施子野《秋水庵花影集》中词作,作者赋《浣溪沙》一阕题庞树伯词集。

《论词》见于《饮粉庑笔语》,针对王国维《人间词话》而发,探讨“隔与不隔”之说。

《赭玉尺楼诗话》论庞树柏词,载《民国日报》,1916年1月22日至12月19日,1917年1月31日、9月1日至12月12日。

《潜庵学词记》载《民国日报》,1917年9月21日,论宋诸家词“梅溪轻纤,玉田平俗,草窗机滞,竹屋辞庸,举无足以及梦窗者”。“东坡词如《水调歌》之中秋,《水龙吟》之杨花,毕竟是绝诣。稼轩《摸鱼儿》之‘更能禁几番风雨’,已算得天机超妙矣,持较眉山,终隔一尘也”。

《读钱著中国现代文学史》载《姚鹓雏剩墨》(《边声月刊》1938年第1卷第2期),对王鹏运排在朱祖谋后表示异议,理由是“王鹏运年辈先于祖谋,治词学最早”。

《南社琐记》有论词两行,载1947年《永安月刊》第100期。“言词则有为石帚、中仙清刚淡冶者,如庞檗子君;有为玉田、梦窗绵丽博奥者,如王西神、陈倦鹤诸君。”

【内容摘录】杭县王梦曾所辑《中国文学史》中有《论词》一节云:“学周、秦者,以姜夔为称最,王沂孙足与之抗。姜格高,王味厚,各有所长。史达祖其次也,吴文英、张炎又其次也。”此论大体尚是,而未免有微误。少游轻倩,何得与美成并称?一也。白石固能别标高格,韵隽词清。然谓之为绍述美成,不当谓其独有千古。二也。碧山风神细腻,而不落俗。然曰俊永细腻则可,味厚之评似当移与梦窗。三也。史梅溪可谓工细幽秀,特不免俗耳。乃云驾梦窗而上之,玉田所谓把缆放船,无大过人处者,亦何足以偶吴氏?四也。梦窗神力,我尝论之于诗,则宋之鲁直也。美成固词中之少陵,自宋以下推学杜最工者,不得不曰鲁

直。则南宋以下学美成最工者,不得不曰梦窗也。(《论词》,载《民国日报》,1916 年 11 月1 日)

词以神圆为上品,意圆次之,笔圆又次之。周片玉可谓神、意、笔俱圆者也。故曰他人钩勒处,一钩勒便薄。美成愈钩勒,愈浑成。史梅溪已臻意圆之境,特微薄耳。王碧山几有上薄美成之概,然具体而微,终降一格矣。梦窗转折处近乎琐碎,而有时有高处函盖一切。(《词品》,载《民国日报》,1916 年 12 月 24 日)

介存斋论词,颇右辛而左苏,其实辛之情至者,果非坡老所能到。苏之自在者,辛亦万不能到。稼轩词中,如"是他春带愁来,春归何处,却不解带将愁去",看似自然,终不及坡老"明月几时有,把酒问青天",自然洁丽,有飘飘欲仙之概。

其论白石,谓以诗法入词,门径浅狭,不耐细味。固是。然谓其《暗香》《疏影》二阕,仅可与稼轩相伯仲,则不然。稼轩到底粗豪,断不能如此描摹尽致。龙洲斯善学稼轩者耳!(《论词》,载《民国日报》,1917 年 1 月 1 日)

近见王静安《人间词话》论词殊尤妙悟,然颇抑彊村,而扬夔笙,亦属主观之见。其论词境,有隔与不隔之说。如:"水佩风裳"之咏"荷"为隔,若"水面清圆,万柄风荷举",则不隔矣。易言之,赤手搏取,不假寸铁,是为不隔;点缀、陪衬、烘托皆隔也。正面文章为不隔,侧面背面皆隔也。陪衬烘托固属第二手,然世间第一手有几？世间之情之境，足以副第一手之取资者亦有几？陈石遗谓陆剑南“此身合是诗人未？细雨骑驴入剑门”，谓其能负之而趋，然“细雨骑驴”语，亦不能谓非点染也。(《饮粉庑笔语》，载《永安月刊》第100期，1947年)

【学界研究】词话收于《姚鹓雏文集》(上海：上海古籍出版社，2008年)。

1917

《病倩词话》

【出处】载《民国日报》，1917年9月1、2、3、5、7、8、15、16、17、18、19日。

【作者小传】陈巢南，见前。

【内容提要】陈有《镜台词话》前已著录。赞易安词《醉花阴》词用叠字之妙，叙陆德夫于赵明诚十五阕词中辨得李清照"莫道不消魂"词句，辨李清照再嫁之诬，此内容与《镜台词话》中一条几乎相同。

【学界研究】朱崇才《词话丛编续编》、张夷点校《浩歌堂诗钞》（上海：上海古籍出版社，2016年）收录。

《论词》

【出处】载《中华编译社社刊》,1917 年 1 月 25 日。

【作者小传】吴东园,晚清秀才,安徽歙县人,工诗文词曲,曾被上海蜚英书局聘为编辑,编有《文选类腋》等书。民国初年,吴东园曾投笔从戎,任新安五军第七路军秘书,后卸甲归隐江苏盐城伍佑镇。

【内容提要】首引《汉书·礼乐志》叙乐府之流变,又引《师友诗传录》述唐杜甫、元稹、白居易诗歌皆被乐府,最后叙乐府诸作比同《诗经》,以叙词之文体流变。

《论词》

【出处】载《中华编译社社刊》,1917 年 4 月 12 日。

【作者小传】刘哲庐,见前。

【内容提要】在词的起源方面认为词起于唐人而滥觞于五代;作词上贵独创,务去陈言;作词宜先小令而后长调。

《论词》

【出处】载《中华编译社社刊》,1917 年 4 月 27 日。

【作者小传】易顺鼎(1858－1920),字实甫、实父、中硕,晚号哭庵,龙阳(今湖南汉寿)人,清末官员、诗人,寒庐七子之一。光绪元年(1875)举人。曾被张之洞聘为两湖书院经史讲席。《马关条约》签订后,上书请罢和议。曾两赴台湾,帮助刘永福抗日。庚子事变时,督江楚转运,此后在广西、云南、广东等地任道台。辛亥革命后至北京,与袁世凯之子袁克文交游,袁世凯称帝后,任印铸局长。帝制失败后,纵情于歌楼妓馆。工诗,讲究属对工巧,用意新颖,与樊增祥并称"樊易",著有《琴志楼编年诗集》等

【内容提要】多采前人之说,如引先著《词洁》"韵小乘也,艳下驷也,词之工绝处,乃不主此,今人多以是二者言词,未免失之浅矣"等说推尊词体,又引张炎《词源》阐清空质实之说;又论词之小令难作如诗之绝句,词之咏物难于诗。

《淡月梨花馆词话》

【出处】载《新世界》,1917 年 10 月 10 日。

【作者小传】鹃魂,不详。

【内容提要】录词三阕:朱彝尊集唐诗词《蝶恋花》,张雨珊《蝶恋花》为道中见女子题壁诗有感而作,词话录后半阕,认为置之美成集中也不能辨别真伪;录吴　香《花帘词》中《浪淘沙》一阕,花间词风之作。

《习静斋词话》

【出处】载《小说海》1917 年第 3 卷第 5、6 号。

【作者小传】方廷楷,以"仙源瘦坡山人辑"署名。安徽太平仙源(今黄山)人。曾加入南社,与柳亚子、庞树柏等交善,柳亚子1936 年编《南社社友姓氏录》注其已故,著有《习静斋词话》《习静斋诗话》等。

【内容提要】首叙其编辑词话之缘由:"《习静斋诗话》中间有诗余之选,吾友武进恽铁樵见之,以为词入《诗话》,虽前人偶有之,然嫌与《词话》骈枝,似可删去。所论极当,爰从其说,尽数汰下,写于别纸,约可一卷,不忍弃去,强名之曰《习静斋词话》云。"

在词话中作者首先表达了赞同儒家诗教的词学观,援引朱彝尊与谭献的词学观,"《红盐词序》云'词虽小技,昔之巨公通儒,往往为之。盖有诗所难者,委曲倚之于声,其词愈微,而其旨益远。善为词者,假闺房儿女子之言,通之《离骚》变雅之义,此尤不得志于诗者所寄情焉耳'。旌德江秋珊先生顺诒,宏才绩学,尤工倚声,有《明镜词》二卷。其友仁和谭仲修序之曰‘秋珊抱才不遇，憔悴婉笃，而无由见用于世。于是玲珑其声，有所不敢放。屈曲其旨，有所不敢章。为长短言数卷，退然不欲附于著作之林，而无靡曼奋末之病，杳杳乎山水之趣，花草之色’”。然后总结道：“余谓声至于不敢放，旨至于不敢章，是亦《离骚》《小雅》之意，而出之劳人思妇之口乎。愿世之为词者，同臻此境也。”

词话以人存词，多记载晚清及民国词人如旌德江秋珊、仪征刘申叔，南社如柳亚子、庞树柏、王蕴章、姚鹓雏、黄人等。其评点词人之语尤可见其论词精粹：“吾乡崔牟山先生……平生喜著述，尤工长短言。其言情处，极婉约有致，如诗家之袁随园。”“连日得柳亚子、姚鹓雏词数十阕，鹓雏长于写艳，亚子工于言愁；鹓雏秾丽似梦窗，亚子俊逸似稼轩。余于鹓雏爱其小令，亚子取其长调。”“虞山黄摩西人，天才横溢，其词直可抗手辛、苏，惜以痫卒。生平著作，半已散佚，然见于《南社集》中者，亦颇不少。”“张烈仲世兄，尝手录江苏蒋小培词数阕见寄，沈雄悲壮，有稼轩、龙川之遗风，不得谓之粗豪。”“钱塘陈蝶仙以艳体诗闻，其长短言，亦复娟娟流丽，不同凡俗。”这些作者以当时人评当时词作，对研究民国南社词有积极参考价值，其评词不仅如前文所举之例，点出词学门径，作者评词亦与词人性格相联系：“社友吴瞿庵，吴中名士，其诗余已收入《诗话》。顷得其《蝶恋花》词四阕，读之令人想见其抑郁磊落之气。”

【内容摘录】 南社同人，长于倚声，足与柳、姚逐鹿词场者，复有虞山庞檗子树柏、梁溪王莼农蕴章。……

社友吴瞿庵，吴中名士，其诗余已收入《诗话》。顷得其《蝶恋花》词四阕，读之令人想见其抑郁磊落之气。……

【学界研究】《辑校民国词话三十种》收录。

《哲庐诗词话》

【出处】载《新世界》，1917年6月30日、10月5日。

【作者小传】佚名，疑为刘哲庐。

【内容提要】词话一则。论咏月诗词中，东坡“琼楼玉宇”与义山之“碧海青天”为历代文人反复取材。

《天问庐词话》

【出处】载《民国日报》，1917年4月1日、2日、3日、5日、9日，共十五则。

【作者小传】舍我，见前。

【内容提要】作者亦曾作《尺蠖轩诗话》，十六岁学词，论词推崇常州词派，“论词颇宗宛邻”，推崇张惠言“以经师而为词宗”，录张惠言《词选序》全文，认为张惠言选词宗旨为“庄雅醇丽”。对皋文选词亦有批评，认为《词选》选词过于严苛，不选柳永之词是矫枉过正，认为柳词虽多淫冶，但《雨霖铃》及《八声甘州》有可取之处。对谭献主涩论多有推崇,认为“近世之词,多流于滑。药滑之法,唯一涩字”,主涩可医近世词之流滑之病,认为谭献之词高于张惠言。

词话持论较为公允,如上述评柳永之词既批评淫冶,也肯定柳词之长处,与词史所评相符,词史批柳之说甚多,而褒奖柳永之词亦有,如吴曾《能改斋漫录》卷十六云:“晁无咎评本朝乐章,不具诸集,今载于此云:‘世言柳耆卿曲俗,非也。如八声甘州云:“渐霜风凄紧,关河冷落,残照当楼。”此真唐人语不减高处矣。’”邓廷桢《双砚斋词话》:“柳耆卿以词名景祐、皇祐间。《乐章集》中,冶游之作居其半,率皆轻浮猥媟,取誉筝琶。如当时人所讥,有教坊丁大使意。唯《雨霖铃》之‘今宵酒醒何处?杨柳岸,晓风残月’,《雪梅香》之‘渔市孤烟袅寒碧’,差近风雅。《八声甘州》之‘渐霜风凄紧,关河冷落,残照当楼’,乃不减唐人语。”

【内容摘录】谭仲修《箧中词》祖述皋文,唯选择稍滥,不及皋文之精刻,二持论则与皋文同,足以后先辉映。谭工小学,乃以其余绪治词,亦与皋文之以经师治词相似。以予观之,仲修之词,较皋文为高。皋文《水调》“东风无一事”“妆出万重花”诸阕,仲修许为“词中圣手”,此实过誉。皋文此词,盖模仿东坡“明月几时有”一阕而来,虽佳,然不足称圣也。至谭仲修自填之词,则师法白云,殊能得其神味。予幼时见其《登安庆大观亭》《渡江云》词,即深为景仰。若“钓机我亦垂纶手”“看断云飞过荒浔”之类,置诸《白云集》中,当不能辨其真伪。此等处非皋文所能做到。盖皋文工力逊谭远矣。谭之誉张,特所以标榜同志耳。

【学界研究】朱崇才《词话丛编续编》收录。

《悃簃词话》

【出处】 载《民国日报》，1917 年 9 月 25 日—1918 年 4 月 26 日。

【作者小传】 闻宥（1901－1985），字在宥，号野鹤，江苏娄县（今属上海市松江区）人，南社成员。1913 年小学毕业后，因家庭困难到上海申报馆工作，同时，先后在中学、私立震旦大学进修。后转入商务印书馆编辑部工作，1929 年起，开始在多所大学担任教职，1952 年院系调整后，再任四川大学中文系教授，兼西南民族学院教授。1955 年起调至中央民族学院任教授，直到逝世。著有《古铜鼓图录》《四川汉代画像选集》等，并擅长诗词、书法。

【内容提要】 词话登载《民国日报》时，篇目并不统一，主要篇目为《论词杂记》《悃簃词话》，零散篇目题为《千叶莲花室词话》《悃簃论词》。作者亦有《悃簃诗话》在报刊连载，所以二者有篇目混乱，有诗话编入《词话》中（1918 年 3 月 4 日），亦有词话编入诗话中（1918 年 2 月 3 日），本文统一称为《悃簃词话》。

论词较杂，主要辑录民国词人词作，对传统词论提出批评，以及关于作词之看法。辑录民国词人如孙平叔《齐天乐》，庞树柏词数阕，认为集中"佳章络绎"，尤其推崇其《莺啼序》"虽未能语语精致，然已不易得矣"。又录邵瑞彭《莺啼序》、吴梅《莺啼序》。

晚清民国词人，其最推崇者朱祖谋与郑叔问："近日词人大曰有二，归安朱沤尹先生绝代骚才、葩藻艳发”，“大鹤山人郑叔问则以清眇之思，发幽隽之语”。录朱氏《金明池》、郑氏《瑞鹤仙》，又录吴梅《薄幸》等词。

对于经典词人，作者亦有所论，如“碧山《花外》词，运思既细，选词尤丽，与梦窗微有不同。以碧山思锐，梦窗气原也。”评后主词：“以其气爽而不粗，语俊而不纤，皆无意为词而词自胜也。”对于历来纳兰与后主词并称，词人不以为然，认为“细按其词，则仅能清楚而已，外强中干，貌腴神索，其与后主终不能得万一也”。对于宋代词人，点评了寇准、苏轼、秦观、黄庭坚、欧阳修、张先、周邦彦、王安石、辛弃疾、蒋捷、柳永、康与之、史邦卿、姜夔、吴文英、李清照、王沂孙、周密、朱淑真、陆游、张炎。涵盖了两宋主要词家，评点大致恰当，而于晏殊、晏几道未予置评，则稍显失允。对于清诸词家，则列龚芝麓、王阮亭、朱竹垞、彭羡门、纳兰性德、尤西堂、厉樊榭、郭频伽、吴穀人、袁兰村。清代词家之多，超越两宋，所列亦有失公允。对于清人所编宋词选亦有评论，评戈载《宋七家词选》选梦窗词多，而“心善其言”，录戈载词六首。

作者于传统词中有可资者亦采录，如张祖望“词有艳语、隽语、奇语、豪语、苦语、痴语等”。录戈载《山亭宴》词，关于传统词论，作者亦未一味盲从而提出异议，如毛稚黄云宋人词多绵婉作诗便硬，作者即举反例。认为纳兰词不及后主词。对杨升庵词论提出异议。对于谭献词，认为“词不虚泛，诚可为北宋人之嗣响”。对于万树《词律》，作者评曰：“红友虽能论人，然《词律》一书，误处亦复不尠。”对于晚清樊增祥论词颇推崇，录其《东溪草堂词选序》全文。

关于作词，认为词有三要，略同于诗，其一“命意”，其二“立局”，其三“选辞”。作者推崇词人要深情、自然：“深情人作词不勾勒而自尘，不玄索而自深。”作词要实，“盖实则意真，意真则辞易好也”，认为作词诸病有“气短”“意失”“节疏”“语疏”。

【内容摘录】近世词人，文云起如空山侠士，剑光晔晔。谭仲修如宦家闺秀，步履矜持。王鹜翁如海国珊瑚，不假磨琢。朱彊村如郭熙作画，五日一水，十日一石。樊身云如长安少年，流动有致。易实甫如关西大汉，时虑粗鄙，然其放浪之作，则又如思光危膝，不可无一，不可有二。

寇莱公如春日园林，蔚然深秀；苏东坡如深山剑客，不娴俗礼；秦少游如花间丽色，却扇一笑，百媚横生；黄山谷如村女媚客，简直乏致；欧阳公如豪家子弟，仪态大方；张子野如春花百树，浅深互见；周美成如周公制礼，大体略备；王荆公如蛮夷入贡，不谙礼数；辛稼轩如草野人入掌枢密，动辄粗戾；蒋竹山如蓬门丽质，清秀有余；柳耆卿如通天老狐，醉即露尾；康与之如春场笙歌，繁乐聒耳；史梅溪如翦采成花，细而近纤；姜白石如江介澄波，悠然一往；吴梦窗如天孙云锦，一丝一缕，尽发奇光，俗子庸夫，见之却步；李易安如中人举鼎，时虞绝膑。王碧山如天家姬侍，神采幽馨，迥非凡艳；周公谨如辞树红英，难免浮浪；朱淑真如碧窗鹦鹉，略解语言；陆放翁如野僧说法，清而无味；张玉田如中郎凋谢，典型尚存。余则自桧以外，可无讥已。

清诸家词，龚芝麓如初日芙蓉，姱容秀发；王阮亭如青春少妇，媌娙多致；朱秀水如乐师奏曲，声声入叩；彭美门如北里新姝，时嫌浮艳；成若如孤山哀曲，遗响酸鼻，又如骏马走古坂，时虞伤足。尤西堂如天半明星，流动自如；厉樊榭如孤山鸣琴，都非凡响，又如幽泉漱石，冷冷高韵。郭频伽如倚马速稿，时伤草率。吴毂人如大家闺秀，步履端庄；袁兰村如何郎傅粉，太嫌妓艳，却非本色。

尝谓古人作词之先，胸中已有真确意绪，关山之感，时序之思，乃至咏物酢酬，亦的然有见。是故一下笔则语语真实，按之有骨，节节紧凑，而不见其迫，声律之辨，不足以缚之。夫然，故精光湛然，再三玩诵，弥有真味。若近人作词，则恒下均与上均断，是气短也。下句与上句断，是意失也。下半与上半断，是节疏也。质言之，则真意不足，而空设间架也。又或故为乖巧，虚作幻语，以能新异，是愈见其语疏也。故事獭祭，以为凝重，是愈见其才短也。上述诸病，患者益多，即南宋诸家，亦不能免，于近人乎何尤。

【学界研究】 朱崇才将《论词杂记》《倕簃词话》《千叶莲花室词话》《倕簃论词》汇编于《词话丛编续编》第四册，题为《倕簃词话》。

《申报词话》

【出处】 载《申报》，1917—1918 年。

【作者小传】 陈蝶仙，见前。

【内容提要】 由载于《申报》上的单篇词话组成。词话以录词为主。1917 年 1 月 1 日、1 月 3 日佚名撰，1 月 1 日录周星誉《东鸥草堂词》抄本《洞仙歌》七阕；1 月 3 日录自己所作《茅山进香词》

四阕。1917年3月1日佩青撰录邵心炯词《喝火令》《如梦令》两阕。1917年3月20日竹轩撰词话，认为小令难于长调，录友人方永潭词《清平乐》《虞美人》《菩萨蛮》三阕。1917年4月23日秋梦撰词话，录同乡张婉侬女士词数阕，《卜算子》《清平乐》《虞美人》等词用笔轻倩，多闺怨之词，有《蕉雨轩词草》一卷。1917年5月9日竹轩撰词话，录周星誉《东鸥草堂词》中《洞仙歌》七阕，与1月1日所刊词有三首同。1917年5月11日黑子撰词话，录长洲宋志沂词两阕。1917年5月30日栩园撰词话，录武进李芷乔先生《小元仙馆词》中《菩萨蛮》词七阕，婉转缠绵，令人凄婉。1917年6月18日栩园撰词话，录萧子羽《齐天乐》词一阕。1917年8月4日栩园撰词话，词人认为小令中《柳梢青》《浣溪沙》最难作，录同时词人梁秋云、庞树柏等人词作为范本，并对近人作者之词提出批评。1917年8月14日竹轩撰词话，词人于长调中独爱《洞仙歌》，录某君《洞仙歌》本事词数阕。1917年9月3日栩园撰词话，录吕碧城《摸鱼子》一阕。

1918年词话：一，1918年4月13日栩园撰，辨析《恋花记月词》中所刊《洞仙歌》五阕与《南社第九集》刊沈南雅词雷同之缘由，并录词。二，1918年4月14日闻野鹤《千叶莲花室词话》摘引杨伯夔续词品十二章。认为“十二章无一弱句，可谓一时瑜亮矣”。三，1918年4月26日录沈祥龙词《湘春夜月》《一萼红》。四，1918年7月23日、25日祖靖亚词话，录贺双卿词《凤凰台上忆吹箫》，钱斐仲女士词《解连环》，张信甫词《虞美人》。五，1918年7月26日病凤撰，录李小白词《一痕沙》《菩萨蛮》。六，1918年7月28日墨子撰词话，录李次白《梦春庐词》中《渔家傲》《踏莎行》

《金缕曲》。七,1918 年 7 月 30 日祖靖亚词话录临川乐莲裳孝廉《浪淘沙》。八,1918 年 7 月 31 日栩园撰录瑞香词《玉漏迟》《满江红》两阕。九,1918 年 8 月 5 日竹轩撰词话三则,第一则录浙人唐际虞词《浣溪沙》《渔歌子》两阕;第二则录曹某词《金缕曲》;第三则录张景庵词《踏莎行》。十,1918 年 8 月 9 日录成都胡长木词《虞美人》《更漏子》《女冠子》等,认为胡词清微婉约,有南宋作家之长。十一,1918 年 8 月 28 日陈兆园撰,录友人词《高阳台》。

1918

《空斋词话》

【出处】载《先施乐园日报》，1918 年 11 月 25 日、12 月 2 日、12 月 5 日、12 月 27 日，1919 年 2 月 27 日、3 月 12 日。

【作者小传】史别抱，江苏宜兴人，亦署酒囚、空斋主人。

【内容提要】词话十则，首先引前人词话，证自己词学观点，引陆辅之《词说》："命意贵远，造字贵便，造语贵新，练字贵响。"《玉梅馆词话》诸语作学词之指南，引《〈掞天词〉序》张祖望曰"词虽小道，第一要辨雅俗，结构天成，而中有艳语、隽语、奇语、豪语、苦语、痴语、没要紧语"，说明词之特点。

其次以词存人，录诸多闺秀词。李佩金，有《生香馆词》中《青衫湿·题浔阳送客图》《惜分钗》读之令人陡生秋感。钱孟钿[1]《点绛唇》,钱凤纶[2]《鹊桥仙·寄外》,西江勒少仲方锜所著《金缕曲·凝芬阁席上有怀云仪并序》。

此外,录项莲生《浪淘沙·元夜有怀》《声声慢·春声拟竹山词》,并评:“予观其字必色飞,语必魂绝,虽皆缘情绮靡之作,感遇怨悱之旨,而使人凄然思、黯然悲。凡吾身之所值,目之所接,缠绵悱恻,烦冤郁积,徘徊不能自言者皆若于是编具焉。”录蒋春霖《水云楼词》之《调寄甘州并序》《琐窗寒》,评“春霖事多不得志,故其所为大半无聊感慨之作”。

【内容摘录】近世作诗者夥,而为词者则如凤毛麟角。非词高于诗,实神悟难期,而声音之微者不易究也。陆辅之《词说》曰:“命意贵远,造字贵便,造语贵新,炼字贵响。”《玉梅馆词话》曰:“真正作手不愁亦工,不俗故也。不俗之道,第一不纤。”又云:“词太做,嫌琢。太不做,嫌率。欲求恰如分际。”又云:“学填词先学读词,抑扬顿挫,心领神会。日久,胸次郁勃,信手拈来,自然神韵谐鬯矣。”凡兹数语,可作学词者之金针指南观。(1918 年 11 月 25 日)

【学界研究】和希林整理:《先施乐园报载词话五种》,《古代文学理论研究》第四十五辑。

---

① 钱孟钿,字冠之,武进人,刑部尚书钱文敏公维城女,荆宜施道永济崔龙见室。
② 钱凤纶,字云仪,仁和人,翰林绳菴女,同邑贡生黄式序室,有《古香楼词》。

《根香山馆词话》

【出处】 载《先施乐园日报》,1918 年 12 月 12 日,12 月 19 日,12 月 25 日。

【作者小传】 腾固(1901－1941),又名腾若渠,江苏宝山人。八岁能作诗,后入上海美专,毕业后留学日本,1924 年获文学学士学位归国。曾与方光焘合组狮吼社,一度是邵洵美主办的《金星》月刊撰稿人。1930 年赴德留学,获柏林大学哲学博士,归国后任国民政府行政院参事,抗战期间任湖南沅陵艺术专科学校校长。曾撰有《中国美术小史》《唐宋绘画史》。

【内容提要】 词话四则。主要以词存人,词话云:"余束发受书时,即饫闻先师伯邵心炯先生之名,盖先生与家伯讱庵为文字交也。后予从其弟心箴、心传两先生游,知之尤详。"

录邵心炯《金缕曲》二首,评"先生词宗白石,以遭际有异,故不甚肖,然天分过之。悼亡后所著《金缕曲》三首,瘦鹃先生词话中言之綦详。然其吴下将归时,所谱《金缕曲》一首,亦如伯奇孤子、屈原忠臣之所叹"。黄景仁《贫也乐》《点绛唇》,评"而其词之豪放处,有如辛稼轩,旖旎处,有如李后主"。词多豪气纵横,但《采桑子》(沉沉一枕扶头睡)缠绵婉转。

【内容摘录】 龚定庵之《无著词》《怀人馆词》《影事词》《小奢摩词》《庚子雅词》,意想超脱,语多俊隽,戛戛独造,脱尽恒蹊,间有不甚协律者，盖才人之笔，固无所不可也。《洞仙歌》云："高楼灯火，已四更天气。吴语喁喁也嫌碎。者新居颇好，旧恨堪销，壶漏尽、侬待整帆行矣。　从今梳洗罢，收拾筝箫，匀出工夫学书字。鸩鸟倘欺鸾，第一难防，须嘱咐、莺媒回避。只此际、萧郎放心行，向水驿寻灯，山程倚辔。"《浪淘沙》云："好梦最难留。吹过仙洲。寻思依样到心头。去也无踪寻也惯，六扇厢楼。　中有话绸缪。灯火帘钩。是仙是幻是温柔。独自凄凉还自遣，自制离愁。"《菩萨蛮》云："文窗花雾凄然绿。侍儿不肯传银烛。楼外月昏黄。口脂闻暗香。　新来情性皱。未肯偎罗袖。此度袷衣单。蒙他讯晚寒。"此数首，予最爱诵之。

【学界研究】《先施乐园报载词话五种》，《古代文学理论研究》第四十五辑。

《才华富有室词话》

【出处】载《新世界》，1918 年 12 月 9、10 日。

【作者小传】富华，不详，按词话内容应为吴梅弟子。

【内容提要】词话两则：第一则引《习静斋词话》录南社吴梅《蝶恋花》词数阕；第二则录王瀛洲《赏花吟》词。

《小蝶诗词话》

【出处】载《新世界》,1918 年 10 月 29 日、30 日,11 月 30 日,1919 年 2 月 15 日。

【作者小传】佚名。

【内容提要】词话两则。第一则辨析《洞仙歌》与《满江红》填词风格,认为“《洞仙歌》靡曼多姿,宜于言情诸作。《满江红》则豪放感慨,以为怀古赠别之曲音节尤佳”。第二则评李后主词既有亡国之音,又有陈隋后主艳冶之声。

1919

《冰簃词话》

【出处】载《诗声》1919 年第 4 卷第 2、3、4、6 期。

【作者小传】连城，即赵连城，冯秋雪丈夫。冯秋雪（1892－1969），名平，又名宗樾，字秋雪，号澹于，笔名紫君，南海人。同盟会成员，1912 年与赵连城结婚，1919 年，创办佩文学校，冯任校长、赵任教务主任。与古桂芬、区韶风、周树勋等人在澳门组织雪堂诗社。

【内容提要】词话前有小序云："去岁，金风初至采薪遽憂，画永夜长，书城坐困，笼愁日淡，煮梦灯荧。连城药炉事暇，辄于榻前为余诵唐宋诸大家长短句。每终一阕，絮絮评高下，有屈古人者，余则如律师，滔滔申辩不已，连城谓余伤气古人纵屈，亦不许作辩护士，否则去。词谈野乘，余素不甚喜说部，愿反舌可否，亦笔之，积二旬，得百三十则，病中所记，词多芜杂，去腊岁除，出而删汰。‘冰簃’，余与连城读书之室也，爰取以名篇中所论者，皆痊后余辨正也，民国第一己未年初夏秋雪记。”

词话一，推崇李清照与朱淑真词，词话主要高度评价清照词，作者谓“宋女子李易安（清照），洵一代词家，果使易笄而牟，则宋代诸公亦当避军三舍”，词话二推崇清代词，认为清代一代词学大昌，集宋之成者也，将清词家与宋词家相类，如吴梅村、顾汾梁也，则可追踪幼安、曹寔庵也。词话三叙述民国词人沛公与谢菊初作七夕词事，词话四连城专评易安词。易安词之“守着窗儿，独自怎生得黑”，情语也；“莫道不消魂，帘卷西风，人似黄花瘦”，致语也；“宠柳娇花寒食近”，丽语也；“只恐双溪舴艋舟，载不动许多愁”，趣语也；“旧时天气旧时衣，只有怀旧不似旧家时”，痴语也；“无计可消除，才下眉头，却上心头”，苦语也。才思如此，蔑以加矣。此语亦模仿王世贞《艺苑厄言》中之快语、壮语、爽语、致语、情语、淡语、恒语、浅语、俊语、丽语也。①

① “子瞻‘与谁同坐，明月清风我’，‘明月几时有，把酒问青天’，快语也。‘大江东去，浪淘尽、千古风流人物，’壮语也。‘杏花疏影里，吹笛到天明’，又‘高情已逐晓云空，不与梨花同梦’，爽语也。其词浓与淡之间也。”

“‘归来休放烛花红，待踏马蹄清夜月’，致语也。‘问君能有几多愁，却似一江春水向东流’，情语也。后主直是词手。”

“‘油壁车轻金犊肥，流苏帐暖春鸡报’，非歌行丽对乎。‘细雨梦回鸡塞远，小楼吹彻玉笙寒’，‘青鸟不传云外信，丁香空结雨中愁’，‘无可奈何花落去，似曾相识燕归来’，非律诗俊语乎。然是天成一段词也，著诗不得。‘斜阳只送平波远’，又‘春来依旧生芳草’，淡语之有致者也。‘角声吹落梅花月’，又‘满院落花春寂寂’，又‘一钩淡月天如水’，又‘秋千外、绿水桥平’，又‘地卑山近，衣润费炉烟’，淡语之有景者也。景在费字‘平芜尽处是青山，行人更在青山外’，又‘郴江幸自绕郴山，为谁流下潇湘去’，此淡语之有情者也。‘拼则而今已拼了，忘则怎生便忘得’，又‘断送一生憔悴，能消几个黄昏’，此恒语之有情者也。咏雨‘点点不离杨柳外，声声只在芭蕉里’，此浅语之有情者也。淡语、恒语、浅语，极不易工，因为拈出。”

“温庭筠‘雁柱十三弦，一一春莺语’，陈无已‘弹到断肠时，春山眉黛低’，皆弹琴筝俊语也。”

“永叔极不能作丽语，乃亦有之。曰‘隔花暗鸟唤行人’，又‘海棠经雨胭脂透’。”

(《词话丛编》,第388页)

【内容摘录】词之有宋,犹诗之有唐。有清一代,词学大昌,集宋之成者也。吴梅村、顾梁汾也,则可追踪幼安;曹实庵也,可伯仲方回、美成;纳兰容若,则升南唐二主之堂;朱竹垞、陈其年、厉樊榭也,则容与乎白石、梅溪、玉田、梦窗之间;王小山则直逼永叔、少游;张皋文则集两宋之精英,开词家未有之境;项莲生则从白石、玉田、梦窗而超出其外;龚璱人则合周、辛一炉而冶,作飞仙剑侠之音;蒋鹿潭则与竹垞、樊榭异曲同工,胜朝杜工部也。鹿潭而后,虽有作者,然大都从字句间雕琢,有辞无气,过此目往,恐成广陵散矣。

易安词之"守着窗儿,独自怎生得黑",慎语也;"莫道不消魂,帘卷西风,人比黄花瘦",致语也;"宠柳娇花寒食近",丽语也;"只恐双溪舴艋舟,载不动许多愁",趣语也;"旧时天气旧时衣,只有怀旧不似旧家时",痴语也;"此情无计可消除,才下眉头,却上心头",苦语也。才思如此,蔑以加矣。

【学界研究】邓骏捷:《民国词人冯秋雪的创作及其地位》,《中国韵文学刊》2018年第4期。

《凉云室词话》

【出处】载《新世界》,1919年1月17、22日,2月10、16、17、18、19、20日。

【作者小传】 善之，不详。

【内容提要】 词话八则。第一则以词史讥朱彝尊《词综》者，引出作者“我以为佳者取之，我以为不佳者舍之的”独立的选词观念；第二则叙柳永《望海潮》词本事；第三则录郭频伽词《疏帘淡月》《卜算子》《江城梅花引》等；第四则录清乾隆时词人任兆麟《凤凰台上忆吹箫》；第五则录凌荫周《疏影词》；第六则录诸生吴贞闺《临江仙》后半阕；第七则录作者叔祖母凌沅翠《卖花声》《钗头凤》词；第八则录谭仲修《蝶恋花·水香庵饯春》。

《心陶阁词话》

【出处】 载《诗声》1919 年第 4 卷第 6、7、8 期，1920 年第 4 卷第 10 期。

【作者小传】 黄沛功，又名浦功，号奉宣，又号心陶阁主、岐江钓徒，香山（今中山）人，清末优增生。1919 年初，黄沛功造访雪堂，与冯秋雪、赵连城相谈甚欢，有《除夕访秋雪》二首、《赠连城女士二十韵》。《诗声》第 3 卷第 5 号刊其《澳门竹枝词三十首（录十）》，又续登《心陶阁诗话》《心陶阁词话》。

【内容提要】 词话九则。第一则主要评论蒋鹿谭与纳兰性德的《蝶恋花》词，认为《蝶恋花》词各极其妙，妙在“笔舌互用心，曲而能达”。第二则写词人自题画词一首《清平乐》赋梅花，《菩萨蛮》题美人花间戏卧。第三则提出“咏田家要闲淡朴雅，咏渔家要洒脱飘逸”。第四则录友人赠《菩萨蛮》词。第五则录晚清词人张南山之《满江红》词。第六则录宋人姚云文之重阳词。第七则秦观之《好事近》,认为“词语颇奇,非复人间意境”。第八则录宋人词辛弃疾《西江月·示儿》及陈眉山词,评“风趣绝佳,雅俗共赏”。第九则录已作。

【学界研究】《辑校民国词话三十种》收录。

《词话》

【出处】 载《广益杂志》1919 年第 5 期。

【作者小传】 陈陈,不详。

【内容提要】 词话叙作词之法:“小令以《浣溪沙》《柳梢青》两体最为难作,《浣溪沙》上半阕三句,句句押韵,每患堆砌而失层次。《柳梢青》末三句同是四子,尤易于运掉不灵。”并收集同时期词人梁秋云、庞檗子等人词集为例,认为二词体皆以传意达意为尚,《浣溪沙》不善者成不完全之律绝诗,《柳梢青》则易俗腐逼人。

《星园词话》

【出处】 载《时报》,1919 年 12 月 1、2 日。

【作者小传】章星园(1883－1961),名奎森,江苏南通人。自幼聪颖好学,爱好诗词,曾于清末科举拔贡生,后在家乡凤山小学任教,曾在二十世纪二十年代上海报纸《时报》《时事新报》等文艺副刊发表诗词,著有《星园诗抄》《星园词抄》《星园诗集》《星园日知录》等。

【内容提要】12 月 1 日词话四则,12 月 2 日词话五则。1 日词话以录词作为主,录东台陈智开《忆江南》词;录陈智开夫人徐巽中女士《长相思》词;录其长女徐小兰《浪淘沙》词,谓一家能词不多见。2 日词话先论作词之法再以己词为例证。第一则"作词之法要炼句炼字"以《如梦令》为例;第二则"词有暗叶之处"以《醉花阴》为例;第三则"词调中有联用之字,用之得法不厌其烦,愈觉巧妙"以《苏幕遮》为例;第四则"词家用典最忌填实,总以清空一气,不见痕迹为佳"以《法曲献仙音》为例;第五则"咏物词刻画中饶有风趣,才能动目"以《一枝春》为例。

【学界研究】和希林整理:《小时报载词话五种》,《古代文学理论研究》第四十六辑。

《冷庐非词话》

【出处】载《先施乐园日报》,1919 年 1 月 8、9 日,4 月 12、14 日。

【作者小传】滕若渠,见前。

【内容提要】作者首叙:“蒋箸超先生著《非诗话》,名重一时。因效其体,作《非词话》。阅者得弗哂为狗尾续貂乎?一笑。”录濡东钱《美人咏》四阕,分别是《少年游·咏聋美人》《浪淘沙·咏瞎美人》《点绛唇·咏哑美人》《采桑子·咏痴美人》。无名氏《春赛词》三阕,描写士女杂踏之状。录某君《一半儿·无题》,语涉轻浮。又录《跳浜词》五阕,系调寄《浣溪沙》者,亦游戏笔墨之作。

【内容摘录】予既述也是词之春赛词矣,复有《跳浜词》五阕,系调寄《浣溪沙》者,亦游戏笔墨中之可诵者也。其一云:“一道鸿沟两界开。趋前绝后睹龙媒。檀溪故事漫相猜。 勒马俄延偏不发,据鞍踊跃水之隈。且看谁得锦标回。”其二云:“一片惊风沪水滨。骄蹄微飐水边尘。风飘马尾情余春。 浅浅之溛疑渤海,龙超象外彼何人。虬髯碧眼信难伦。”其三云:“微雨丝丝欲湿衣。错疑人醉玉楼时。听他金勒马骄嘶。 一失足成千古恨,可怜人马尽沾泥。要人扶起故依依。”其四云:“偶尔超前气便豪。名驹声价陡然高。沪江谁是九方皋。 公子堕鞭浑欲似,鲁连蹈海尽相嘲。些许缺陷哪能逃。”其五云:“春赛今朝煞尾声。怨天偏不做人情。跳浜时节未曾晴。 车马纷纭看赌赛,花萁架子尽纵横。偶然跃过是身轻。”腕底虽能生风,总不如《春赛》之妙。

【学界研究】《先施乐园报载词话五种》,《古代文学理论研究》第四十五辑。

《黛影阁词话》

【出处】载《先施乐园日报》,1919年4月4日。

【作者小传】谢黛云,疑为陈廖士[①]之妻。

【内容提要】录龚定庵词《虞美人》《浪淘沙·写梦》《菩萨蛮·四月十九日即事》。

【内容摘录】龚定庵词凡五卷,曰《无著词》,曰《怀人馆词》,曰《影事词》,曰《小奢摩词》,曰《庚子雅词》。其词才气横逸,不为格律所束缚,如飞仙剑客,飞行无迹。如《虞美人》云:"纱窗暝色低迷红,犹未传银烛。莫寒瑟瑟镜台边,玉钏微闻应是换吴棉。金炉香篆愔愔坠,新月窥人坐。湘帘放下悄含颦,生怕梨花和月射啼痕。"……

【学界研究】《先施乐园报载词话五种》,《古代文学理论研究》第四十五辑。

① 陈器伯(1898－1970),原名道量,字企白,一作器伯,号寥士、玉谷、十园。浙江镇海人。五四运动爆发后,投身于宁波当地的社会运动。办过报纸,创办过诗社,抗战期间,出任伪行政院简任秘书,在伪中国公学担任重要教职员,后以文化汉奸罪名被起诉。著有《单云甲戌稿》《单云阁诗》《单云杂著》《单云阁诗话》等。

《滑稽词话》

【出处】载《先施乐园日报》,1919年10月15日。

【作者小传】秋农,不详。

【内容提要】词话二则。首则录名士李容斋因优人新婚,作《贺新郎》词。次则昔有狂生读《孟子》,作一诗嘲孟子。

《宝贤菴词话》

【出处】载《时报》附赠的《文艺周刊》,1919年4月6、13日,5月4、18、25日,6月1、15、22、29日,7月6、13日,8月3、24、31日,9月7、21、28日,10月5、19、26日,11月4、11日,12月16、23日;1920年2月24日,4月27日,5月18日,6月1日,7月6日,9月7、14、21日,10月12、19日,11月9、23日,12月21日;1921年2月22日,3月1、8、15、22、29日,5月10、17日。

【作者小传】疑为狄葆贤。狄葆贤(1873－1941),字楚青(一作楚卿),别号平情居士、平情客。室名宝贤庵、平等阁。江苏溧阳人。康有为弟子。早年留学日本,曾参与唐才常"勤王讨贼"、张謇立宪请愿及1916年反袁独立运动等。后在上海创办《时报》

《民报》和有正书局。著有《平等阁笔记》《平等阁诗话》《清代画史补》等。

【内容提要】 词话以录晚清、民国词人为主,有郑文焯、冯梦华、朱祖谋、潘若庵、杨留垞、汪旭初、张祥龄、汪旭初、袁思亮、易实甫、梁启超、周星誉、冒鹤亭、王闿运、张尔田、左笏卿、李佛客等人词。录词前后有词之评点,如1919年4月6日录《瓶庐词》,谓"清丽处有六一琴趣意致",1919年5月25日录冯梦华词,谓"清健处似北宋诸贤"。录词之前偶记词人小传,如1919年4月27日记郑叔问:"郑叔问中翰(文焯),为汉军八旗人……词凡三刻,初集曰《瘦碧》,续集曰《冷红》,三集曰《比竹余音》,沧桑而后,自删定为《樵风乐府》九卷,戊午二月以贫病卒,年五十许。"词话间记词人活动,如1919年7月13日记己未年(1919)春,夏敬观、张菊生、陈叔通、周印昆、姚崇光赴邓尉山探梅。1920年9月14日词话记乙卯年(1915)上海的一次逸社社集,录杨留垞先生《水龙吟》词。

词话亦记词家词论,如1919年8月24日录张祥龄词论:"周清真犹诗家之李东川也,姜尧章杜少陵也,吴梦窗李玉溪也,张尔田白香山也,南唐二主冯延巳之属,固为词家宗主,然是勾萌枝叶未备。小山、耆卿而春矣,清真、白石而夏矣,梦窗、碧山而秋矣,至白云、万宝告成。"

【内容摘录】 王壬秋先生著有《湘绮楼词》一卷,有"赋得惜花春起早"调寄《南乡子》一阕云:"春恨压屏山。细雨欺花困牡丹。雨若再晴花再艳,应难。唤起双鬟摘下看。 凭软曲阑干。晓逗微光似不寒。忽地玉阶风过,觉衣单。重入罗帏又懒眠。"又《琵琶仙》词序云:"孔东塘所藏韩滉《小忽雷》叶东卿拓本,今在陶斋,乙巳上元日感题。”词云：“马上胡笳，更安史乱后，琵琶凄切。谁道经画江淮，繁华未销歇。檀槽手制，几回看，柳花如雪（自注用韩晦日诗意）。元相徵歌，李謩擫笛，长自呜咽。想秦蜀，流落千年，又新染、桃花扇边血。多少玉颜漂泊，叹腥膻宫阙。只一曲、逊逻沙尘，把古今、积恨弹彻。说甚叶氏韩家，那时喧热。”湘绮楼自谓前词似北宋人，余谓此二词温馨凄厉，各擅其胜，实湘绮本色语，皆绝妙好辞也。

《拜龚楼词话》

【出处】载《时报》，1919 年 6 月 13、18 日。

【作者小传】佚名。

【内容提要】录词数阕，录邹亚云《沁园春》词，录庞檗子《声声慢》《霜花腴》《喜迁莺》词三阕。并盛赞近代江左诸家，推朱祖谋、王蕴章、庞檗子等诸人。

1920

《餐樱庑词话》

【出处】载《小说月报》第十一卷第五至十二号，共二百五十则。

【作者小传】况周颐，见前。

【内容提要】《餐樱庑词话》探讨了如何作词、词史观、词人评点、词作考证。如何作词，包含了作词忌讳，“作词最忌一‘矜’字”，“作词须知暗字诀”，“则凡轻倩处，即是伤格处，即为疵病矣”。“凡人学词，功候有深浅。即浅亦非疵，功力未到而已。不安于浅而致饰焉，不恤颦眉、龋齿，楚楚作态，乃是大疵，最宜切忌。”“词笔固不宜直率，尤切忌刻意为曲折”，学词过程应当“先求妥帖、停匀，再求和雅、深秀，乃至精稳、沈著”。

词史观方面，如进一步推崇宋词。“余尝谓宋人文词虽游戏通俗诸作，亦不无高异处，盖气格使然。元人即已弗逮，明已下不论也。”当然，作者并不是一味推崇宋词，亦指出其中缺点，如高竹屋“古驿烟寒”句勾勒太露。又如探讨宋、金词不同。“自六朝已还，文章有南北派之分，乃至书法亦然。姑以词论，金源之于南宋，时代正同，疆域之不同，人事为之耳。风会曷与焉。如辛幼安先在北，何尝不可南。如吴彦高先在南，何尝不可北。顾细审其词，南与北确乎有辨，其故何耶？……南宋佳词能浑，至金源佳词近刚方。宋词深致能入骨，如清真、梦窗是。金词清劲能树骨，如萧闲、遯庵是。南人得江山之秀，北人以冰霜为清。南或失之绮靡，近于雕文刻镂之技。北或失之荒率，无解深裘大马之讥。善读者抉择其精华，能知其并皆佳妙。而其佳妙之所以然，不难于合勘，而难于分观。往往能知之而难于明言之。然而宋金之词之不同，固显而易见者也。”论述极有见地，如“南人得江山之秀，北人以冰霜为清”从地缘环境推出宋词与金词风格不同。这与“江左宫商发越，贵于清绮；河朔词义贞，重乎气质”一脉相承。

词之考订方面，如辨朱淑真为北宋词人：“朱淑真词，自来选家列之南宋。谓是文公侄女，或且以为元人。其误甚矣。淑真与曾布妻魏氏为词友。曾布贵盛，丁元佑以后，崇宁以前，大观元年卒。淑真为布妻之友，则是北宋人无疑。”万树《词律》亦有不足，如《绛都春》录吴文英词，于“并”字旁注可平，便是疏于考订处。

词话大量评点了词作，如李白《清平乐》、和凝《江城子》、司空图《酒泉子》、王清蕙《满江红》等。在评语中首先精准点明词人风格，如梦窗词兼具致密与沉着，清真词愈朴愈厚愈雅。其次点明词人语句境界相似处，如罗子远《清平乐》“两桨能吴语”与纳兰《望江南》“笙箫恰称语音圆”，同一妙于领会。再次为学词人指明路径，如点评冯深居《喜迁莺》，指出“其词多矜炼之句，尤合疏密相间之法，可为初学楷模”。

《餐樱庑词话》论词精准，是《蕙风词话》的重要基础。其中一些重要词论被后来《蕙风词话》收录，夏敬观在《蕙风词话诠评》专门进行了诠释。如“作词最忌一‘矜’字”，夏氏云：“矜者，惊露也。依黯与静穆，则为惊露之反。而依黯在情，静穆在神，在情者稍易，在神者尤难。情有迹也，神无迹也。惊露则述情不深而味亦浅薄矣，故必依黯以出之。能依黯，已无矜之迹矣。神不静穆，犹为未至也。”

【内容摘录】 作词最忌一“矜”字，“矜”之在迹者，吾庶几免矣；其在神者，容犹在所难免。兹事未遽自足也。

填词先求凝重，凝重中有神韵，去成就不远矣。所谓神韵，即事外远致也。即神韵未佳而过存之，其足为疵病者亦仅，盖气格较胜矣。若从轻倩入手，至于有神韵，亦自成就，特降于出自凝重者一格。若并无神韵而过存之，则不为疵病者亦仅矣。或中年以后，读书多，学力日进，所作渐近凝重，犹不免时露轻倩本色。则凡轻倩处，即是伤格处，即为疵病矣。天分聪明人最宜学凝重一路，却最易趋轻倩一路。苦于不自知，又无师友指导之耳。

填词之难，造句要自然，又要未经前人说过。自唐五代以还，名作如林，那有天然好语，留待我辈驱遣。必欲得之，其道有二：曰性灵流露，曰书卷酝酿。性灵关天分，书卷关学力。学力果充，虽天分稍逊，必有资深逢源之一日，书卷不负人也。中年以后，天分便不可恃。苟无学力，日见其衰退而已。江淹才尽，岂真梦中人索还囊锦耶。

名手作词，题中应有之意，不妨三数语说尽。自余悉以发抒襟抱，所寄托往往委曲而难明。长言之不足，至乃零乱拉杂，胡天胡帝。其言中之意，读者不能知，作者亦不蕲其知。以谓流于跌宕怪神、怨怼激发，而不可以为训，则亦左徒之骚些云尔。夫使其所作，大都众所共知，无甚关系之言，宁非浪费楮墨耶。

词学程序，先求妥帖、停匀，再求和雅、深秀，乃至精稳、沈著。精稳则能品矣。沈著更进于能品矣。精稳之稳，与妥帖迥乎不同。沈著尤难于精稳。平昔求词词外，于性情得所养，于书卷观其通。优而游之，厌而饫之，积而流焉。所谓满心而发，肆口而成，掷地作金石声矣。情真理足，笔力能包举之。纯任自然，不假锤炼，则沈著二字之铨释也。

凡人学词，功候有深浅。即浅亦非疵，功力未到而已。不安于浅而致饰焉，不恤颦眉、龋齿，楚楚作态，乃是大疵，最宜切忌。

【学界研究】关于《餐樱庑词话》与后来《蕙风词话》等词话的引用关系。孙克强考证《餐樱庑词话》①后被《蕙风词话》收录一百五十则。唐圭璋先生《蕙风词话续编》卷一之七十二则中有六十四则与《餐樱庑词话》相同，孙克强先生推断应当有一本单行本《餐樱庑词话》。《历代词人考略》引录《餐樱庑词话》四十则，其中见于《小说月报》者九则，不见者三十一则，在三十一则中，五则与《蕙风词话续编》，一则见于《唐宋名家词选》，二十五则仅见于《历

① 孙克强：《餐樱庑词话辑佚》，《中华文史论丛》第八十三辑。

代词人考略》;《唐宋名家词选》引《餐樱庑词话》十二则,见于《小说月报》一则,不见者十一则,十一则中,一则见于《蕙风词话》,六则见于《历代词人考略》,四则为仅见。

《红叶山房词话》

【出处】 载《民觉》1920 年第 1 卷第 1 期。

【作者小传】 霜蝉,不详。

【内容提要】 前有小序:“吾友寻芳倦客,尽瘁国家,热心社会,历遭失败,备极惨酷。而其志洁行廉,泥而不滓,所作诗馀,妙精律吕,咏叹淫液,一往情深。其称文小,而其指极大。举类迩而见义远,楚些遗风,于今复振。人仅赏其含英咀华,披风抹月,而未解词客哀时之旨。兹特抄列数作,附以说明,然后知伤心人别有怀抱也。”该词话又名《啼红词稿评注》,《啼红词稿》为蔡复灵[①]所作。

词话探讨词之本事,如选取了皆是 1919 年所作的《虞美人》《高阳台》,写变法之事,可谓“词史”,《高阳台》赋写友人蔡济民遇

---

① 蔡复灵(1882-1949),又名突灵,笔名寻芳倦客。1901 年至 1904 年,他在宜丰和南昌先后参与组织“我群社”“易知社”。在孙中山领导下进行反清革命。武昌起义爆发后,与弟弟锐霆共同组织光复军,夺取新昌县政权,并进而占领瑞州州府(今高安),成立军政府,宣布独立。随后代替弟弟锐霆担任瑞州府都督兼革命军司令。1913 年湖口起义失败后被袁通缉,流亡日本,待袁死后才回国,恢复议员身份,担任江西教育司长。1944 年回家乡担任宜丰县参议员,1947 年起任宜丰县文献委员会主任委员,1949 年 7 月去世。

难事。剖析蔡氏自谱《旧院》一首,悼其恋情。另有《虞美人》回文词,作者并未将其视为文字游戏,而是“诗之回文句,同字数故易。词则长短不齐,每阕自起一字至末,连属不断,故难。此作一气贯注,浑无接痕,而又得自由发抒性灵之妙”。

【内容摘录】《祝英台近·己未春感》云:“杏花残,芳意消,小院东风老。无那流莺,唤起懵腾觉。谢仙陌上依依,多情杨柳,放青眼亲人如笑。　休凭眺。忙了蝶使蜂媒,趁把余香醮。燕燕飞飞,飞到几时了。年年寒食江南,旧时草色,惯惹得羁愁盈抱。”(一)(二)刺护法当局之萎靡。(三)邻邦提出警告。(四)主张合法和平各团体。(五)(六)钻营趋赴和会诸人员,君曾通电反对。(七)奔走呼号于沪渎者。……

【学界研究】《辑校民国词话三十种》收录。

《词话》

【出处】 载《中国实业新报》1920年第7期。

【作者小传】 佚名。

【内容提要】 词话先谈填词之不易:“填词一道,足觇文人驯静温雅,颇有吐句如丝,吹气如兰之概。即拟之以织锦刺绣之细工,终难喻其缜致也。”录陈栩园《蝶恋花》,赞“措辞谐而庄,流丽不落纤巧”。最后录己作《蝶恋花》。

《梅讯》[1]

【出处】载《申报》,1920 年 4 月至 5 月。

【作者小传】春醪,按《赵尊岳集》《梅讯》作者推论,此处春醪即赵尊岳。

【内容提要】叙述梅兰芳在上海演出期间与上海文化界交往之事,其中不乏与词人朱祖谋、况周颐的交往:“畹华不作南行兹三载,眷怀之苦,复何可言。客冬应通州之召,初拟一苇渡江,卒以事阻,令海上望者如在五云缥缈间。二月望日得京友函讯。畹华于十九日南下,杨枝甘露从此遍洒尘寰,可为鹊跃。迨二十日抵沪,以匆匆间未暇往谒。越日,则畹华更以事出,托凤卿致意而已。昨者妙音新奏,歌场中始一掩为笑。此别已三年,重来不知何日?诵玉田能几番游之语,不禁黯然伤神矣。因排日凡歌场琐屑杂事及小史宴乐雅谑曰梅讯。扬州画舫,侍儿小名,可容此为续貂乎。庚申二月春醪并记。”

1920 年 4 月 14 日朱祖谋、况周颐与诸人聚会,朱氏以《浣溪

① 《申报》1922 年 5 月 30 日至 7 月 11 日亦有第二次《梅讯》,共计三十五则,与词相关二十一则(第七则录赵尊岳赋《清平乐》二首,第十五则录况周颐《清平乐》十一首,第十九则录况周颐《清平乐》一首,赵尊岳三首;第二十则录非园主人《高阳台》一阕,赵尊岳《清平乐》二首;第二十五则录刘翰怡《清平乐》二首);第二十七则录严直方《清平乐》二首;第二十八则录刘翰怡《清平乐》三首;第三十二则录况周颐词一首;第三十五则录赵安之《清平乐》一首;同时《梅讯》中录林鹍翔《广咏梅词》多首。

沙》词调侃况周颐倾倒梅兰芳之事。5 月 3 日玉楳词人拟总集二百余阕美人色相词送梅兰芳。5 月 9 日录况蕙风两公子作《减字浣溪沙》送梅兰芳;录况周颐赠姚玉芙《清平乐》词。5 月 21 日录朱祖谋题《香南雅集图》《清平乐》词各一阕。5 月 22 日录孟心史赠赵尊岳词“拈《江城梅花引》为诸君赋践梅词以似叔雍并呈诸词老”。5 月 26 日录沈子培赋《临江仙》词谢梅兰芳赠小影。

【学界研究】《赵尊岳集》(南京: 凤凰出版社,2016 年)收录。

1921

《守诚斋词话》

【出处】 载《小说新报》1921 年第 7 卷第 6、7 期。

【作者小传】 稚侬，南社黄人生前恋人，常与黄人切磋诗词，后要被夫家强卖入平康中，惊骇逃走，郁郁而终。

【内容提要】 其为作者阅读闺秀词所作词话，序云：“春雨廉纤，薄寒料峭，小斋兀坐，万态寂寥。追忆昔日所读诸闺秀词集，清辞丽句，深印脑海，每不能去，际此多暇，一一写出，编为词话，藉以排遣时日，拉杂录之，不及删润。序述殊惭芜陋，海内彦达，肯加匡谬，是稚侬所馨香企（祈）祷者也。”

闺秀词集有仁和孙碧梧女史《湘筠词》，通州陈无垢女史契《众香词》，长洲沈散华《　浣妙词》，吴县曹宜仙女史《寿研山房词》。词体特征注意了回文词与集句词,回文词以沈散华女史《菩萨蛮》词,集句词有葛秀英女士《澹香楼词》。所录词作多是花间风格。

文中有错误处,如《浣溪沙》词谱均为四十二字,而作者所录三十余字,有缺。

《小梅花馆词话》

【出处】 载《消闲月刊》1921 年第 4 期。

【作者小传】 冷芳,不详。

【内容提要】 即闺秀词话,引周介存《词辨》中李清照《浣溪沙》词,记松陵金女士眉长和温飞卿词百阕有《梦江南词稿》,引《两浙輶轩录》记张槎云词事,《众香词》记江阴女子《菩萨蛮》《少年游》各一阕,所录各词皆闺愁之作。

《双十屋词话》

【出处】 载《国庆纪念特刊》,1921 年。

【作者小传】 夏敬观(1875－1953),字剑丞,号吷庵、忍庵,室名忍古楼,江西新建人,沤社词人。光绪二十年(1894)中举,光绪二十七年(1901)为内阁中书,后为三江师范学堂提调,复旦公学、中国公学监督。入民国后任浙江省教育厅厅长,后参与叶恭绰《清词钞》编纂。夏敬观一生著述颇丰。经学有《汉学师承表》(稿本),文学涉及文、诗、词,著有《忍古楼文》(稿本)以及《忍古楼笔记》《忍古楼诗》《忍古楼诗话》《忍古楼词话》《忍古楼画说》。

【内容提要】词话两则。为武进汪兰皋纪念广州七十二烈士作词二阕,“暴骨皑皑”写其牺牲壮烈,“鬼雄还是人杰”表彰英烈,“年年记取今月”意在后人不忘革命之师。

《读书杂记·词论之部》

【出处】载《礼拜花》1921 年第 1 期。

【作者小传】野鹤,见前闻宥。

【内容提要】首论古今词学以李白为祖分为两大宗派:一派学李白《菩萨蛮》“暝色入高楼,有人楼上愁”,如“花间诸子皆学此种,降而至永叔、淮海、小山”,“后来之梅溪、梦窗、草窗等属焉”;另一派学《忆秦娥》“西风残照,汉家陵阙”,学之者李后主、东坡、稼轩、美成、白石。但是东坡与稼轩学得豪放,美成与白石较为接近。

其次点评各个词家,如“稼轩颇多壮语”,稼轩词与龚自珍诗相似,不能学。白石词“清妙高远”,张炎词清澈,但是“浑娴不如片玉,隽秀不如白石”。关于历来并称的苏轼,“词致悲壮,辛胜于苏;气格超妙,苏胜于辛”。北宋词与南宋词,“北宋人拙直处,今人万万不能及；南宋则有巧密，只须心思可以踵至”。关于周邦彦好翻诗入词这种定论，作者认为“仆意不第仅翻其意而已”。

《三餘漫载》

【出处】载《俭德储蓄会会刊》1921 年第 3 卷第 2 期。

【作者小传】胡惠生（1893 -?），原名道吉，别号蕙荪，安徽泾县人。1917 年回家受聘于泾县纪村卫氏小学任教。后去沪谋业，加入南社，曾担任《民报》主编、国民党中央通讯社总社编辑。抗日战争爆发，胡惠生积极参与创办《文汇报》，任编辑部主任，主编国内要闻，宣传抗日。曾组稿报道红军、八路军情况，连载美国进步作家史沫特莱《中国红军行进》文章。1939 年 5 月，该报被上海日伪当局强迫停刊，1945 年 8 月复刊，胡惠生继续编辑工作。1949 年 5 月上海解放后，上海版《文汇报》于同年 6 月复刊，胡惠生继续在该报工作，直至去世。

【内容提要】录高邕词、宋江词。

《玉棲述雅》

【出处】载《四民报》1921 年 10 月 27、28 日，11 月 12、13、14、

23、24 日,12 月 6、7、8、11、12、14、15 日。

【作者小传】况周颐,见前。

【内容提要】词话后其弟子陈运彰 1940 年将其发表于《之江中国文学会集刊》第六集词话后附跋①,在跋中称其为"临桂况先生未刊遗著之一",误。以后研究者均沿此说,皆误。

凡三十五则。评述闺秀词近三十家,以人存词,或评述风格,或点评词之技艺。评风格如评秀水钱餐霞词"轻清婉约,思致绝佳",朱葆瑛词"笔端饶有清气";评词之技艺者如赞席道华词之"萧萧瑟瑟。惨惨凄凄。呜呜哽哽咽咽"更胜易安词。吕寿华词"试问海棠知道否,昨夜东风"能变化前人(易安)句意,敏妙无伦。其中《采风录》记朝鲜王室闺秀词;亦能间评闺秀词之标准如"盖论闺秀词,与论宋元人词不同,与论明以后词亦有间","但当赏其慧,勿容责其纤","未可置格调于勿论矣","闺秀词,心思致密,往往赋物擅长。词题尤有绝韵者","轻灵为闺秀词本色,即亦未易做到行间句里"。

关于《蕙风词话》中的闺秀词,孙克强教授说:"况周颐对历代闺秀词较为关注,在他第一部词话《香海棠馆词话》中,曾经校勘朱淑真的《断肠词》,校勘点评过清代顾春的《东海渔歌》,还曾为

---

① "右《玉楼述雅》一卷,临桂况先生未刊遗著之一。'玉楼'云者,漱玉,幽楼,闺彦词家别集存世之最先者也。今评泊闺秀词,因剌取以为名。先生于国变后,遁迹沪上,以文字给薪米,境啬弥甘,不废纂述。夙昔文字及身刊行者,毋烦赘说。遗稿藏家,幸未失坠。或俟编订,或从删汰,整比理董,时犹有待。惧违素志,未敢率尔。此稿成于庚申辛酉间,随手撰录,聊资排遣。而论词精语,有足与词话相辅翼者。残膏剩馥,沾溉后人,政复不浅。传录是本藏之有年,比者之江中国文学会集刊,征及先生遗著,因以授之。扬潜阐幽,有炜彤管,固先生本旨也。庚辰十一月,弟子潮阳陈运彰敬跋。"

徐乃昌《小檀栾室汇刻闺秀词》作序。在他撰著的《历代词人考略》中对历代女性词人给予了极大的关注,将可以考知的闺秀词人一一列出。这部《玉楼述雅》则表现了对清代闺秀词人的认识。”①

词话后有弟子陈运彰跋,释词话名“玉楼云者,漱玉、幽楼,闺彦词家别集存世之最先者”,同时点名词话背景:“此稿成于庚申(1920)辛酉(1921)间,随手撰录,聊资排遣。”

【内容摘录】《写韵楼词》,《念奴娇·除夕》云:“镜里宜春,钗髻绾、才胜红绒斜束。”语致非闺人不能道。清姒甚喜之,谓可摘为警句。

《红烛词》,《临江仙》换头云:“侬似浮萍郎似水,飘零偿得缠绵。”曩撰《眉庐丛话》,载海盐闺秀陈翠君(筠)《蝶恋花》过拍云“郎似东风侬似絮。天涯辛苦相随处”,为吴兔牀所击赏。《红烛词》意自婉深,与翠君相较,稍不逮耳。

【学界研究】《词话丛编》,收录于《之江中国文学会集刊》。

《留云馆诗词话》

【出处】载《新世界》,1921 年 4 月 1 日。

【作者小传】云夫,不详。

【内容提要】诗词话共二则,论词一则。叙乾隆年间某翰林,

① 孙克强:《况周颐词话综考》,《国学学刊》2018 年第 4 期。

奉敕书“黄河远上白云间”一诗,漏写一字,恐犯欺君之罪,求救于纪晓岚,纪改句读,变诗为词。

《静照轩词话》

【出处】载《时报》,1921 年 7 月 11 日、9 月 27 日。

【作者小传】陈诗(1864 - 1943),原名诗,字了言,号鹤柴,安徽庐江人。著有《鹤柴诗存》《平等阁诗话》《静照轩诗话》等。

【内容提要】词话三则。第一录旌德吕蕙如女士词数阕,有《扫花游》《忆旧游》《点绛唇》《浣溪沙》《清平乐》《好事近》,评“诸词深秀温婉,似竹山、小山,足继李易安”;第二则录周彦升《露华》词一阕;第三则评潘子眘“一片南朝春影,问夕阳何处红多”。

【学界研究】《小时报载词话五种》,《古代文学理论研究》第四十六辑。

《倚声偶得》

【出处】载《时报》,1921 年 4 月 20、22 日。

【作者小传】姚民哀(1894 - 1938),江苏常熟人,评弹艺人,鸳鸯蝴蝶派作家,南社社员,主编过《新世界》《游戏杂志》《小说霸王》等报刊，著有评弹、长篇小说、短篇小说等。

【内容提要】词话五则。第一则叙作词情与景的关系，并举温庭筠《菩萨蛮》、冯延巳《蝶恋花》为例；第二则叙词之选本，评《绝妙好词》《词综》《词选》《箧中词》，指明各个选本的选词理念；第三则作词贵有聪明语；第四则辨苏、辛词守音律，举苏轼《卜算子》、辛弃疾《祝英台近》为证；第五则论咏物词，谓："咏物词非不可作，而须以我为主，不可以物为主。时序之感，身世之悲，家国之事，次第寄之，则不为物所束缚，方可免于呆滞之弊。"

【学界研究】《小时报载词话五种》，《古代文学理论研究》第四十六辑。

1922

《啼红阁词话》

【出处】载 1922 年《礼拜六》杂志总第 157 期。

【作者小传】沈瘦碧,未见记载其生平。据《中华戏曲》第五十一辑(北京:文化艺术出版社,2016 年,第 301 页)记载,简要摘录如下:1922 年 4 月 15 日《礼拜六》第 157 期上曾经刊登过署名沈瘦碧的《啼红阁词话》。此啼红阁当为沈瘦碧的书斋名。1925 年至 1928 年,《申报 · 自由谈》上曾经刊登过沈瘦碧的一系列文章,包括短篇小说《蚕话》和文章《滑稽释名》《奇行录》《梦征》《说茶》《靳云鹤逸事》《隽语零拾》《乩坛新语》《蒋介石轶事》等。1926 年 6 月 10 日,《紫罗兰》第一卷第十三号出了"毕倚虹纪念专号",上有沈瘦碧挽诗一首。1926 年第 12 期的《新上海》上刊出了沈瘦碧的一篇文章《浪漫谈话》,1931 年,沈瘦碧在南京省立汤山农民教育馆工作,担任《农民教育》期刊编辑部主任。1936 年,沈瘦碧与沈子善合著《外国名人的童年生活》。

【内容提要】该词话是专记民国词之词话,一共五则。第一则是见杂志有封面女郎,作《如梦令》;第二则见客轮壁间有《昭君怨》,读之"凄咽累日";第三则写民国词人吴晋丞词作"一字一泪";第四则录红豆词人《四时令》;第五则写最喜吕惠如《琐窗寒》词。按吴晋丞生卒年不详,与蔡嵩云交游,蔡有《踏莎行·吴晋丞挽辞》。吕惠如,原名湘,行名贤钟,安徽省旌德县人,生于清光绪元年(1875),父亲吕凤岐乃光绪三年丁丑科进士及第,后历任国史馆协修、玉牒纂修、山西学政等,与妹妹吕美荪、吕碧城都以诗文闻名于世,存词 56 首。《吕氏三姊妹集》收其词 24 首,吕碧城《晓珠词》收录《蕙如长短句》26 首,《同声月刊》第一卷第九号亦收录词作 6 首。

【内容摘录】尝见红豆词人有《四时令》一阕,其憨痴处,殊不可及。"风痴、雨痴、愁痴、夜痴,含情欲告影儿,怕影儿又痴。思伊、恨伊、怜伊、感伊,拥衾不语。多时又悲伊,悼伊。"

《记二词客》

【出处】载《紫兰花片》1922 年第 4 期。

【作者小传】姚赓夔(1905 - 1974),笔名苏凤,江苏苏州人,

1926 年毕业于苏州工业专门学校建筑科，1927 年进电影公司工作，1928 年进入报馆，直至 1973 年退休，始终任职于报界。他是新式小型报的倡导者，曾主编《晨报》副刊《每日电影》，与左翼电影人合作，刊登大量进步的影评，亦写作小品、随笔、原创与翻译小说、时事评论、新旧体诗。另有《香艳词话》一则载于 1922 年《游戏世界》，记天虚我生题周瘦鹃《香艳丛话》一首，写美女之身影与闺愁。

【内容提要】记黄摩西与蒋鹿潭二人词事，二人皆穷困潦倒，有狂疾。词皆伤心人别有怀抱也。黄摩西与吴中女子安定君苦恋，安定君死，黄摩西作长短联及《霜花腴》词哀悼。蒋春霖因无力养妾，悲愤而死，死前豪饮纵歌旧作《虞美人》及《西子妆》。

《海棠香梦馆词话》

【出处】载《快活》1922 年第 36 期。

【作者小传】朱婉贞，不详。

【内容提要】词话一则，词前小序称"重九后一日为焦溪承月坡先生七十寿辰"，收录冯愓厂所填《满江红》一阕。

《词话》

【出处】载《家庭》1922年第3期。

【作者小传】佚名。

【内容提要】词话一则。记一人名严子容作艳词《沁园春·咏枕》一首。

《七夕词话》

【出处】载《申报》,1922年8月29日。

【作者小传】枫隐,不详。

【内容提要】词话三则,一则记南宋宋庆之[①]七夕会饮邀客作《七夕》词,一则录清尤展成《百末词》中《鹊桥仙》一阕咏七夕,一则录宋翁元龙《鹊桥仙》咏七夕词。

---

① 宋庆之,字元积,一字希仁,号饮冰,永嘉(今温州)人。咸淳元年(1265)进士,曾任监庆元府(今宁波)盐仓,辟浙东庾幕(仓司)。传见弘治《温州府志》卷十《艺文》。著有《饮冰文集》十四卷,今佚。宋陈思《两宋名贤小集》卷三四四录诗十一首,今人辑存得十六首。

《楙斋词话》

【出处】载《时报》,1922 年 11 月 1 日。

【作者小传】尤一郎,即尤楙斋,江苏泰州人,著有《中秋诗话》《重阳诗话》等。

【内容提要】词话两则。第一则录《水调歌头》后半阕,叹命运之不常;第二则叙少游与歌姬赵琼事,并录秦少游《临江仙》词,又录蒋香谷《浪淘沙》作词纪梦白石事。

【学界研究】《小时报载词话五种》,《古代文学理论研究》第四十六辑。

《怀兰拜石轩词话》

【出处】载《时报》,1922 年 2 月 25、27 日。

【作者小传】丐鱼,即王芋原,号怀兰拜石轩主,著有《彭城见闻随录》。

【内容提要】词话首则简述词史,第二则强调作词与寄托的关系,感触深则寄托深,寄托深则词厚矣。第三则强调词在感发方面超过诗文。第四则至第七则强调沉郁在词中的作用,如"论作词之法，仍在源头上着力求忠厚，求沉郁而已。”“唐五代词，予最喜读之，其难能处正在沉郁”，同时强调温庭筠、张先、秦观、周邦彦、姜夔、王沂孙诸家及苏轼、贺铸、辛弃疾词之妙处都在沉郁。以词话收到常州派陈廷焯词论影响较深。

【内容摘录】 温飞卿《菩萨蛮》十四章，全由楚、骚变化而来，可为古今之极轨。唐代词人自以飞卿为冠，后主词凄婉悱恻，令人倾倒，是善言情者，却不及飞卿之厚。然南唐中主《山花子》云：“还与韶光共憔悴，不堪看”，可谓沉郁之至，凄其欲绝，虽后主不能驾其上也。

【学界研究】《小时报载词话五种》，《古代文学理论研究》第四十六辑。

1923

《说词》

【**出处**】载《国学丛刊》第1卷第3期,1923年9月。

【**作者小传**】李万育,不详。

【**内容提要**】该文分为三个部分:词之缘起、词之滥觞、词之体尚。每一部分先述己说,再引用先贤之论述。“词之缘起”云:“秦焚典籍,礼崩乐坏。汉初制取绍复,而乐府之体始备。唐代倚声,开后承前,渊源所自,古今学者,所见不同,其言各异。”然后引《朱子语类》、汪森《词综序》。“词之滥觞”中,词话援引词史之说,如词产生于李白,产生于汉魏六朝乐府。关于“词之体尚”,词话认为词体婉约乃为正,词体豪放乃为变。引顾贞观、张世文语证之。

《以词代书》

【出处】载《紫兰花片》1923年第13期。后以瘦鹃为笔名发表于《沪报》,1947年2月24日,略有改动。

【作者小传】周瘦鹃(1895－1968),原名周国贤,江苏苏州人。现代杰出的作家,文学翻译家。1916年至1949年间,在上海历任中华书局、《申报》、《新闻报》等单位的编辑和撰稿人,其间主编《申报》副刊达十余年。还主编过《礼拜六》《紫罗兰》《半月》《乐观》等报刊。曾任第三、四届全国政协委员、江苏省人民代表、江苏省苏州市博物馆名誉副馆长。

【内容提要】顾贞观以《金缕曲》二首代书给吴汉槎,黄仲则以丰乐楼词一阕以词代书,陈栩园以词代情书作《莺啼序》一首,几首词既体现了作者之才华,亦体现出词之叙事功能。

《诗餘管窥》

【出处】载《浙江公立法政专门学校季刊》第8期,1923年。

【作者小传】毛翼雄,不详。

【内容提要】论词五则,第一则与第三则论述词与诗之体式相近,如第一则:"故词曰诗余,其先为小令,如沈佺期之《四波词》、杨太真之《阿那曲》、李白之《清平调》、韩翃之《章台柳》、张志和之《渔歌子》,皆去诗未远。"第三则:"如《生查子》前后两段与两首五言绝句何异?《小秦王》《清平调》《八拍蛮》《阿那曲》与一首七言绝句何异?"第四则:"余谓诗语可入词,词语不可入诗,词语可入曲,曲语不可入词,总之以高而下为善。"第五则论词可取法于古,但古之淫邪之词不可取。

《兰蓓蕾馆词话》

【出处】载《先施乐园日报》,1923 年 8 月 29 日。

【作者小传】唐和华,不详。

【内容提要】词话一则。首句"词贵清空而病于质实"。录钱塘忆云生词之清空而甚者如魂。《水龙吟》"几时飞上瑶京……"清灵可师。

【学界研究】《先施乐园报载词话五种》,《古代文学理论研究》第四十五辑。

《爱莲轩词话》

【出处】载《小说月报》,1923年1月15、16日,2月1日。

【作者小传】林子和,不详。

【内容提要】词话首先叙述词的发展小史:“自国风息而乐府兴,乐府微而歌词作。其始非有律以范之。特以抑扬之音,短修之节以合歌者口吻而已。至六朝声诗降为长短句,潜启其意,迄于隋唐,而词体乃创。五代继其隆轨,逮于宋初,尤沿勿变。”在宋词的发展过程中,突出了大晟府及周邦彦的作用:“迨大晟设官,宫调遒备。而周美成诸人,复增演为慢、曲、引、近。或移宫换羽,为三犯、四犯之曲。按月令为之,词旨遂繁,亦自此而精密。”

次则录词人词作,如周美成《六丑》(正单衣试酒)、虞邵庵《风入松》(画堂红袖倚清酣)、王次回《浪淘沙·闺情》三首。记金陵妓杨玉香与闽中才子林景清情事,叹有情人不能成眷属,并录二人《鹧鸪天》唱和词二首。录吴文英《思佳客》词。录海盐黄韵珊《浪淘沙》词,辨何籀《宴清都》词“天远水远山远人远”句源于宋景文《浪淘沙》词;录王微修《天仙子》一词,评其“气概似南唐后主,而婉转过之”。

《今闺秀词话》

【出处】载《申报》,1923年6月26、29日。

【作者小传】佛影,不详。

【内容提要】词话两则,一则录江西裘德瑜女士《眼儿媚》《菩萨蛮》,一则录罗庄孟康《临江仙》《浣溪沙》。

1924

《自惕斋词话》

【出处】 载《先施乐园日报》,1924 年 12 月 31 日。

【作者小传】 邓履冰,不详。

【内容摘录】 湖南陈家庆女史善诗词,工绘画,著作等身,时批报端,想为阅者所见而共赏焉。不才在沪,于民国七年六月创办三廉学社,分科教授,如打字、速记、珠算、看洋改课等等,俾青年志士得于公余暇时,择时研究,以资应用而占上乘,嗣为提倡高尚游戏,与众共乐起见。爰于十一月七日添设幻术科面授、函授,以期普及。旋又编印《幻术月刊》,以广传布。蒙陈女士惠赐瑶词《调寄浣溪沙》,钞录于左:"妙手偏能幻有无。也宜黑白也宜朱。一编端可自清娱。　丝帕已能千变化,纸牌还肯几踟蹰。者般神奇赛阴符。"

《冷绿馆谐词话》

【出处】载《天韵报》,1924 年 2 月 13 日。

【作者小传】姚冷绿,不详。

【内容提要】词话三则,首叙“余常见谐诗矣,诵之而发笑者,十不得一。及读谐词,则屡觉忍俊不禁。此无他,词较诗近俗,易语语体成文而已”。录陈全《水仙子·咏遗溺》、冯犹龙《黄莺儿·嘲长妓》,又和尚还俗后花烛前调。

《凤吟楼词话》

【出处】载《天韵报》,1924 年 4 月 16 日。

【作者小传】胡凤声,不详。

【内容提要】录徐树铮近作《寿楼春》词一阕,评:“颇见哀艳沉痛之妙,佳作也。”“此公年来专心文学佛学,不图一介武夫,竟具有此种志愿,有此等作品,良可敬也。”

《怀玉馆词话》

【出处】载《天韵报》,1924 年 8 月 7 日。

【作者小传】顽石,不详。

【内容提要】词话三则。录章子东谷以近辑《痴红词钞》中三首,“读之如闻喁喁儿女私语”。词友韩青伯《金缕曲》,颇率直可喜。某君《浪淘沙》词见造语香艳。

《嚼红馆词话》

【出处】载《天韵报》,1924 年 11 月 25 日。

【作者小传】青伯,不详。

【内容提要】词话三则。第一则录丹徒陈廷焯《湖上调寄点绛唇》《谒金门》。第二则评吴梦窗词“拆碎下来,不成片断”。作者认为“此等词正可不必作,亦不必读。偶有会意,略写性灵可矣”。录杂志词句有咏萤句“故把红灯来照字,要朗读与侬听”,又咏蝶“描样出,放他归”,词话认为“自然拈来,不加雕琢,的是绝妙好句”。

《西斋笔记》

【出处】 载《广西留京学会学报》1924 年第 1 卷第 2 期。

【作者小传】 谭寿林,不详。

【内容提要】 词话以《词综》记录女词人为底本,分述(一)宋代女词人,如李清照《声声慢》词,吴淑姬《惜分飞》词,朱淑真《生查子》词,孙道绚《忆秦娥》及歌姬词。(二)元代女词人管道升《渔父词》,刘燕哥送别《太常引》词,陈凤仪送别《一落索》词。(三)明代女词人如沈宜修《望江南》、李玉照《浣溪沙》、张倩倩《蝶恋花》、叶小纨与叶小莺《浣溪沙》等词。虽未列清代女词人,但指出清代女词人胜过前代。

《双梅花龛词话》

【出处】 载《半月》杂志 1924 年第 3 卷第 12 期。

【作者小传】 郑逸梅(1895 - 1992),生于苏州,祖籍安徽歙县。父早殁,依苏州外祖父为生,改姓郑。曾入南社。1913 年,编辑《华光半月刊》《金刚钻报》。1934 年,辞《金刚钻报》编辑职务,任中孚书局编辑。笔耕不辍,以"报刊补白大王"闻名。中华人民共和国成立后为上海文史馆馆员、中国作家协会会员。自 1981 年起，每年从事写作、编撰五十万字左右。著述丰富，有近五十种。近年辑为《郑逸梅选集》三卷本。有研究者认为署名“郑周寿梅”的《双梅花龛词话》(《半月》第 3 卷第 12 号，1924 年 3 月 25 日)当为郑逸梅与其妻周寿梅合著。

【内容提要】词话以词存人，记太原张学雅《海棠春》一阕，张学典《苏幕遮》一阕，江阴钱瑜素《雨中花》一阕，钱塘戴衣仙《一萼红》一阕，鲍茝芬《浪淘沙》一阕，结尾录陆游写唐婉《钗头凤》一词。

《灵云别馆散记》

【出处】载《小报》1923 年第 1 卷第 1 期。

【作者小传】顾悼秋(1886－1929)，名无咎，字崧臣，号悼秋、灵云、退斋、琶服、服媚、神州酒帝、飞燕旧主等，室名灵云别馆、服媚室、僵梅庵、悼秋庵等，苏州人，南社社员。喜填词、饮酒、听琴。有《服媚室酒话》《灵云别馆散记》，事迹见郑逸梅《南社丛谈》。

【内容提要】记尤西堂《百末词》中《如梦令·春梦》一首，爱其“粗服乱头都好”一句，纳兰性德《侧帽词》中清明一首。

《评迦陵、曝书亭词》

【出处】 载《国学丛刊(南京)》1924 年第 2 卷第 3 期。

【作者小传】 王蕴章(1884－1942),字莼农,号西神,别署二泉亭长、鹊脑词人等,室名菊影楼、篁冷轩、秋云平室,江苏省金匮(今无锡市)人。光绪二十八年(1902)中举,任上海沪江大学、南方大学、暨南大学国文教授,上海《新闻报》编辑,上海正风文学院院长。

【内容提要】 词话就陈维崧与朱彝尊的词作进行评论。首先总论"陈词厌其率,其胜处在笔重","朱词伤于碎,其佳处在情深"。具体论陈维崧学稼轩"气魄绝大,骨力绝遒,然不及稼轩之浑厚沉郁","迦陵之弊在率直二字",引陈维崧《采桑子》"我言息国夫人好,何不归哉,早到妆台,湘水今秋绿胜苔"与《念奴娇》"如此佳人,是王家养炬,谢家遏末,三世貂蝉连北阕",评"直笔写去,无一语浑厚之态,人谓迦陵蹈扬湖海,不免叫嚣,盖此类也"。

对于朱彝尊诸多词集,词话仅推崇《静志居琴趣》,认为"尽扫陈言,独出机杼。其刻削隽永,炼字琢句,嘉道以前词家无有及焉",词话之所以推崇这部词集,缘于这是朱彝尊与妻妹真实感情的记录,"工于艳词而情亦深",其弊端引《载酒集》中《一剪梅》"子夜琴心调乍翻,放诞文君,多病文园,柔肠系处酒杯浓,骰子巡抛,射覆更番"与《醉花间》"愁君去,送君去,君去西湖住,小阁镜中悬,是月初生处”,评曰“浅赋直言,味同嚼蜡,斯朱词托体不高之弊也”。

最后针对陈、朱二家词不合律者进行了纠正,对陈维崧纠正了五条,朱彝尊纠正了三条。在结尾处总结道:“综上所言,则词不可过于雄迈。过于雄迈者,则失之于粗疏,或失之叫嚣。然而又不可过于雕琢,以求艳丽。过于雕琢以求艳丽者,则失之琐碎,而托体不高。”这是针对陈、朱二家词弊处而发,为学词者警戒。

【内容摘录】 如《迦陵集》卷十九《绕佛阁》结曲云,“倚簷零乱,再来期,甚时才展”,簷字当去,迦陵谬作平。

卷二十《寿楼春》结曲云,“侠哉女公孙,萱花柏舟千古香”,舟字失黏。

如《载酒集(上)》《兰陵王·过晋藩旧邸》云,“兔苑冷一片雪”,四声伪,其余去、上声字,亦不合法。

1925

《稼轩词说》

【出处】载《尚友书塾季报》1925 年第 1 卷第 3 期。

【作者小传】刘咸炘(1896－1932),字鉴泉,别号宥斋。祖父刘沅,父亲刘梖文,均为蜀中知名学者,幼好学,对先秦诸子、史学、文学均有造诣。刘氏著述多,总名《推十书》。

【内容提要】首先知人论世,总说稼轩词特点:“辛稼轩秉北人之刚质,染南人之柔风,所作长短句慷慨豪宕,幽约怨断,兼擅其长。盖其平生志节瑰奇,性情笃厚,英雄气、儿女情偏备于一身而境遇又多变迁,因境而生感,因感而发情志,故迥出千古,独为大家。”

其次将稼轩词分为两部分,“显而易见者”与“尤要尤隐者”,

前者如“醉里挑灯看剑”是志之本也,“壮岁旌旗拥万夫”是事之末也。后者乃是《永遇乐·登京口北固亭》,作者认为昔者解此词都未详尽,周济也仅是隔靴搔痒。词乃是稼轩始终不得重用、不能尽平生之志而发的感慨。作者以为这与宋朝厚文轻武的国策有关,稼轩以北人南归,南方士族必多侧目,稼轩平日亦藐视南人,而南宋亦无恢复中原之志,所以此词之所关大矣。

最后,作者作此篇乃是为了与稼轩年谱相表里。

《梅庵词话》

【出处】载《大世界》,1925 年 4 月 28、29、30 日,5 月 1、6、9、22 日。

【作者小传】愁唐狂奴,不详。

【内容提要】词话首先叙述自己学词经历:“自束发就学,即好倚声,十年来寝馈其间”,撰写词话目的是将所读之词与读者一一研讨,坚持原则是“不党同而伐异,不崇古而陋今”。其次强调词律的重要性,首先讥讽今人作词不知词调之所属,不懂音律,在此基础上引张炎《词源》说明按谱填词之重要性。然后驳《中原音韵序》中“学宋词者止依其字数而填”的谬论。再次对词人词作的点评,如评学词不能学龚自珍词:“学而善成就则小,学而不善,便使人入魔道矣。”评好友顾子杏小令有花间之风,并录《鹧鸪天》词一阕;最后录前辈张丛桂与词人己作《满江红》两阕。

《旧诗话》

【出处】载《学衡》1925 年第 48 期。

【作者小传】刘永济(1887－1966),字弘度、宏度,号诵帚,晚年号知秋翁,室名易简斋,晚年更名微睇室、诵帚庵。湖南省新宁县人。1911 年就读于清华大学。1916 年毕业于清华大学语文系。历任武汉大学文学院院长、湖南文联副主席等。词学论著《微睇室说词》《刘永济词集》,《刘永济集》由中华书局整理出版。

【内容提要】论词共三则,第一则论述言愁之作亦有质言而佳者,如李后主词"剪不断、理还乱、是离愁,别是一般滋味在心头",李清照词"到黄昏、点点滴滴。这次第,怎一个愁字了得",贺方回词"若问闲愁都几许。一川烟草,满城风絮。梅子黄时雨"。第二则论"词之为道有文采则贵有气骨振之,有气骨而乏文采,其病则粗;有文采而无气骨,其病则薄,气盛则稼轩之词也,文胜则草窗之作业,与其文盛不如气盛,此辛之高于周也"。第三则推崇况周颐重拙大词旨,同时悟出学词之法"当取古人题同意别之作,比类而观,久之,不但自家下笔取法能高,而古人功候深浅与夫流别正伪亦能洞若观火,师友古人涵咏风雅,莫捷于此法矣,亦独学者所当知也"。

《餐碧簃词话》

【出处】载《针报》,1925 年 9 月 26 日。

【作者小传】璞蕴,不详。

【内容提要】词话五则,词论两则,录词三则:首则叙姜夔以宫犯商、以商犯宫之论;第二则录郑文焯《清平乐》(花枝倦拗),评"深美闳约";第三则论词用事要体认著题,融化不涩;第四则录宋词人石次仲《多丽》(晚山青);第五则录易顺鼎《寿楼春》(霜花腴还魂)。

《求物治斋词话》

【出处】载《针报》,1925 年 11 月 14 日。

【作者小传】璞蕴,不详。

【内容提要】词话三则。第一则批近时词人作词不重音律;第二则叙见朱祖谋手书《西平乐》词,书法"风格遒劲,笔法古拙"。第三则引沈伯时《乐府指迷》一段词论:"作词,炼句下语最是紧要。如说桃,不可直说破桃,须用红雨、刘郎等字。"

1926

《芳翠楼词话》

【出处】载《新世界》,1926年2月3、4、6日

【作者小传】阿翠,不详。

【内容提要】词话三则。第一则录某君集句词《浣溪沙》;第二则叙西泠词人家谱,厉鹗、吴榖人、魏滋伯、赵秋帆,闺秀吴　香等,录其《香南雪北》词《满江红》一阕;第三则叙柳永《望海潮》(东南形胜)词之本事。

《词谰》

【出处】载《国闻周报》第3卷第8、9、10期，1926年。

【作者小传】宣雨苍，据高增德、丁东编《世纪学人自述》（北京：北京十月文艺出版社，2000年）罗继祖自述当为吉林人，是仁和叶柏皋（尔恺）学使的表弟。

词话主要涉及以下几个方面：通过点评词家论词史、论述词韵、词乐、如何作词。在论述词的发展方面："词，诗余也。其源从乐府长短句递遭而来。"评唐代词人："韦应物、王建、韩翃、白居易、刘禹锡、皇甫松、司空图、韩偓并有著作。而温庭筠最为杰出。"北宋词人中，东坡自成一派，秦观、柳永"一首中虽有可诵名句，而俗艳浮响，无谓俚言，亦复不免杂出，金　互见"。南宋词人"其最高为姜尧章"；南宋词作中有一涩体，以词害意，实千古文字之大劫运，一直持续到清末，"而近人亦多崇尚此体者"。至清代，对竹垞、迦陵为才人之词，《饮水词》《忆云词》《水云楼词》三家为词人之词的论断表示赞同，但是同时对三家词提出了批评，如《饮水词》中慢曲单缓不协占十之七八，《忆云词》亦似肉多于骨。

【内容提要】词韵、词律、词乐为词中难懂之学问，作者对此探讨占了三分之一多，首先比较了诗韵与词韵："倚声之韵，又与诗韵稍异。盖诗韵古所通者，倚声无不可通，且但分平仄，不分上去，更较诗韵为宽。”其次论述了词韵独用、通用,“词韵以侵韵为通用,元韵为半通,真文与庚青蒸、寒删先与覃盐咸,均分为两韵通用”。再次具体探讨词人用韵,如清真《浪淘沙慢》韵,白石《暗香》折字韵。词律方面,驳万树《词律》,“《词律》之失,亦在崇拜一家。但有梦窗之作,必将其他名家异同之处,强为改就,于白石自度《暗香》《征招》诸词,皆不深信,转引他作为证”。词乐方面,针对当时民国学校教学西洋之乐,作者斥之为“用夷变夏,极于如此,礼乐安得不亡”,但是也有一二肯定之处,“学校风琴中,有将慢令各调谱入者,其律断非中国之旧有,然其声亦间有可听”。

关于作词,咏物词方面,必须有寄托而后隽永,对于艳词,词话认为不易作,“作者贵有缠绵反侧一往之深情,忌为妖冶猥琐刺目之亵语”,而且认为作词与社会环境密不可分:“著作有著作之时代,必遇文武成康之世,而后可陈雅颂,必遇东周王室之变,而后可极讽刺……至于今日天崩地折,生民未有,诚为空前绝后大著作之时代也。而犹光景流连,尊俎酬唱,意本帖括,词尚饾饤,不唯负此著作,亦大负此时代矣。此稼轩之‘斜阳烟柳’、白石之‘废池乔木’,所以传之千古,而继响风骚也。”

【内容摘录】 文字以立意为主。意立而后选词,词修而后运笔。意犹生气,词犹骨肉,笔犹血脉,三者有一或缺,不能成文。倚声乃有韵文字而最精密者,安可不求其美备邪。盖有意无词,其病枯燥,有意无笔,其笔沉闷。有笔无意,其病空衍,有笔无词,其病浮滑。有词无意,其病支离,有词无笔,其病板滞。三者缺一,其病已及于此。缺二,非散漫即隔阂。其则复冗敷廓,芜秽而不能成章矣。

词调中有难工称者。如《寿楼春》之多平,《绕佛阁》之多仄,《霓裳中序第一》之多韵,以及《夜飞鹊》《绮寮怨》之类。皆须以自然高妙出之。稍有牵合,便非作家。亦不如置之,而别求悲壮激昂宛转流丽之文,改词定义,按部就班,庶不至有乖风雅也。

有宋词家极盛,而选词善本极少,唯牟阳老人《绝妙好词》尚餍人意。余如《花间》《草堂》《乐府雅词》《阳春白雪》《绝妙词笔》之类,大都纯疵互见。盖以当时人操当时选政,徒昵于亲爱,而选政于是滥矣。即牟阳所选,其第五、六、七卷,多其并时之人,故选入者亦复不能尽当。此其书之所以复不逮前也。余谓选家与史家权衡相同,皆有华衮铁钺之操纵,不能具《春秋》之心,不必诬人,亦不必自诬。

【学界研究】张璋《历代词话续编》收录。

《一苇轩词话》

【出处】载《东北大学周刊》1926年10月。

【作者小传】刘德成,字化民,辽宁省盖州人,北京大学毕业,任奉天警察厅秘书,东北大学编辑主任,冯庸大学教授。

【内容提要】词话首论"词立意固重,而协律亦未可忽视"。

其次对世传李白所作《菩萨蛮》《忆秦娥》等词表示疑问并辨析,云"余意太白,虽豪爽风流,或不解音乐。故无词集盛行于世。

不然，玄宗善制曲，最重太白，何未闻与太白有词曲佳话之流传乎。盖后人作词，恐人微言轻。不足以脍炙人口，故藉太白盛名以传。理或然矣”。

再次评点宋词家，飞卿词根底离骚，十九寓言。端己深情曲致，清雅宜人。晏几道词品之佳，千古无两。黄庭坚词粗俗浅露，为宋代词家之最下者。苏东坡之词豪放，周美成之词沉郁，晁无咎之词伉爽，辛稼轩之词激壮。

言诗词的相对关系："填词不妨稍涉轻佻，诗则力避之。故吾谓诗中所吐弃之句，或为词中最美满之句。"

【学界研究】张璋《历代词话续编》收录。

《纗兰堂室词话》

【出处】载《中社杂志》1926 年第 2 期。

【作者小传】况周颐，见前。

【内容提要】词话共十二则。论述敦煌词《云瑶集》，《云瑶集》的发现是词史上的重要事情，朱祖谋曾刻入《彊村丛书》，蕙风将其记入词话，并摘其佳句。词话以人存词，如录张文潜《南浦》词，评“融情入景，力量甚大”；录王船山词《谒金门》《减字木兰花》，评“沉着浓至，入南渡名贤之室”；评夏完淳词“芬芳悱恻”；录王半唐《唐多令》词，评“饶有烟水迷离之致”；朱祖谋《高阳台·乙丑除夕闰生宅守岁》“缘情生情，引而愈深”，最后词话用大篇幅记录归安姚劲秋论词绝句，主要评论清词人吴梅村、龚芝庵、王渔洋、陈其年、尤展成等。

【学界研究】 孙克强、和希林整理发表于《文学与文化》2011年第4期。

1927

《柳溪词话》

【出处】载《南金杂志》1927年第5期。

【作者小传】向迪琮（1889－1969），字仲坚，四川成都人，同盟会员，大学教授。1925年参加聊园词社，1934年至1935年，向迪琮还参与了吴梅、汪东等人组织的如社集会。1949年回川，任四川省政府高级顾问，四川大学文学院中文系教授。1954年以后，任上海市人民政府文史研究馆研究员。有《柳溪长短句》及《续录》《柳溪词话》。

【内容提要】词话五则，第一则先引张惠言《词选序》、刘毓盘《词史》和况蕙风《蕙风词话》论“词非诗余”的言论，表达三者的推尊词体观念，词话从词的功能角度推尊词体，“诗不能道者，词可婉约达之;文不能尽者,词可曲折宣之”。另外因为“词旨至深,词境至险”,所以千百年来,以词留名者不及词的十分之一。第二则,作者以彊村之言,说明学词韵当以四印斋本《词林正韵》为参考。第三则说明协律之难,“玉田时以协律教人,其集中词,如《齐天乐》之去上音,往往不协。草窗、西麓诸大家,亦偶坐是病”。第四则引《蕙风词话》说明为守律而改词过程之以苦为乐。第五则引邵瑞彭之言点评蕙风词:“蕙翁往昔所作,及应酬熟调,有极流畅婉美,尽情远意者。《餐樱词》《烛影摇红》《高阳台》等篇是,(甲寅作)余则颇有窘涩之病,盖为四声所束也。”

【学界研究】 朱国伟、宗瑞冰:《论向迪琮词学观及其词作》《河南社会科学》2012 年 5 月。

《秋苹词话》

【出处】 载《紫罗兰》第 2 卷第 20 期,1927 年。

【作者小传】 苹子,不详。

【内容提要】 词话五则,第一则列出作者最欣赏的近代词人:项莲生、饶石顽、郑叔问、朱古微、成德驎、冯蒿庵。第二则评点部分词家特点,饮水词哀艳、忆云凄婉、湘渌隽逸、冷红凄凉。第三则录饶石顽《罗敷媚》一阕。第四则录清道人《浣溪沙》词一阕。第五则录郑叔问《昭君怨》一则。

《听歌词话》

【出处】 载《紫罗兰》第2卷第18期,1927年。

【作者小传】 紫兰主人,不详。

【内容提要】 词话录项莲生《忆云词》中听歌之作,如《醉太平·清凉亭听亚云校书弹琵琶》《减字木兰花·春夜闻隔墙歌吹声》《菩萨蛮·弹琵琶》《太常引·客中闻歌》《烛影摇红·灯下听琴娘吹洞箫窗外雨声间作》等,作者最后评"诸作缘情绮靡,读之令人神往"。

《读红馆词话》

【出处】 载《秋棠》1927年第1、2期。

【作者小传】 潘与刚,字次檀,上海人。另有《读红馆诗话》。

【内容提要】 词话共六则。涉及作词之法,评点清代词人与白石词。论词则以词人为例,如"词能炼则句整,能有气则圆。然过则不及,多炼则伤物,多气则无物。伤物之病,梦窗是也。无物之病,白石是也"。评清代词人,则朱彝尊、厉鹗、陈维崧、纳兰性德,认为皆可学;评白石词,作者会心者有六阕,如《点绛唇》"数峰清苦，商略黄昏雨”，《齐天乐》“曲曲屏山，夜凉独自甚情绪”，《杏花天影》“满汀芳草不成归，日暮，更移舟向甚处”等。

【内容摘录】句意两得，情景交炼。视其中心，奇光焕发，妙味尽然。

【学界研究】《辑校民国词话三十种》收录。

1928

《忆红馆词话》

【出处】载《妇女(天津)》第2卷第1期,1928年。

【作者小传】鸳湖,不详。

【内容提要】词话以录艳词为主,录赵子昂为娶小妾而试探其夫人所作小词,录徐甜斋《水仙子》二阕,一咏佳人钉鞋,一咏红指甲。录关汉卿《一半儿·题情》歌两阕。而关汉卿所作乃为散曲,词话混淆了词曲之界限。

《垂云阁恋爱词话》

【出处】载《红玫瑰》杂志第4卷,1928年4月。

【作者小传】朱剑芒(1890－1972),原名慕家,号仲康,笔名太赤、古狂、晴压。吴江(今属江苏)人。早年在家乡黎里任塾师。1914年参加南社。1936年在国家审计部门谋职,历浙江、福建、上海等省市,并在福建永安主持南社闽集。1951年定居常熟,在市立常熟中学任教。1956年起历任常熟县政协副主席,县人民代表大会代表。著有《复泉居士诗文集》《剑庐词存》《南社诗话》《南社感旧录》等。

【内容提要】词话开篇即叙述作词话之缘由:"词虽诗余,而写情作品较诗为尤有佳趣,盖必深于情者乃能作绮语,亦必工于词者乃能描写儿女间之至情。余嗜读词而嗜之最笃者十九为写情作品,因撰恋爱词话,以供我同嗜好者之快读。"

第一则录潘飞声小词《临江仙》《如梦令》,词话点评其描摹艳词场景逼真,如《如梦令》中"半晌不抬头"一语含有无限凄楚之意。第二则录石孝友《品令》一阕,词话评"写离别时依依状态,读之宛然在目","凡爱情浓厚之新婚夫妇,当初次别离,设展读此词必致泣下沾襟",第三则录柳永《少年游》一词,末句"万种千般,把伊情分,颠倒尽猜量",无与伦比。第四则录黄庭坚《归田乐》"拚了又舍了,定是这回休了,及至相逢又依旧",将恋人间爱恨一刹那情感变化,逼真描绘。

《丹翁词话》

【出处】载《先觉报》,1928 年 4 月 29 日;《晶报》,1935 年 10 月 15 日,1936 年 2 月 4 日、4 月 20 日、10 月 4 日。

【作者小传】陈凝丹(1911 – 1985),原名士炯,号劲草,自称“丹翁”。南海佛山镇(今佛山)人。1927 年入佛山美术院,师从高剑父、黄少强,1934 年在广州举行首次个人画展。抗日战争时期,创作了《到民间去》《难民图》《雪满关山耀武威》等反映抗日救亡题材的作品。中华人民共和国成立后,曾任佛山市民间艺术研究社主任,佛山国画会会长,市文联副主席,中国美术家协会会员,市政协第一、二、三、四届副主席,五届常务委员及省政协委员,中国民主同盟佛山市委员会第二至七届副主任委员。所著《劲草庐诗抄》收入诗词逾百首。

【内容提要】词话五。第一则叙作者最喜爱柳永与张炎的词作,特别是张炎的腔调韵味与柳永的骨节意思,同时对胡适将词史“定成死活三个时期”不满,应当以“存、逸”分,即好坏分。第二则录易大厂集句词一阕。后三则以结识少年词人王叔涵[①]为幸事,录其《高阳台》词一阕、《浣溪沙》词一阕。

---

① 王叔涵,号“碎玉词人”,扬州人,与词话作者为词友。1938 年被日本侵略者杀害于扬州。按刘梦芙编著《二十世纪中华词选(下)》,合肥:黄山书社,2008 年,第 1714 页。

1929

《菁园词话》

【出处】载《鹦鹉》,1929 年 8 月 27 日。

【作者小传】韵,不详。

【内容提要】词话录曹元忠寄吴门江韵芬词二阕,《鹧鸪天》与《六幺令》,才子佳人间的花间之作。

《怡簃词话》

【出处】载 1929 年至 1930 年《华北画刊》第 11、14、16、17、

18、19、22、24、25、27、28、29、30、31、32、33、34、35、36、37、39、43、45、46、49、50、55、56、60、62 期。

【作者小传】 翁麟声(1908－1994),原名藕红,后改名偶虹。北京人,著名戏曲作家、理论家、教育家,中央文史研究馆馆员。青年时期就读于京兆高级中学,业余常以票友身份登台。毕业后致力于戏曲研究。1930 年中华戏剧专科学校建立,翁被聘于该校兼课。1934 年于中华戏曲专科学校任编剧和导演。1935 年被聘为中华戏剧专科学校戏曲改良委员会主任委员,先后为程砚秋、金少山、李少春、袁世海、叶盛兰、童芷苓、黄玉华、吴素秋等演员以及中华戏曲专科学校、富连成科班编写剧本。1949 年以后在中国京剧院任编剧。著有《翁偶虹戏曲论文集》等。

【内容提要】 词话以词存人,如录张庭郁《铁花仙馆词集》中《青玉案 · 秋痕》《虞美人 · 新月》《陌上花 · 友人杨仲子索作模特儿词,填此一阕,聊此解嘲》等数词,皆极倩秀,题极小,而铸词能乎大,允神品也。录吴康甫《高阳台 · 题春山埋玉图》;《齐天乐 · 题半闲堂斗蟋蟀图》讽刺贾似道祸国殃民;《生查子》两阕清妙玲珑。

录杨云史《玉龙词》中《菩萨蛮》小令十数首,如“凤凰弦上闻愁语,明朝滋味孤舟语。含泪出离宴,蓬松云两肩”,“吴山月落霜华泻,梦魂悄近西廊下。红烛水晶帘,玉人对雨眠”等,词话评“于哀感顽艳中,更得隽峭两字诀。所谓骨肉停匀,多力丰筋,如帼国须眉,柔媚中别有刚劲气者也”。录邵瑞彭《菩萨蛮》十二阕,其四“章台街上纤纤柳,宝钗楼上纤纤手。街上少行人,攀条持赠君”。其九“西江月落啼乌起,吴王沉醉深宫里。弦管不关愁,宫门梧叶秋”,评“次公先生此作,知得力于《十九首》者不少。绵邈其音,如聆空山之瑟;澄怀体物,胜探海上之琴。负声有力,振彩欲飞,浑脱浏离,尤足为是词厚也”。

论诗、词、曲界限:“诗词曲之界甚严,由来说者,鲜有真确之辨断。盖诗语可入词,词语不可入诗。词语可入曲,而曲语不可入词。词既求别于诗,又务肖曲中腔调。是曲不招我而我自往就,求为不类,其可得乎?有同一字义而可词可曲者,有止于在曲而断断然不可混用于词者。”

论词之起源:“韵文最先有歌谣,而乐府,而古诗,而赋,而近体诗,而词,而曲,而新诗。”

论填词之要:“故予论填词之要,在色为藻饰与音律,在质为法度与气奏。无藻饰音律者不得谓倚声,无法度气奏者,亦不得谓绮语也。是以欲填得好词,须多读古诗,然后错之综之,纵之擒之,庶乎有法度之可言,而不为大家所齿冷也。”

论词中性情:“无论诗词,欲其超诸象外,得之环中,其学力与性情,必兼具而后愉快。……填词之学,无性情则字与字无关,句与句无络。……苟词中有性情在,则‘有我之境’,无物不著我之色彩。‘无我之境’,将不知何者为物,何者为我。超然物表,自得天机。味其辞句,第觉灵心如蜕,大气磅礴,语语见性情,句句觇变化,其‘斗笋’‘衔尾’‘煞腹’等处,尤能于不期然而然出之。此无他,性情所以钟灵芝,抒发之,机趣之。”举韦庄《菩萨蛮》四阕,“红楼别夜堪惆怅”“人人说尽江南好”“如今却忆江南乐”“洛阳城里风光好”,举温庭筠《菩萨蛮》五章,“小山重叠金明灭”“水精帘里颇黎枕”“玉楼明月长相忆”“宝函钿雀金鸂鶒”“南园满地堆轻絮”,两相比较,“盖韦庄之作,性情多而学力少,庭筠之作,学力足而性情略。古人名制,不免此短,后生未成之作,敢谓及于古人欤?填词以造境为主,境之大小,境之有无,境之动静,皆以性情而造之,学力以成之也。性情与学力之说,其填词者之占毕矣”。

论填词之过程:“一旦走笔填词,正襟危坐,拈髭凝色,握兔管,构滞思。但觉心窍痴迷,精神不瞩,向日嚼得未烂之书,扑思而来,取此舍彼,裁红剪绿,以为满腹珠玑,触笔琳琅,苟不一一笔以出之,声以寄之,终觉向日所读,有负焦思。不得已,有来不拒,如江海下百川,东鳞西爪,碎简零纨,兔角龟毛将尽括之。于是稍有所情,必思合于所读之书否?苟有所合,则取所读之书,何人何事,以代其情。欲写何景,必又思曾记某书与此有似,则又取某书中所合于现在之景者,以代现在欲写之景,若是,则无论抒一情,写一景,皆著有书本之色彩,沾染过去之时间,欲其清灵超脱,呜呼可见?此即读书浅,为书所左右也。”此论可以与陆机《文赋》中创作构思的描写相媲美。

论一气如话。概念来源李渔《窥词管见》。本词话首先是对于概念进行解释:“千古好文章,只是说话,而多之乎者也数字耳。……前人以一气如话四字,赞之于诗,诗以言志,言为心声,顾足当是语也。词者较诗尤深刻一层,细致一层,抒情展蕴,说景纪事,无一不较诗生动,故作词之家,尤当于一气如话四字……一气者何?脉络相衔接也。如话者何?虽文而不文也。一气则少隔绝之痕,如话则无隐晦之弊。”其次是以词人之作解释其法,小令如秦观《海棠春》:“流莺窗外啼声巧,睡未足、把人惊觉。翠被晓寒轻,宝篆沉烟袅。宿醒未解双娥报,道别院、笙歌宴早。试问海棠花,昨夜开多少?”为了解释乃翻译为现代短文:“此词起句先言流莺之啼，啼而惊人觉，觉后则翠被寒轻，宝篆烟袅矣。斯时也，宫娥来报，所报者，别院已笙歌矣，乃转悟睡起之迟，试问海棠花，昨夜又红了多少?”通过译文可以看出文气畅达之“一气如话”，作者进一步指明作法，“求词之一气，必须认定开首一句为主，第二句之材料，不用别寻，即在开首一句中想出，如此因因而下，牟尼一串，直至结尾，不求一气而一气矣。填词之如话，则在作词之家，于秉笔走纸时，勿作文字做，且勿作填词作，竟作与人面谈，又勿作与文人面谈，而于妻孥臧获辈面谈。有一字难解者，即为易去，深恐一字模糊，使说话之本意全失，此求如话之方也”，弊端在于使词过于浅白。

关于以“格韵”为标准评词：“以‘格韵’二字评诗词，自昔然也。‘格’是品格，‘韵’是风韵，二者万不宜混，抑亦不可混耳！词之有格韵，如骨之于肉，雨之于风，拟之六法，则格是笔廓，而韵是墨彩也。拟之医治，则格是关蛰，而韵是支兰也。拟之击技，则格是内坚，而韵是外运也。”词话引古人词句为例讲解，如引四十余例讲解古词人品格之佳者，词人为苏轼、秦观、陆游、王安石、姜夔、辛弃疾、史达祖、周邦彦、柳永、李后主等，大多数词人一人多例，如秦观《鹊桥仙》“柔情似水，佳期如梦，忍顾鹊桥归路”，《踏莎行》“可堪孤馆闭春寒，杜鹃声里斜阳暮”，《满庭芳》“古台芳榭，飞燕蹴红英”；词话引三十余例讲解词之风韵者，“红杏枝头春意闹”“云破月来花弄影”为最佳，着一“闹”“弄”字境界全出。以下征引，或指出韵字，如张先《师师令》“蜀彩衣长胜未起，纵乱云垂地”韵在一“纵”字；或指出风格，如辛弃疾《祝英台近》“是他春带愁来，春归何处？却不解、带将愁去”冷隽婉约。

关于梦窗词，一是关于梦窗词考证，二是关于梦窗词评价。如毛氏汲古阁本中言梦窗词绝笔是淳祐十一年辛亥，词话通过对梦窗词丙稿中《宴清都·践嗣荣王仲享还京》《扫花游·赋瑶圃万象皆春堂》《水龙吟·寿嗣荣王》等词及周密《癸辛杂识》的考索，谓其非也。关于梦窗词中有和贾似道词四阕，词话认为此酬答之作皆在贾似道未掌权以前，而且存此四篇更能见梦窗人品之高。关于梦窗词的评价，词话云“予读《梦窗词》既竟，掩卷神往者久。既而思曰：情动于中，恒多郁勃；托诸比兴，务在绵邈；吹彼天籁，止乎众心……”引《八声甘州》“渺空烟四远”、《夜合花》“柳暝河桥”，认为“激情调于花笺，奏繁声于素纸。温而不厉，慨当以慷；取况幽妍，寄怀绵邈”。

【内容摘录】 词者诗之余，曲者词之余。诗词曲，名互异而质则同也。予考夫词之所由来，常有不出诗之范围之际，以词调命名言，则今日盛传之词调，皆昔日之诗题也。如《黄莺儿》咏莺，《袅娜东风》咏柳。《菩萨蛮》当作菩萨鬘，西域妇女髻名也。以璎珞为饰，如塑佛像，词即咏此。《朝天子》当作朝天紫，陆游《牡丹谱》：朝天紫，蜀牡丹名，其色正紫如金紫，大夫之服色，故名。后人以之为词名。凡此，皆有所指据，不然，词调之名，何以各有别乎？故词实脱胎于诗，今人填词，其关键处，首在有别于诗，顾有名则为词，而考其体段，按其声律，则又俨然一诗。欲觅相去之痕而不得见也。如《生查子》前后二段，与两首五言绝句何异。《竹枝》第二体，《柳枝》第一体，《清平调》《八拍蛮》《小秦王》《阿那曲》，与一首七言绝句何异。……凡此等词，在昔日未必视以为调，不过取此等诗能协律便歌者，被诸管弦，得此数首。迨后载嬗纷，五光十色，其道备矣。《人间词话》谓："四言敝而有楚辞，楚辞敝而有五言，五言敝而有七言，古诗敝而有律绝，律绝敝而有词。盖文体通行既久，染指遂多，自成习套。豪杰之士，亦难于其中自出新境，故遁而作他体，以自解脱。"词曲之来，曷非迹于此境？近言之，今日流行之新体诗，亦即由此径酝酿所致也。

填词用韵，首以纯正为主。如东江真庚天萧歌麻尤侵等韵，本来原纯，不虑其杂。唯支鱼二韵之字，哤杂不伦。填词时，非加选择，难求声适。支微齐灰，四韵合一，固觉稳宜。然四韵之中，齐微灰可合，支字全韵，究难皆合耳。支韵中之"之""离""斯"等字，与齐微等韵，若不协调。而支韵中之"披""陂""奇""碑"等字，则与齐微灰韵，显然相合，此种用法，端在填词者把并州剪，有以匀裁者也。……

古今词人品格之佳，要以太白之"西风残照，汉家陵阙"为最高。余如白石之"二十四桥仍在，波心荡冷月无声"，虽不及太白，而清逸极矣。其他如晏殊之"楼头残梦五更钟，花底离情三月雨"，苏轼《南乡子》之"酒力渐消风力软，飕飕。破帽多情却恋头"，秦观《鹊桥仙》之"柔情似水，佳期如梦，忍顾鹊桥归路"，陆游《夜游宫》之"独夜寒侵翠被，奈幽梦、不成还起，欲写新愁泪溅纸"，秦观《踏莎行》之"可堪孤馆闭春寒，杜鹃声里斜阳暮"，苏轼《凤栖梧》之"梦破五更心欲折，角声吹落梅花月"，王安石《渔家傲》之"茅屋数间窗窈窕，尘不到，时时自有春风扫"，陆游《卖花声》之"贺监湖边，初系放翁归棹，小园林、时时醉倒"，孙浩然《离亭燕》之"怅望倚层楼，寒日无言西下"，孙洙《河满子》之"目断连天衰草，夜阑几处疏砧"……

【学界研究】《辑校民国词话三十种》收录。

《述学：诠诗》

【出处】载《学衡》1929年第69期。

【作者小传】缪钺(1904－1995)，字彦威，江苏溧阳人，生于河北迁安，居家保定。著名历史学家、文学家。曾任中国唐史研究会理事、中国唐代文学学会理事、成都市杜甫研究学会会长。出版有《元遗山年谱汇纂》《诗词散论》《读史存稿》《杜牧年谱》《冰茧庵丛稿》《冰茧庵序跋辑存》《冰茧庵剩稿》《灵溪词说》(合著)等。

【内容提要】论诗中有论词文字，开篇即云："论诗之作，代有佳篇，或弥纶群言，或独阐只义，或标举新解，或综贯旧闻，或考镜源流，或辨章得失。"先将历来论诗之作加以种类划分，然后叙此篇："爰就所知，粗加诠次，间采通人之说，或贡一得之愚，引证立言。"形式上大字为诗论，小字为注解。

首先阐发诗之质有三，一曰深远之思，二曰温厚之情，三曰灵锐之感。在灵锐之感中引冯延巳词"莫道闲情抛弃久，每到春来惆怅还依旧"，欧阳修词"泪眼问花花不语，乱红飞过秋千去"，纳兰性德词"如今憔悴异当时，飘零心事，残月落花知"来证"诗人触物生情，灵心善感。观流水而叹逝，睹落花而伤春，能见人所不能见，闻人所不能闻"。

在论述诗之质后，论诗之形，及发表感情之方法，引欧阳修《蝶恋花》"庭院深深深几许"说明比兴之法，引冯延巳《蝶恋花》"池上青芜堤畔柳”说明寓情于景事者也，引秦少游“可堪孤馆闭春寒”说明托意于微物也，姜夔《扬州慢》说明衬托以见意者也，晏幾道《临江仙》“落花人独立，微雨燕双飞”说明写物写人能直摹其神者也。

《还读轩诗词话》

【出处】载《清华周刊》第34卷第1期，1930年。

【作者小传】朱保雄，由俞平伯文集可知为清华学生，其余不详。

【内容提要】诗词话主要针对王国维的《人间词话》与《人间词》进行探讨，关于《人间词话》，作者感叹：“《人间词话》有笺注本，但标出处，于先生论词系统源流，多未阐发，先生词话一书，受刘熙载《艺概》影响甚大，不但文笔相类，即其隔不隔之说，亦出于刘先生于聊斋。”词话将《人间词话》与《艺概》中两条并列对比，使读者窥其痕迹。

> 红杏枝头春意闹，着一“闹”字而境界全出，云破月来花弄影，着一“弄”字而境界全出。
>
> ——《人间词话》

> 词中句与字有触着者，所谓极炼不如不炼，晏元献

“无可奈何花落去”二句，触着之句也，“红杏枝头春意闹”，“闹”字，触着之字也。

——《艺概》

问“隔”与“不隔”之别，曰：陶谢之诗不隔，延年则稍隔矣。东坡之诗不隔，山谷则稍隔矣。“池塘生春草”，“空梁落燕泥”等二句，妙处唯在不隔。词亦如是。即以一人一词论，如欧阳公《少年游》咏春草上半阕云：“阑干十二独凭春，晴碧远连云。千里万里，二月三月，行色苦愁人。”语语都在目前，便是不隔。至云“谢家池上，江淹浦畔”，则隔矣……

——《人间词话》

词有点有染，柳耆卿《雨霖铃》云“多情自古伤离别，更那堪冷落清秋节，今宵酒醒何处？杨柳岸晓风残月”，上二句点出别离冷落，今宵二句乃就上二句意染之，点染之间，不得有他句相隔，隔则警句亦成死灰矣。

——《艺概》

关于王国维《人间词》，词话云：“以唐人格律，写目前近事；宗派既正，词藻又丰，不得不推为近代中之大家。”

【学界研究】 张璋《历代词话叙录》收录。

1931

《酹月楼词话》

【出处】载《北平晨报》，1931 年 5 月 30、31 日，6 月 3、5、7、11、18 日，7 月 2、8、14、21 日。

【作者小传】配生，不详。

【内容提要】词话以探讨词之作法为主。首谈“文词之道，唯基于性情，然后可以动人”，并以冯延巳《长命女》为证；次谈词句用语，为全篇主体，如“词中用典，以不着痕迹为妙”；“词句最忌似诗，东坡山谷时蹈此弊”，山谷《如梦令》与东坡“并以俚语入词，以言格调，虽嫌卑下，然自有风人之旨”；“咏物词最难神韵飘逸”，举白石之《暗香》《疏影》、玉田之《南浦》诸调就是明证；“长短句有立意新颖，设词都丽，别体奇句，可吟完赞叹而不为法者”，以蒋捷

《声声慢》为例;“长调中四字句,太半相对而组织最难。言微旨远,词简意深。则草窗、日湖、竹屋、梅溪皆极工此法”。以上诸点皆以词人之句为例证,同时广泛评点其他词人词作,如词话作者称最爱黄叔旸《点绛唇》(惜别伤离),吕圣求《木兰花慢》与清照词相仿佛等。

【内容摘录】 词中用典,以不着痕迹为妙,不然,便足为清空之累。而用典亦自有律,后主“沈腰潘鬓消磨平”,用沈腰潘鬓律也。梅溪“白发潘郎宽沈带”,既云“潘郎”,又云“沈带”,未免驳杂,斯害于律矣。

咏物词最难于神韵逸,白石之《暗香》《疏影》、玉田之《南浦》诸调,固已脍炙人口,传为绝唱。刘子翚《满庭芳·咏桂》有“秋入微阴,凉生平远”二语,体物入神,极“觅水影,写阳春”之妙,惜通首不称是耳。梦窗亦有咏桂词《古香慢》一阕,警句如“秋淡无光,残照谁主”。虽复凄艳清雅,然是菊不是桂,此子翚所以为胜也。

【学界研究】 张璋《历代词话续编》收录。

《二云词论》

【出处】 载《上海日报》,1931 年 5 月 29、31 日,6 月 1、2 日。

【作者小传】 二云,不详。

【内容提要】 第一则论述词的音乐性,首先词在唐代胡乐影响下产生，然后举出温庭筠与柳永，二人懂音乐，词具合乐之美，久之词不必入乐，李清照对欧阳修、苏轼词的不懂音乐讥讽，可不论。第二则论词人之词应当有词人之心情，切忌模仿剽窃，同时对近时梦窗词风，颇有微词。第三则谈五代北宋之初词作内容多为描写妇人之词，如温庭筠、晏殊、柳永、秦观。词话赞同柳永作妇人词，因为其长期活跃于娼家，而秦观作为士人则“无可恕”，但词话同时又从男女恋情是天地间之至情的角度，赞同描写此类题材的作品。第四则评点词人，如柳永与张先一组，晏殊、晏幾道与少游一组，东坡、白石、稼轩又在词史中占有特殊位置。

【内容摘录】柳永、张先，虽同为一流，毕竟张先并非在妓院走动者，故所为尚有清气，然远不如永之通俗矣。二晏、少游又同为一流，少游容雍处不及同叔然情调则过之，小山微嫌气象太小则远逊其父，少游常有流滑之调，二晏则甚少，然凄怆之音、默淡幽窅之情，三人同有焉。

《读词小纪》

【出处】载《金声》1931 年第 1 卷 1 期。

【作者小传】张龙炎，不详。

【内容提要】词话首先释名，介绍了词在词史上的几种名称，如词为“诗馀”，词为“曲子词”。其次谈到了词盛于宋的原因，诗在唐发挥到了极致，所以宋人只能在词上下功夫：“乃不得不另辟蹊径，此词之所以起于唐诗大成之后也。”第三，从音乐性方面探讨，如“古者先为词，后叶音律”，白石自度曲等，蜻蜓点水，没有深入。第四，谈到词句有化用诗句，直用诗句，诗词句格有别。第五，以李后主为例，谈词人性情之真才能作词之真。第六谈到词之特质，词应以缥缈绵邈哀感顽艳尽之，词亦具有赋、比、兴诸类。

【内容摘录】 词之胜于宋，缘乎诗之大成于唐也。诗，自风雅颂而楚骚而五言，晋宋以降，易朴为雕，化奇作偶，齐梁文人，精研声律，隋代五言，多有绝唱，律诗见于唐而诗至此大成。王静安《人间词话》谓：“盖文体通行既久，染指遂多，自成习套。豪杰之士，亦难于其中自出新意。故遁作他体。……”顾亭林《日知录》所谓：“诗文之所以代变，有不得不变者。”盖诗已大成，不得不变生新文学也。杜甫诗《偶题》：“文章千古事，得失寸心知……前辈飞腾人，余波绮丽为。”所谓“前辈飞腾人”正可以譬解新体文学之兴。创格者才高调新，游刃有余，故能风靡一世。

后人局促辕下，无可见长，及锤句炼字，即入“绮丽”之域，文体就衰，乃不得不另辟蹊径，此词之所以起于唐诗大成之后也。

《读词偶得》①

【出处】载《中学生月刊》第 20 期(1931),第 31 期(1933),第 43 期(1934),第 46 期(1934),第 50 期(1934)。

【作者小传】俞平伯(1900 - 1990),原名俞铭衡,字平伯,祖籍浙江德清,出生于江苏苏州。清代朴学大师俞樾曾孙,与胡适并称"新红学派"的创始人。1919 年毕业于北京大学,后在燕京大学、北京大学、清华大学任教。曾参加新潮社、文学研究会、语丝社,与朱自清等人创办《诗》月刊。著述有《红楼梦辨》(《红楼梦研究》),以及《读词偶得》《清词释》《燕郊集》《唐宋词选释》《俞平伯全集》。

【内容提要】词话品读温庭筠《菩萨蛮》五首:"小山重叠金明灭""水精帘里颇黎枕""翠翘金缕双鸂鶒""杏花含露团香雪""竹风轻动庭除冷",韦端己《菩萨蛮》五首:"红楼堪别夜惆怅""人人尽说江南好""如今却忆江南乐""劝君今夜须沉醉""洛阳城里风光好",南唐中主《摊破浣溪沙》二首:"手卷真珠上玉钩""菡萏香销翠叶残",南唐后主词五首:《虞美人》"春花秋月何时了""风回

① 俞平伯还有《读词偶得续稿》载《人间世》1934 年第 10、11 期,解读《玉楼春》(桃溪不作从容住);《读词偶得续稿:说清真醉桃源词》载《艺文杂志》1943 年第 1 卷第 5 期,解读《醉桃源》(冬衣初染远山青)。这两期作品后被收入开明书店 1948 年版《清真词释》中。

小院庭芜绿”,《清平乐》“别来春半”,《相见欢》“林花谢了春红”,《浪淘沙》“帘外雨潺潺”;周邦彦词五首:《望江南》“游妓散”,《浣溪沙》“争挽桐花两鬓垂”“楼上晴天碧四垂”,《少年游》“并刀如水”,《凤来朝》“逗晓看娇面”。

词之解读,首先说明词之来源,如韦端己词出《花间集》,中主词据万历吕远本;其次必要的加以解题,如对中主词的介绍“中主之词,流传甚少,或以宋人词厕杂其间,今据陈振孙《书录解题》,定此二词为中主作”,接着介绍词牌来历“调名《浣溪沙》与通行之《浣溪沙》不同……”;如对相关研究的点评,如对韦端己《菩萨蛮》五首的解题中先对张惠言、谭献的解词提出异议:“将本词各章串讲,原皋文之说也。皋文、复堂之说温飞卿《菩萨蛮》亦用串讲法,对于温氏之词我实在寻不出它们的章法来,所以尽管张、谭两家说得活灵活现……”词话在正文赏析上一方面词语的解读上注重考辨,如在释中主《摊破浣溪沙》“手卷真珠上玉钩”时,提到《花庵词选》将“真珠”改作“珠帘”,对于改动探析了原因。另一方面注重章法的探寻,在章法方面有某一词内部之间的小章法,如在讲解后主词《虞美人》“春花秋月何时了”时“就章法言之,三与一,四与二,隔句相承也;一二与三四,情境互发也。但一气读下,竟不见有章法。后主又乌知所谓章法哉,而自然有了章法,情生文也”。还有联章词之间的大章法,如对韦端己《菩萨蛮》五首的内在逻辑探寻:“上边四章,一、二为一转折,三、四为一转折,全为此章而发。此章全用中锋,无一旁敲侧击之笔。”

此外,讲解还注重诗词互参的方法:有词对诗句的化用,如讲后主词《相见欢》时说:“此词全用杜诗‘林花著雨燕支湿’[①],却分作两片,可悟点化成句之法。”再有诗体与词体的区别,在讲温飞卿《菩萨蛮》“江上柳如烟,雁飞残月天”时说“此二句固妙,若以入诗,虽平仄句法悉合五言,却病甜弱。参透此中消息,则知诗词素质上之区分”。

【学界研究】俞平伯《读词偶得·清真词释》(北京:人民文学出版社,2000年)收录。

① 《读词偶得》原文如此,亦有版本作“林花著雨燕脂落”或“林花著雨胭脂湿”。

1932

《诗词话》

【出处】载《枕戈(上海)》1932 年第 2 期。

【作者小传】幼仝,不详。

【内容提要】词话主要评论词人词作“诗余作者多以摘锦薰香之笔,写芊绵靡曼之词。然示有气象莽苍。声情悲壮者,大都于凭临关塞及吊古之作”,举吴伟业《满江红》金陵词,龚芝麓《满江红》拜岳鄂王墓,尤侗《贺新郎》词,朱彝尊《满庭芳·李晋王墓上作》。以上著作作者评“诸作异曲同工,盖梅村芝麓诸老多词坛祭酒,所谓幽燕老将气概沉雄与三河少年风流自赏者正自不同”,作者认为诸词人有鼎革兴亡之感,哀愤之音遇物而发,如宋琬《满江红·蟋蟀》,评为“古今咏秋虫之作当以此为绝唱”。

《读〈闺秀百家词选〉札记》

【出处】 载《文学年报》(燕京大学主办)1932 年第 1 期。

【作者小传】 杨式昭,据孙克强、孙文婷《读〈闺秀百家词选〉札记》(载《文学与文化》2019 年第 2 期):“杨式昭,女,生卒年不详,河北临榆人。杨式昭青年时期积极参加革命,曾于 1924 年参加由孙中山支持、邓颖超等组织的天津妇女筹组国民会议促成会第一次筹备会。1925 年杨式昭入南开女中高一乙组学习,1928 年毕业于南开女中,是女中第一批毕业生。同年入燕京大学法学院政治学系,1932 年毕业。毕业后任职于扬子江水道委员会。1935 年在南京与燕大校友胡庆育结婚。”

【内容提要】《闺秀百家词选》,清吴灏编纂。其中收录历代女词人单行本词集,各朝诗词总集、附录、诗话、词话,词作后录相关的各类本事,文献价值颇高。

词人以闺秀词与宋代诸词人之作相比,总结闺秀词之特点。首先闺秀词中雄壮之词不多,仅有王贞仪《惜余春慢·登燕子矶》、宗婉《大江东去·海舶书怀》两首足当之。原因是闺秀心境阅历不能耳。

“闺秀词能工而不能神,能好而不能妙”,如与东坡、稼轩相比,则“一是名山大川,一是小院方塘”,与清真、梦窗相比,则相去远甚。作者认为好词家须具备三个条件,即修养好、天资好、观察力好:“修养好则词品高,天资好则词意远,观察力好则词境亲切”,而工力则为余事。

作者论述词意有“厚”与“不厚”之别,关系到耐读与不耐读,又有灵活与不灵活之别。

作者对于咏物词探讨较多,首先列举众多闺秀咏物词作,作者认为词首在抒情,至于咏物有难作与容易作之分。容易之作:“只要观察精细,联想丰富,辅以字句锻炼,则词未有不工巧者。”难处有三点:“脱不掉描补之痕迹”,“难在作得灵活”,“难在有意境”。闺秀词中咏物体察入微者有钱斐仲咏枕、咏指甲、咏后鬟。咏物词中咏杨花、柳絮之作最多,其哀婉悱恻能尽之者唯庄盘珠之《苏幕遮》。

关于词中用典,作者亦列举闺秀词之例,作者不赞同用典,认为是词家大病:“写情用典,则是用别人之事说自己之心事,必不能真;写物用典,则是用死的东西写活的东西,必不能切。”

闺秀词亦对前人模仿较深,如咏杨花、柳絮未能出东坡之范围,《蝶恋花》咏落花或送春者模仿欧阳修之词,李后主之“独自莫凭栏”,少游之“雨打梨花深闭门”皆为模仿对象。

作者法眼甚严,赞扬闺秀词佳句不多,唯刘琬怀《浣溪沙》、许淑慧《荷叶杯》、庄盘珠《菩萨蛮》等。闺秀词词调尤俏者,唯吴藻《花帘词》。

闺秀词中亦有词句极不通者如杨继端《蓦山溪》、徐灿《浣溪沙》,以及“月姊”的用法,不见前代词人用之。

作者最后总结“闺秀之词大抵均清婉悱恻,秀句可诵。而通病则在词境不活、词味不厚。至若纵横豪放之气,犹不能求之于易安,况其余乎?然此本不能责于蕙心纨质之闺秀也”,一方面指出闺秀词之不足,另一方面对不足之原因也不苛求。

【学界研究】 孙克强、孙文婷整理:《文学与文化》2019 年第 2 期。

《读词星语》

【出处】 载《清华周刊》第 32 卷第 2 期,1932 年。

【作者小传】 萧涤非(1906－1991),江西临川人。1930 年于清华大学毕业,1933 年毕业于清华大学研究院,后到山东大学任教。抗日战争时期去西南联大。抗战胜利后于 1947 年回山东大学,历任中文系主任、教授,硕士、博士研究生导师,当选为第三届全国人大代表,第五、六届全国政协委员,国务院学位委员会第一届学科评议组成员,中国唐代文学学会第一任会长。著有《汉魏六朝乐府文学史》《杜甫研究》《杜甫诗选注》《读诗三札记》《乐府诗词论书薮》等。

【内容提要】 前有编者按语:“吾友临川萧君,治文学,尤好词。此篇之作,盖在去年计所论列,于五代有李后主、韦庄、冯延巳、李珣、鹿虔,于宋有晏殊、晏幾道、柳永、张先、欧阳修、苏东坡、秦观、黄山谷、孙洙、赵令畤、陈去非、周美成、李清照、辛弃疾、赵彦端、吴文英、蒋捷、马庄父、康伯可、张炎,于近代则有王国维,填词名家,略备于此。萧君此作大旨,要在指出以上各家代表作品来源出处，君读书至渊且博，故能穷原竟委，发前人所未发，教授杨振声先生曾称此篇‘多独到处，具见功力’，其搜辑之精功，从可知矣。词为吾国文学中永远不朽之一体，吾人得萧君此文，其有助于读名家作品者，正自匪鲜也。爰请诸萧君，载入本刊，以饷阅者。”

该词话正如编者指出，穷原竟委，能就某一词句指出词人之渊源出处与模仿名家，举两例：其一如李后主《浪淘沙》“相见时难别亦难”，《能改斋漫录》以为本《颜氏家训》“别易会难，古人所重。江南践送，下泣言离”诸语，作者指出其源自魏文帝《燕歌行》“别日何易会日难，山川悠远路漫漫”。不止后主，宋武帝《丁督护歌》“别易会难得”，戴叔伦《织女词》“难得相逢容易别”亦正与此同。其二如晏幾道《临江仙》“落花人独立，微雨燕双飞”，乃袭用五代翁宏宫词语。翁诗仅存两首，最初来源于《雅言系述》，《五代诗话》辑录自《雅言系述》，《全五代诗》又源自《五代诗话》。后两者均常见，而《雅言系述》则朱希祖、朱自清二先生皆未见过，从寻书过程可见作者穷原竟委之功。

词话在用韵方面也颇有见解，如李后主《相见欢》“自是人生长恨水长东”，周济指出其用东真韵宽平，作者指出后主词用川东韵并非宽平，并进而指出“填词者固不可以词害意，亦不应以韵害词”。“蕙风论词，特标重拙大三者，余以为重大犹可，唯拙为难，盖拙语纯出白描，别具天趣。不可力学而致也。自北宋而下，已无此种境界，由疏拙而细密，固亦文学演进必然之公例。”

词话亦指出时人研究之错误，晏幾道《浣溪沙》“户外绿杨春系马，床前红烛夜呼卢”，《词林纪事》谓晏词只得韩诗二字，作者经过考证认为《词林纪事》有误，而胡云翼《宋词研究》未做细考而轻信了《词林纪事》。

【内容摘录】 后主词以俗语白话入词。如“酒恶时拈花蕊嗅”，酒恶乃当时俗语。又如《相见欢》词“剪不断，理还乱，是离愁。别是一般滋味在心头”，则纯为白话矣。《湘山野录》载吴越王钱镠还临安与父老饮酒词云：“尔辈见侬良欢喜，别是一般滋味子，永在我侬心子里。”此其所本也欤？特后主用以言离愁，故更觉意味深长，真切动人耳。

小山《临江仙》词最为特出，其“落花人独立，微雨燕双飞”之句，尤为卓绝千古，脍炙人口，然实则用五代翁宏宫词语也，《五代诗话》辑《雅言系述》云：“翁宏，字大举，桂岭人，隐居韶贤间，不仕能诗，宫词云‘又是春残也，如何出翠帏，落花人独立，微雨燕双飞。寓目魂将断，经年梦亦非。那堪向秋夕，萧飒暮蟾辉’。”《秋风》云：“又是秋残也，无聊意若何？……”翁诗只此二首，亦见函海全五代诗卷六十二，盖又间接本于《五代诗话》者。《雅言系述》一书，余曾询朱希祖、朱自清二先生，皆云未见，佚否不可知，而对于硕果，弥觉可贵矣，吁！同一语也，翁为原作，而阒其无闻，晏乃袭用，而飞声千古，岂非巧拙之道不同，而用之有得不得耶？

欧公《蝶恋花》词：“泪眼问花花不语，乱红飞过秋千去。”前人言本严恽诗：“尽日问花花不谁，为谁零落为谁开？”余按飞卿词亦有云：“百舍问花花不语”，然皆不如欧语真挚也，郑谷诗云：“情多最恨花无语，愁破方知酒有权”，此语最能道出欧公心事。

东坡尝面笑少游“销魂当此际”学柳七句法，盖以柳内家娇词曾有“帝里风光当此际”之语也。然其《蝶恋花》词“衣带渐宽无别意，新书报我添憔悴”，独非学柳词“衣带渐宽终不悔，为伊消得人憔悴”句法乎？使当时少游此词反诘者，不知东坡何以自解，以余度之，坡殆以少游此词缠绵旖旎，风格于柳独近，故特标此一语以为言耳，亦即“山抹微云秦学士，露花倒影柳屯田”意也，若第以句法论，则刘禹锡闻蝉诗“年年当此际，那免鬓凋零”视柳词不已早乎？

【学界研究】《辑校民国词话三十种》收录。

《觉园词话》

【出处】 载《励进》1932 年第 1、2、3、5、6、7、8、9、10 期。

【作者小传】 谭觉园，不详。

【内容提要】 主要探讨词之起源与流变，词韵、词体、作词要诀等。关于词之起源，认为起源于唐朝，云：“唐之歌词，皆为整齐之五言、六言、七言，而必杂以‘和声’‘散声’‘泛声’，然后可以被之管弦，使音之清浊、高低等，得合曲拍，于是而词兴焉。”认为词的产生路径“则三百篇实为滥觞，一变而为乐府，再变而为诗余”。

关于词调与词韵，作者推崇《中原音韵》：“盖欲作乐府，须先正言语，欲正言语，须先宗中原之音”，“词之用韵，忌杂凑、生僻、杂哑、重复”，关于词谱平仄韵通押问题，作者认为不可一一照搬，举出仄韵而用入声者词牌二十一种。关于词调之名称由来，作者亦考证出《蝶恋花》《满庭芳》《鹧鸪天》等二十九种。

关于词之本质，词人提出“清、轻、新、雅、灵、翠、婉、转、留、托、澹、空、皱、韵、超、浑”这十六字并非觉园首创，源头最早出自清代孙麟趾《词径》，觉园承衍了此说。当于作词之初使用，并就每一字作出阐述，如“清则眉目显，轻则圆润而不板，新则别开生面”乃是就词之结构、风格而发。对于作词中和古人韵，作者不赞同，认为是“由韵而生情造句”的弊端。

关于词体，作者认为可分为写情、即景、怀古、叙事、咏物、书函、告诫、福堂、回文、集句诸体。如果一词之中具备“写情、即景、怀古、叙事”，则为词之上乘。

关于词之南北宋，作者探究了南北宋之盛衰原因，“北宋盛于文士，衰于乐工，南宋则反是”。南北宋之优劣，北宋词善用重笔，能大、能拙，妙处在于高健、幽咽，南宋词善用深笔，能细，能密。而词段论述则很大程度上借鉴了周济的词论，兼取王昶“北风雨雪”之感与毛先舒“高健”“幽咽”之见。

关于词坛弊端，作者云：“近人填词，不知音调，遇仄则以三声概填，实为大谬。”“近代填词诸家，不唯五音莫辨，即四声，恐亦多有不明者，或半就格律，半越轨范者，而负填词之名，实则已失词调之本质。”

【内容摘录】 清、轻、新、雅、灵、脆、婉、转、留、托、澹、空、皱、韵、超、浑为词之十六字要诀。清则眉目显；轻则圆润而不板；新则别开生面，可免陈腐；雅能避俗；灵能通变；脆乃声响，动人殿闻；婉乃曲折，不致粗莽；转则笔姿生动；留则可免一泻无余；托则不致穷迫，泥煞本题；澹则恬漠；空则超脱；皱能免滑易之弊；韵胜神乃传；

浑厚功乃到。[1] 作词之初，当于此十六字，详加揣摩，逐一探究，心有所得，然后下字造句，自入妙境矣。

词派分南北，北宋盛于文士，衰于乐工。南宋则反是。北主乐章，故情景但取当前，无穷高极远之趣，善用重笔，是以能大，能拙。受地域影响，多北风雨雪之感，其妙处不在温柔、艳亵，而在高健、幽咽。南乃文人弄笔，彼此争名，变化益多，取材益丰，善用深笔，是以能细、能密，较北益工。然北宋无门径，故似易而实难，南宋有门径，故似深而反浅，因之又有豪放、婉约分焉。北宋苏东坡，南宋辛弃疾等为豪放领袖；北宋晏氏父子、南宋姜白石及李后主、柳耆卿、张子野、周美成、李易安、秦少游等均为婉约名家。世人以北宋为变体，南宋为正宗，究有何根据？未免强立本支之别。况豪放婉约之分，不过就其大体而言；豪放中未尝无婉约者，婉约中亦未尝无豪放者……

【学界研究】邱美琼、刘雨婷：《谭觉园〈觉园词话〉词学思想探论》，《湖南大学学报》2018 年第 5 期。

---

① 原文此段即缺少“超”字的解释，参考了其他版本，亦无。

1933

《棕窗杂记》

【出处】载《词学季刊》第1卷第2期。

【作者小传】汪兆镛(1861－1939),字伯序,号憬吾,晚号清溪渔隐,汪精卫异母兄。原籍浙江山阴(今绍兴),生于广东番禺。1884年选学海堂专课肄业。次年举优贡生,朝考以知县用。1889年中举人。辛亥革命后,避居澳门,不当民国官,以遗老自居,以吟咏、著述自适。1918年曾参与修纂《番禺县续志》。著有《元广东遗民录》《微尚斋诗文集》《雨屋深灯词》等。今人编有《汪兆镛诗词集》。

【内容提要】词话论词三则,第一则评点王闿运的《湘绮楼词选》,指出其有篡改古人词,举三例改欧阳修、周邦彦、苏轼词,且改后之词均不如原词。第二则以词存人，录白季生观察书《满庭芳》词、黄玉阶为徐荣书《菩萨蛮》词，二词均为贺新婚并中榜之事。第三则为词人收录陈东塾《忆江南馆词》之佚词两阕。

【学界研究】 张璋《历代词话续编》收录。

《韦斋杂说》

【出处】 载《词学季刊》创刊号。

【作者小传】 易孺(1874－1941)，号大厂居士，早年肄业于广雅书院，为黄牧甫入室弟子。精研书画，篆刻、碑版等。后留学日本，辛亥革命后长期居住上海，历任暨南大学、国立音乐院等教授，印铸局技师等，有《大庵词稿》《孺斋丁戊集》《大庵画集》《韦斋曲谱》《孺斋自刻印存》。

【内容提要】 词话前面有小序交代写作背景："……在素志编定一具备完足之词论，未成书之先，更不欲为鳞爪之记载。兹以本刊付印。榆生先生甚盼草一作，兼旬未报，再不容缓，扶病率书，不成片段，聊表所企而已"，该词话最大特色是词如何复歌。作者建议：一，记谱法用五线谱；二，音乐器具可以用钢琴、大风琴；三，针对填词中最难之四声清浊，建议唱词最重念清字之音。该词话是在西乐大行其道的情况下，探讨如何使填词复活。这种途径尝试是作者在进行新体乐歌的一种尝试。

【内容摘录】 综上以言，今日有五线谱以记欲唱之词音，有钢琴风琴，一打便成欲唱之词调，有长笛一吹便出欲唱之调声。而谱纸及乐器，随处可得。长笛，更便于携带，此是最好机会，如何再能不群起而研究唱词也。

【学界研究】张璋《历代词话续编》收录。

《读词杂志》

【出处】载《光华附中半月刊》1933年第8期。

【作者小传】鲍传铭，1914年生于宝应县城望族，家人为其取名鲍传铭，后改名汉青。1934年，他远涉重洋赴日本政法大学读书，卢沟桥事变后，毅然放弃学业，返回祖国投身抗战。后经人介绍，辗转至皖南参加新四军，因精通日语，敌工部就让他参与对日俘的教育感化工作。皖南事变前一个月，他带着几名日本友人先行北撤，因而幸免于难。到达苏北后，被分配到粟裕领导的一师政治部。1945年，抗战胜利，任宝应县副县长。1946年，任新组建的华中大学大学部主任、校党委委员。1951年以后，担任苏南行署办公厅主任，江苏省委办公厅主任，省人委副秘书长。他通晓英、日、俄、世界语四种语言，对古典诗词的研究颇有造诣，著有《诗词散记》等书。

【内容提要】读词笔记八则，以考证为主，第一则认为《菩萨蛮》《忆秦娥》两阕非李白所作，提出了三点论据。第二则对中主"细雨梦回鸡塞远，小楼吹彻玉笙寒"中"彻"字解释，认为俞平伯解释不确。第三则是后主《临江仙》“樱桃落尽春归去”是否是咏春景。第五则认为词史上署名孟昶《玉楼春》非孟氏所作。第六则考东坡《大江东去》词不同版本的字差异，第八则认同谭正璧考朱淑真《生查子·元夕》词是其作品。作者考证先征引前人说法，然后再陈述己意。

《放屁词话》

【出处】载《微言》1933 年第 1 卷第 9、10 期。

【作者小传】词客，不详。

【内容提要】名为词话，实为一篇辩驳性词论。作者自云“一个年龄不满十八岁的中学生”，但实际水平远高于中学生。1933年民国词坛有一股“词的解放运动”，柳亚子、曾今可、章石承、赵景深先后在《新时代月刊》第四卷第一期“词的解放运动”上辩论。全文便针对曾今可的“词的解放运动”专文中词的“三分之一五”的解放问题。

作者采用逐条批驳的方式，第一，曾今可云“词一定要有谱，否则与诗无异”，作者认为诗词无根本区别：“二者的字句多少，都是有规定的”，“二者在字句中的平仄，也有一定的规定”，“二者皆有一定的地方可变通平仄”。

第二，曾今可认为词与音乐有关系，所以要讲平仄，但可以不讲阴平、阳平和四声。作者认为诗与音乐也有关系，曾氏在平仄问题的观点也是错误的。

第三,曾今可主张全用白话,作者将其调整为“我们要说‘辞能达意’就是好的,通畅的文字,就是大众的文字”这样就突破了文言与白话的狭隘的对立。

最后作者由词的解放运动联系到古体诗与近体诗,以及新文化运动,对于新文化运动全面打倒传统文化,作者不赞同,但是对于胡适讥讽为“圣人”,暗讽曾今可也想当诗界革命的功臣,则超出了学术论争的范畴。

《词学讲义》

【出处】载《词学季刊》创刊号,1933 年。

【作者小传】况周颐撰,龙榆生辑。况周颐,见前。

【内容提要】《词学讲义》有两个版本,刊登了三次。最早刊于 1927 年《联益之友》,分 1 月 1 日、2 月 1 日、2 月 16 日三次刊载。《词学季刊》本较《联益之友》本多一则,少五则。关于两次刊本的具体内容差异,孙克强、和希林已经将《词学讲义》整理发表在《南阳师范学院学报》2016 年第 10 期。《词学讲义》第三次刊登,金受申 1942 年刊于《立言画刊》第 183、184 期,是依据词学季刊本,加了按语(读者来信询问作词方法,而作者自云不会作词,故刊登况蕙风《词学讲义》以满足读者需求)。

词话后有龙榆生小记:“右《词学讲义》为蕙风先生未刊稿。

先生旧刻《香海棠词话》,后又续有增订,写定为《蕙风词话》五卷,由武进赵氏惜阴堂刊行。朱彊村先生最为推重,谓‘自有词话以来,无此有功词学之作’此稿言尤简要,足为后学梯航。叔雍兄出以示予,亟为刊载,公诸并世之爱好倚声者。二十二年二月一日龙沐勋附记。”词话首先谈到推尊词体,学词须“有天分、有学力、有性情、有襟抱”,而且提出了“重”“拙”“大”“雅”“厚”的词之标准。进而解释词为诗余,词由诗歌为合音乐之拍而加入和声之字,有“余字”与“情文节奏”两种意义。其次简单梳理词史,于明词认为明词不振,于清词认为清初《倚声集》侧艳之词太多,成就不及朱彝尊《江湖载酒集》。词与曲界限分明,不可混淆,对于填词口诀,认为各人有属于自己的风格,难以模仿。对于常州派之“意内言外”之说,认为言中有寄托而不自觉流出也。对于词中宫商角徵羽给出了解释“大抵合口为宫,开口为商,卷舌为角,齐齿为徵,撮口为羽”。

最后列出了参考书目,分为初学初步必需之书六种,词学进步渐近成就之必备书目十四种,且书目之后列出版本,以供读者识别,如《宋六十名家词》明常熟毛氏汲古阁刻本,沪上石印本伪舛太甚,不如广东覆刻本较佳。

【内容摘录】 词学初步必需之书:《校刊词律》二十卷,清宜兴万树红友订正、秀水杜文澜筱舫校刊,附《词律拾遗》六卷、德清徐本立诚庵纂;《词律补遗》杜文澜编共二函十二本……;《词林正韵》三卷,清吴县戈载顺卿辑,临桂王氏四印斋刻本(有石印本),坊间别本词韵,部居分合多误,断不可用;《草堂诗馀》四卷,宋人选宋词,明嘉靖庚寅,上海顾从敬汝所刻本最佳,未经明人增羼;《蓼园词选》,蓼园先生黄氏名苏,临桂人,选词悉依草堂,去其涉俳涉俚之作，加以笺评，极便初学，武进赵氏惜阴堂石印本；《宋词三百首》归安朱祖谋古微选。

词学进步渐进成就应备各书：《宋六十名家词》明常熟毛氏汲古阁刻本，沪上石印本伪舛太甚，不如广东覆刻本较佳；《词学丛书》道光间江都秦氏享帚精舍刻本；《乐府雅词》三卷、《拾遗》二卷，宋曾慥编；《阳春白雪》八卷、集外一卷，宋赵闻礼编；《词源》二卷，宋张炎撰；《日湖渔唱》一卷、补遗二卷，宋陈允平撰；元《草堂诗馀》三卷，凤林书院本；《词林韵释》一卷，菉斐轩本；《花庵词选》十二卷，宋黄昇撰；《绝妙好词》七卷，宋周密编；《御选历代诗馀》一百二十卷，殿本有覆本；《四印斋所刻词》临桂王氏辑本；《宋元三十一家词》同上；《彊村丛书》归安朱氏辑本。此外，各种词话，如《皱水轩词筌》《花草蒙拾》《词苑丛谈》《金粟词话》之类，亦随时购阅，庶几增益见闻。略可知词林雅故（丛谈引他家书，不著其名，是其一失）又《宋金元词集见存卷目》一册，双照楼校写本，丁未（1907）八月，沪上鸿文书局代印，此书传本罕见，词学津逮至要之书，丁未距今仅二十年，亟访求之，容或尚可得也。

【学界研究】孙克强、和希林整理：《词学讲义》，《南阳师范学院学报》2016 年第 10 期。

《子楼诗词话》

【出处】载《晨报》，1933 年 7 月 6 日至 11 月 24 日。

【作者小传】 林庚白(1897－1941),原名学衡,字凌南,又字众难,自号摩登和尚,福建福州人,民国时期诗人、政治人物。幼孤早慧,由其姐抚养长成。辛亥革命后,被推为众议院议员和非常国会秘书。1928年之后在南京先后任国民政府外交部顾问、南京市政府参事。1933年在上海创办《长风》半月刊。1941年,在重庆当立法委员,后与妻子移居香港。著有《庚白诗存》《庚白诗词集》《孑楼随笔》《孑楼诗词话》等。

【内容提要】 诗话居多,词话仅十余则,涉及词之作法、词家评点,以及以人存词。在论词之作法中,诗词同论如:"凡诗词,意欲其深,句欲其重,而遣辞用字不忌其平易通俗也。盖深而重者,必能深入而浅出。擅此者,便是大家。看似平易通俗,实非仅平易通俗而已。"评词家如纳兰性德"容若所著饮水词,在清代词苑中,无愧大家之地位。以余观之,似又胜竹垞、樊榭,其才力、工力,皆远轶朱、厉耳",以人存词兼及评点如录杨蕊渊词、柳亚子词、汪精卫词、章衣萍词,录柳亚子《蝶恋花》,评曰"隽语时出";录汪精卫《八声甘州》,评曰"以娟秀擅"。

词话也评及词史现象如"逊清末叶,诗人词客,竞以雕镂相标榜,往往辞浮于意。若更从严论列,则南宋词已多此弊。南宋以后,尤难更朴",词论对当时词风展开批评,并上溯至南宋,结合上段摘录,可知作者所追求的言简意赅、辞约义丰的风格,重内容甚于形式,作者继续申论"凡文艺上乘者,意境胜于辞藻,诗词亦莫不然"。

【内容摘录】 诗以能用平凡语、通俗语出之,而辞意深刻,有自然之美者,为上上乘。此唯求之大家为能。若名家则务言风骨,言神韵,言工力。其谋篇琢句之中,于此数者极其胜。不知彼大家之作,盖不待雕锼,已臻于此数者之绝诣矣。此于词曲,亦莫不然。

【学界研究】 张寅彭《民国诗话丛编》(上海:上海书店出版社,2002年)收录。

《词论雪珠》

【出处】 载《词学季刊》创刊号,1933年。

【作者小传】 沈曾植(1850－1922),字子培,号巽斋,别号乙盦,晚号寐叟,晚称巽斋老人,浙江嘉兴人。博古通今,学贯中西。文学著述有《海日楼文集》《乙庵诗存》《海日楼诗集》。

【内容提要】 手批词话《皱水轩词筌》《花草蒙拾》《金粟词话》三种,乃是龙榆生从其后人沈慈护处辑录。六条批《词筌》,两条批《花草蒙拾》,一条批《金粟词话》。主要是针对前人词话评词家不当处提出已见。如《词筌》评稼轩词"虽入粗豪,尚饶气骨",沈氏批云:"宜其称赏改之。"《金粟词话》云"词家每以秦七黄九并称",沈氏批云:"当时并未齐名,明世诸公无聊比附。"

沈氏针对《词筌》评语,认为应当称赏刘过。按词史对刘过词多贬,如王初桐云"刘龙洲、刘后村学稼轩者也,皆近乎粗"①,李调元云"余阅刘过《龙洲词集》,有学辛稼轩而粗之评……升庵谓改

① 《小嫏嬛词话》卷二,《唐宋人词话》第850页。

之似辛稼轩之豪,而未免粗”,词史都是批评刘过。其实《词筌》评稼轩重在“尚饶气骨”,已经是与刘过区别对待了。所以并无不妥。

《词林新语》

【出处】载《词学季刊》第1卷第3号,1933年。

【作者小传】灵,不详。

【内容提要】其中记录王国维、沈曾植、郑叔问、朱祖谋、况蕙风、梅兰芳之词林之事,以朱祖谋与况蕙风居多。如朱祖谋回答别人何以晚年作词少,彊村答曰“理屈词穷”。再如王国维词宗苏辛一路,即使给梅兰芳题词,也不喜作女子语。沈曾植居上海十年,不涉足歌场,而观梅兰芳一出戏之后,题《临江仙》一首。朱祖谋与况周颐探讨《宋词三百首》,“寒夜啜粥,相与探论,维时风雪甫定,清气盈宇,曼诵之声,直充闾巷”。其笔法仿《世说新语》,篇幅短小,幽默诙谐,然词人形象跃然纸上。

【内容摘录】或问彊村翁:“晚岁何以少作词?”翁噱然曰:“理屈词穷!”

嘉兴沈子培居上海,十年不涉歌场。自畹华来沪,遂往观剧,并作《临江仙》一解,时人以为难能。

归安朱彊村暇辄行博,蕙风为赋词《竹马子》,以纪其事。或劝之曰:“久坐伤骨,久视伤脾。”彊村曰:“不坐伤心。”

临桂王右遐于蕙风为前辈，同直薇垣，研讨词事。右遐每有所作，辄就蕙风订拍，蕙风谨严，屡作为之屡改，半塘或不耐，于稿尾大书“奉旨不改了”。

淳安邵次公尝有所眷娉婷，残年风雨，戎马载途，乃自析津随至京师，次公欣然以造象属朋辈征题咏，曰采芳图，不逾年，娉婷他适，次公遂屏不复言。

《忍寒庐零拾》

【出处】载《词学季刊》第1卷第2号，1933年。

【作者小传】龙榆生（1902－1966），名沐勋，沤社词人。早年曾师从近代著名学者陈衍，又为朱祖谋私淑弟子，1933年在上海创办《词学季刊》，任主编。1940年在南京创办词学刊物《同声月刊》。新中国成立后曾任上海音乐学院教授。撰写词学论文多篇，今人辑为《龙榆生词学论文集》。著有《东坡乐府笺》《唐宋名家词论》《唐宋名家词选》《风雨龙吟室词》《忍寒庐词》。

【内容提要】共七则。第一、二则为“郑叔问自评所作词”，第三、四则为“郑叔问石芝西堪宋十二家词选目”，第五则为“江蓬仙记彊村先生逸事”，第六、七则为“谢榆孙记彊村先生广元裕之宫体《鹧鸪天》词本事”。

第一、二则缘于龙榆生春假过南浔访刘承干嘉业堂藏书楼，发现郑文焯手写《樵风乐府》稿本两册，涂改较多，与刊本多有出入，文献价值高，由于时间仓促，录写郑氏自评语若干条。《樵风乐府》卷六《念奴娇》"……赏音良难，而歌者亦太苦矣"，卷七《迷神引》"结句又极难合拍，盖人人易作是调，却未轻许能到此境？两宋诸词家，赋此解绝少，几成虚谱矣"，卷八《蝶恋花·拟冯延巳》"此词昨夜口占，声文谐会……"，《蝶恋花·江南冬燠》"……此解纯以意以韵胜，略似花间，不惜歌者苦也，知音其唯沤尹乎"，卷八《夜半乐》"……此作发端一字及第二段草字均宜去声，因改定"等，从这些批语可以看出郑氏作词严守声律，斤斤于声律，即龙榆生谓"得失寸心知"。

第三、四则乃是词选选目，宋十二家词选，小令五家：晏殊词、欧阳修词、张子野词、晏幾道词、秦观词；慢词七家：柳永词、周邦彦词、辛弃疾词、吴文英词、姜夔词、贺铸词。

第五则乃朱祖谋词逸事，叙朱祖谋庚子上书尽臣之责，后出任江苏法政学堂监督尽校长之责。

第六、七则写沤社词人谢榆孙[①]彊村先生广元裕之宫体《鹧鸪天》词本事，"元裕之宫体八首"乃元好问八首词，谢氏所言之本事乃谓朱祖谋因袁世凯称帝所作八首。按张尔田《与龙榆生论彊村词事书》（词学季刊第一卷第四号）云"顷承寄《词刊》第三期，搜香甚富。唯补白中载某君解古丈《鹧鸪天·效裕之宫体》词，似与本事不合。此八首乃指宣统出宫之变，非咏项城称帝时事也"，今人白敦仁亦称"求之词意，扞格难通。虽自渭闻之

---

① 谢抡元（1872－？），字榆孙，出生世代名医之家，1903年中举，考取国子监算学，其父与朱祖谋同年。与谭献、李慈铭相交，有《緺庐词》《湿症金壶录》。

彊村，实不可信”。[①]

【内容摘录】（一）郑叔问自评所作词

《念奴娇》题云：“甲辰仲夏，半塘老人过江访旧，重会吴皋，感遇成歌，以致言叹不足之意。小山丛桂，问淹留何意？空歌招隐。自见淮南佳客散，鸡犬都霑仙分。碧海三尘，白云孤抱，不羡灵飞景。仙才谁惜？世间空舐丹鼎。 我亦大鹤天边，数峰危啸，一觉松风枕。三十六鸥盟未远，独立沧江秋影。词赋哀时，湖山送老，吟望吴枫冷。梅根重醉，旧狂清事能领。”（樵风乐府卷六）批云：“老友宋芸子诵此解，凄戾低徊，至沧波秋影之句，甚为予感喟不置，至冷字韵，不觉泫然涕之何从也。吾知鹜翁见之，又作何枨触之态，赏音良难，而歌者亦太苦矣。”

【学界研究】《龙榆生杂著》（上海：上海古籍出版社，2017 年）收录。

《词通》

【出处】载《词学季刊》第 1 卷第 1 至 4 号。

【作者小传】徐棨，广东番禺人，清末民初著名学者徐灏之子，曾举于乡，任江苏特用道，署湖南永顺府知府。

【内容提要】词话前有序，交代背景：“友人赵叔雍先生，以

---

① 白敦仁笺注：《彊村语业笺释》，杭州：浙江古籍出版社，2016 年，第 381 页。

庚午春日，偶于上海坊肆，得无名氏《词律笺榷》手稿八册，蝇头细字，多所涂乙，知为未定之本”，序中断定为清末之人：“其所征引词籍，迄于王氏《四印斋所刻词》，不及见《彊村丛书》，料其人或卒于清末。”对于全书之精华、主要内容，小序亦有交代：“序次悉依万氏《词律》，更取晚出宋元人词，为红友所未及见者，罗列比勘，一字一句，往往论例至数千言。计全书仅成十之二三，而积稿厚已盈尺；对于万、徐（本立）旧本，纠正极多。首冠《词通》；分立论字、论韵、论律、论歌、论名、论谱诸门，参互斟核，至为精审。”

全书体大思精，涉及论字、论韵、论律、论歌、论名、论谱诸门，每一种又详加考辨。如首“论字”列出十八种情形，即“正体常格中考见衬字”，“曲调可证词句中之衬字并入者”，“衬字并入正调”，“同句用衬字处各不同”，“句法比较可得衬字”，等等。“论歌”的理路颇为严谨：“南北曲之源，实出于词。南北曲之声，至今犹在。寻流以溯源，或有可达之航路。清初载记，犹有歌词者。纵非宋法，其理则存。今日之所以不能歌者，文士不能唱，伶工不知词耳。使以其理授之良工，余固疑其犹可歌也。故杂搜古近诸家之说，举近代歌词之据，为《论歌》一篇，以待来者。”“论歌”主要针对词当时不可复歌而提出的一种尝试，有理有据，不失为一种策略。对于万树《词律》之错误也指摘列出，如《词律》认为《江城》《梅花引》两调合名《江城梅花引》，但是词话考证为《摊破江城子》之别名；《词律》漏收《上行杯》《雨花令》等。

有研究者认为该词话：“其性质与一般资闲谈、叙掌故、赏佳句的词话不同，约略具有词学通论的雏形。”

【内容摘录】衬字并入正调

衬字并入正调者，如《四字令》一调，亦其确证。首二句四字矣，第三句六字，是加两衬字也；第四句五字，是加一衬字也。后段亦然。此调初必全体四字，故名《四字令》；亦犹《三字令》，全首皆三字句；迨既加衬字，而后人便之，故成定体，而衬字遂并入正调耳。或谓首二句四字，故名《四字令》；则小令首二句四字者多矣，且何以解于《三字令》乎？

词律不能考辨狃误附列之调

欧阳炯有《贺明朝》二首，《词综》题为《贺圣朝》，不知其系误邪？抑有所据邪？《填词图谱》收为《贺圣朝》第二体，已嫌卤莽。然赖氏或但见《贺圣朝》之名，不知其为《贺明朝》，则犹有可说也。《填词名解》乃从而实之曰："《贺圣朝》第二体，六十一字，亦名《贺明朝》"，则两调误为一调，《贺圣朝》之外，别无《贺明朝》矣。然终肩不知而误也。至万氏《词律》既收为《贺圣朝》又一体，又注曰："此调亦作《贺圣朝》，而汲古刻《花间集》以此调作《贺明朝》，似可另列一调，本谱不欲尚奇，故附此云。"此则明知之而仍误者矣。苟非别调，不应另列。既可另列，必是别调。何谓好奇？万氏未能考辨，故作游移之辞，以为自藏之地。后有作者，另列一调，即不免为多事，而此误将终古矣。是明明白误，而饰为不误，且驱后人以同出于误矣。尤为诧者，徐氏《词律拾遗》取欧阳别首，异其句读，复补为《贺圣朝》之一体，其已为万氏之所吓欤？

【学界研究】张璋《历代词话续编》收录；詹杭伦：《论徐棨〈词通〉及其词学》，《文艺研究》2011 年第 6 期。

《词比》

【出处】载《词学季刊》创刊号(1933 年 4 月),第 1 卷第 2 号(1933 年 8 月)。

【作者小传】陈锐(1861－1922),字伯涛,又字伯弢,号袌碧,湖南武陵人。光绪十九年(1893)乡试中举。光绪二十八年(1902)任江南乡试同考官,次年任受卷官。光绪三十四年(1908)任江苏靖江知县。辛亥革命后,陈锐回常德,任湖南省立第二师范国文教员。1915 年受谭延闿之聘,出任湖南省长公署政治顾问官。1916 年秋出任湖南省通志局分纂。1919 年再任政治顾问官兼湖南省教育会会长。1920 年归里,修建藏书楼,续编所著诗文。陈锐在晚清词坛有很高的地位,与王鹏运、朱孝臧、郑文焯等人齐名,被推为一代词宗。著有《袌碧斋集》《读经史札记》《梦鹤庵诗集》《秋出吟词稿》等。

【内容提要】前有作者自序:"余五十以后,不复为诗,偶一填词,旋复弃去。病在不能依咏和声,而以咏依声,以声和律,其必不能合矣。今欲窥古人之用心,必于古人之成绩。大抵词自五季以降,以耆卿为先圣,美成为先师。白石道人崛起南渡之余,明心见性,居然成佛作祖。而四明吴君特以其轶才,贯串百氏,蔚为大宗,令人有观止之叹。目余诸家,或亦自制腔调,更唱迭和。要其谨守绳墨,神明于规矩,匪独韵协律调,曲尽精微。即一字一句,咸埴乎具有法度，份份其可考也。汎览既多，随手摘取，比而同之，间附鄙意。世竞新学，独此咬文嚼字，不敢轻蔑古人。使党人得志，开词学堂，其必以此为初级教科书矣。”这篇作于宣统三年的序透露出这样几个信息：第一，声律很重要；第二，柳永、周邦彦、姜夔是典范；第三，作者通过摘取字句、比而同之的方法进行探讨。

《词比》按照字句第一、韵协第二、律调第三进行展开。在“字句第一”中，作者认为“初学倚声，必先规矩，如同一七言句，而有上三下四之分；同一五言句，而有上一下四之别；举一而三可知也”，作者归纳句子近九十种，引用词人最多的柳永和周邦彦，“各自比例高达16%和17.6%”。[①] 这些句式如上一下三句、上三下一句；一字领八字偶句、两字领七字句；四言四排句、五言四排句；四言连六句、四言连九句；三言对起、三言对结；上段全五言句、下段全五言句等。归纳之详细显示作者广泛的阅读基础。熟悉与掌握这种句式是学词的基础。在“韵协第二”中，对用韵进行了归纳，如起韵、换韵、协韵等。在“律调第三”中对传统的小令、中调、长调的词之体式划分有了新的发展。首先词也有各种诗体“如《柳枝》《渔父》为词中之歌谣，《清平调》《甘州令》《破阵乐》为词中之乐府铙歌，《南歌子》《法曲献仙音》《霓裳中序》为词中之燕乐大曲，《醉翁操》《梅花引》《祭天神》《河渎神》为词中之琴调神弦”，其次小令、中调、长调与音节也有一一对应关系：“自《草堂》有小令、中调、长调之分，调各异名。然字法句法自一至十，只有此数。

① 昝圣骞：《晚清民初词体声律学研究》，北京：中国社会科学出版社，2018年，第202页。

即以长调论，字数在百内外，句数在二十以外，其音节步伐，大约相同。”

《词比》写于清朝最后一年，然已有现代学术著作之痕迹，如作者自序中提到的教科书之写作思维，《词比》具有新旧词学研究过渡时期的特征。当然其也有不足之处，如在字句第一中“龙榆生发现的出句藏在单句的对仗句句式，就为《词比》所无”，“没有对声情的具体阐发”。[①]

【内容摘录】“诗言志，歌咏言。”积字成句，长言短言，天缘适宜，降而为词。自南宋以来，始专“长短句”之名。尝览柳、周诸大家，音律至精，自我作古；故字句之间，或有不齐。缘初学倚声，必先规矩；如同一七言句，而有上三下四之分；同一五言句，而有上一下四之别；举一而三可知也。

【学界研究】张璋《历代词话续编》收录。

《白醉拣话》

【出处】载《青鹤》，1933—1936 年。

【作者小传】珊瑚村人，即徐沅，光绪二十九年(1903)癸卯经济特科进士。曾任山东聊城县知事。1906 年任直隶洋务局会办。1911 年任津海关监督。民国后仍任津海关监督，兼任外交部直隶

---

① 昝圣骞：《晚清民初词体声律学研究》，第212 页。

交涉员。有《珊村语业》《珊村笔记》《云到闲房笔记》《云到闲房杂钞》《白醉拣话》《斗南老人诗集》等。

【内容提要】笔记共二十则。1933 年第 1 卷第 11 期记录朱彝尊为两孙析产,显廉吏之本色。1935 年第 3 卷第 14 期有一则"剡源集误入唐彦谦诗"中"欧阳永叔深画眉浅画眉一词为白香山作,瑞鹧鸪词'楚王台上一神仙'云云为吴融所作",记录词人误入他人词集现象。1933 年第 1 卷第 6 期记白石有两生日之说。

1936 年第 4 卷第 4 期,有词话三则。第一则述自唐以后工诗者兼工其词,录清代汤斌词《满庭芳》,第二则述词人袭用前人之词,如苏东坡"春色三分,二分尘土,一分流水"袭用叶清臣词"三分春色,二分愁闷,一分风雨",认为"新警中更复清超"。第三则讲词韵押入声现象。

【内容摘录】文字机轴之妙,常有递相祖述,古今用之不尽者。即以词论,徐灵晖《阮郎归》歇拍云"妾心移得在君心,方知人恨深"全袭顾夐《诉衷情》"换我心为你心,始知相忆深"。宋景文《浪淘沙近》云:"倚阑遥望,天远水远人远。"何籀《宴清都》有"天远山远水远人远"之语,一时号为"何四远"然实从景文脱化。叶清臣《贺圣朝》云:"春色三分,二分愁闷,一分风雨",东坡《水龙吟》云:"春色三分,二分尘土,一分流水。"即从叶词脱胎。但东坡咏杨花于新警中更复清超,名家之作,往往以后起而突过前人,有如此者,厥后黄孝迈《水龙吟》云"柔肠一寸,七分是恨,三分是泪"意自沈著,但不免流于纤巧矣。

词有用仄韵,必须押入声者,为《丹凤吟》《兰陵王》《凤凰阁》《三部乐》《大酺》《霓裳中序第一》《应天长慢》《西湖月》《解连环》

《曲江秋》《侍香金童》《琵琶仙》《双调雨霖铃》《好事近》《蕙兰芳引》《六幺令》《暗香》《疏影》《凄凉犯》《淡黄柳》《惜红衣》《尾犯》《白纻》《玉京秋》《一寸金》《浪淘沙慢》。有平仄通用，凡仄韵必须押入声者，为《霜天晓角》《庆春宫》《庆佳节》《江城子》《忆秦娥》《柳梢青》《望梅花》《看花回》《两同心》《南歌子》《声声慢》。有用仄韵单押去声者，为《玉楼春》《双调翠楼吟》《菊花新》。有用仄韵单押上声者，为《秋宵吟》《清商怨》《鱼游春水》。

《听鹃榭词话》

【出处】载《文艺春秋》第1卷第8期，自序载于第5期，1933年。

【作者小传】武酉山（1904－1985），安徽泗县人。1924年就读金陵大学，师从黄侃治朴学，毕业后执教于九江、南京各大、中学校。写作本文时，任职于九江同文中学，解放后任教于江苏教育学院。著《论宋代七家词》《听鹃榭词话》《有山词草》《闭影轩词稿》。

【内容提要】在自序中其首先点评了前代词话，认为《词源》《乐府指迷》《词旨》“善矣”，清代《四库全书》“抑扬独具只眼”，张惠言《词选》“词学为之增价”，周济论词，评词精论，“独标蹊径”，戈载《宋七家词选》偏重声律，谭献论词“一宗雅正”，《柳塘词话》颇示作法，《花草蒙拾》有神韵特色……最后叙至民国《蕙风词话》。其次点明自己编词话之缘由,少嗜倚声,至南京金陵大学求学期间又结识石弢素[①],“纵谈古今词学源流,及词人轶事,日暮不倦”,“遍览词家著作,偶有所见,辄记于片纸,今抄集一帙,聊证平日读书心得,名之曰《听鹃榭词话》”。

词话共十六则,主要内容是对词概念的阐述;以世间万物比喻词之构成要素;引石凌汉语阐述治清词必有宋词人;论词家善于融化古人陈句;引石凌汉语论戈载《宋七家词选》词人应重新排序;录晚清词人逸事。

关于词之定义,作者反对《蕙风词话》中“诗之赢余”的观点,认为应当是“三百篇之绪余解”,此为从尊体角度出发。关于词之构成要素,作者认为“当以佳山水为词境,以好风月为词候,以奇花为词体,以苍松为词骨,以幽石为词眼,以美人为词心”。关于治清词,弢素老人以为当返治宋词,而宋词中当属柳永,再往前溯源则是楚骚、诗经。词家善用古人陈句,以李清照、苏东坡为例。评前代词人之事,认为白石词用字精炼盖学魏人短文,郑文焯得其仿佛,而白石小序,多启发近人治散文,其缺点只有周济指出。戈载《宋七家词选》历来美誉有加,弢素老人以为座次当重新排列:周美成、姜白石、王圣与、吴文英、史达祖、周密、张炎,认为为美成词从柳永词脱胎而出。晚清词人逸事中,谈了王鹏运、况周颐之事。

---

① 石凌汉(1871－1947),字云轩,号弢素,又号“淮水东边词人”。南京名中医。藏书甚富,初与王孝逢、仇埰、孙濬源等结蓼辛词社,相与唱酬,四人唱和词作合刊为《蓼辛詞》一卷、外集一卷。自作词集名《鼓素》。三十年代复与吴梅、陈匪石、仇埰、廖恩焘、唐圭璋等在南京结集词社——如社。今人罗克辛将其论词文字汇编为《弢素词话》,刊载于《词学》2015 年第 2 期。

【内容摘录】 词有用古人陈句而见佳者，如李清照《念奴娇》中“清露晨流，将桐初引”系取《世说新语》卷四赏誉篇王恭条句。苏东坡《赤壁怀古》念奴娇中“乱石穿空，惊涛拍岸”系取诸葛武侯《黄陵庙记》句。又夏景《贺新郎》中“手弄生绡白团扇，扇手一时似玉”系取《世说新语》卷五容止篇“王夷甫容貌整丽，妙于谈玄；恒捉白玉柄尘尾，与手都无分别”句意。南唐后主《忆江南》中“车如流水马如龙”系取《后汉书·马后纪》“濯龙门外家问起居者，车如流水，马如游龙”而只去一“游”字。周美成《西河·金陵怀古》中“山围故国绕清江，髻鬟对起。怒涛寂寞打孤城”，又云“夜深月过女墙来，赏心东望淮水”，系取刘禹锡《金陵怀古》诗“山围故国周遭在，潮打空城寂寞回。淮水东边旧时月，夜深还过女墙来”而全用之。以上诸家，皆不啻若自其口出。盖古人意到笔随，忘形今古，非有意窥窃陈篇也。

王半塘有腐鼻病，浑身多黑毛，性喜狭邪游，有时囊空金尽，以衣物质之长生库中，无悔也。

【学界研究】 张璋《历代词话续编》收录。

1934

《西溪词话》

【出处】 载《海滨》1934 年第 3、5 期,《龙中导报》第 1 卷第 8 期,1936 年。

【作者小传】 沈奎阁(1898 - 1942),字星舫,号西溪居士,福建省漳州人。1926 年入集美国学专门学校。1927 年,国专移附厦门大学国学系办理,适周岸登来主讲词曲学。1930 夏毕业以后,历任龙溪师范、龙溪中学、诏安中学和集美师范等校国文教员。抗战期间随集美师范内迁。亦有《西溪词话续编》(载福建省立龙溪中学师范校刊 1934 年第 1 卷第 1 号)。

【内容提要】 词话主要是记录民国词人词,有任中敏《满江红》内容系日本侵略东北而作,词人自作《满江红》系讽刺国民党新生活运动而作，词傭《拨香灰》以白话入词，颜影《秋宵吟》词亦是哀东三省沦陷于日本而作，忏因词忧时念乱而作。又举女词人沈祖棻词两首，词婉声缠绵，从这些词作可窥测三十年之词坛。

在《西溪词话四编》中举栖霞《金缕曲》与卢冀野《齐天乐》，二词人词作皆是江南才笔，但二人命运迥异，卢冀野已是蜚声艺苑，而栖霞则穷困潦倒。

【学界研究】 和希林整理于《词学》，2017 年 12 月。

《金词述要》

【出处】 载《教授与作家》第 1 卷第 2 期，1934 年。

【作者小传】 王玉章，即王蕴章，见前。

【内容提要】 该词话“兹据《中州乐府》《词综》以及王朱两刊所录，合计不下四十余家”先列表，然后举重要作家叙述之。金太祖时期四人：宇文虚中、蔡松年、刘著、元德明；熙宗时期三人：吴激、高士谈、李晏；废帝时期九人：完颜亮、张信甫、蔡珪、王寂、赵可、任询、冯子冀、刘仲尹、王庭筠；世宗时期八人：完颜雍、景覃、孟宗献、党怀英、刘迎、赵秉文、胥鼎、悟它；章宗时期十二人：完颜璟、完颜璹、王玄佐、折元礼、王涧、冯延登、许古、王特起、高宪、赵元、李宸妃、陈参政；卫绍王时期两人：完颜文卿、刘昂；宣宗时期六人：王渥、元好问、高永、辛愿、李献能、王予可；哀宗时期四人：段克己、段成己、李俊民、李节；末帝时期两人：赵据、邓千江。

后叙十六位重要作家：蔡松年、吴激、李晏、王寂、赵可、刘仲尹、景覃、党怀英、赵秉文、完颜璹、王渥、元好问、高永、李献能、段克己、段成己。这十六人中，作者先叙传主生平，次叙前人评价，最后述作者所推崇词作，间加评论。

词人着墨最多者乃元好问，作者谓“裕之词归依苏辛”，作者推崇之作有《水调歌头》赋玉溪前叠，评曰“便将当地胜处刻画入微”，《水调歌头》赋三门津，评曰“笔高气壮，试置东坡乐府，甚难轩轾”。评《摸鱼儿》赋雁丘，“既沉痛，又悲壮，淋漓酣畅，可称雁词冠，且是善学东坡者”。

作者最后总结：“按金代十主，百一十八年，人主能词者，为废帝亮、世宗雍、章宗璟三人，宗族能词者，为密国公璹与完颜文卿二人，余皆汉人耳。金词坛最有声望者，前有吴、蔡二公，后有遗山，其词集之流传人间者，为蔡松年《明秀集》、王寂《拙轩词》、段克己《遁庵乐府》、段成己《菊轩乐府》、李俊民《庄靖先生乐府》、元好问《遗山乐府》六种，余皆散佚矣。”

《邹啸说词》

【出处】 载《青年界》第 6 卷第 1、2 期，1934 年。

【作者小传】 赵景深（1902 - 1985），曾名旭初，笔名邹啸，祖籍四川宜宾，生于浙江丽水，中国戏曲研究家、文学史家、教育家、作家。1922 年毕业于天津棉业专门学校后，入天津《新民意报》编文字副刊,并组织绿波社,提倡新文学。1930 年起任复旦大学中文系教授。曾任中国古代戏曲研究会会长,中国俗文学学会名誉主席,中国民间文学研究会上海分会主席等。著有《曲论初探》《中国戏曲实考》《中国小说丛考》等十多部专著。

【内容提要】《邹啸说词》由《论晏殊词之庸俗》《温飞卿词的用字》《论花间集确有五百首》《姜白石词编年》《论花间集不仅秾丽一体》《论辛弃疾之崇拜陶潜》《韦、冯词相似之点》《论秦观词之感伤》《论词亦有泛声》组成。

《韦、冯词相似之点》以表格形式列举了韦庄与冯延巳词之相似点,即比较字句上的相同与相近,如韦庄《天仙子》云"笑呵呵,长笑人生能几何",《菩萨蛮》云"过酒且呵呵,人生能几何",冯延巳《喜迁莺》云"相逢携酒且高歌,人生能几何"。

《论花间集不仅秾丽一体》来探讨《花间集》风格的多样性,以《临江仙》说明感伤之风格,以毛文锡《甘州遍》等词说明边塞风格,以孙光宪词说明豪放风格,以李珣《渔歌子》说明田园诗歌。

《姜白石词编年》以姜词前的小序为依据编年,1176 年两首,1186 年八首,1187 年五首,1188 年一首,1189 年四首,1191 年十五首,1193 年三首,1194 年三首,1195 年两首,1196 年八首,1197 年一首,1202 年一首。对于别集十八首词也进行了考证,其中《蓦山溪》(咏柳)与《永遇乐》均不可考。

《论花间集确有五百首》是有感于刘毓盘据《花间集》目录误认为四百九十八首词而作,经考"卷二皇甫松《采莲子》应作两首,卷八孙光宪《竹枝》应作两首",这样就与欧阳炯序"诗客曲子词五百首"而合。

《温飞卿词的用字》主要是探讨温庭筠用字富丽的特点，作者统计了温飞卿最喜用的字及次数："金"字凡二十四次，"鸳鸯"四次，"鹧鸪"二次，"凤"九次，"蝶"三次，"翠"十三次，"钿"三字，"钗"六次。"此外如屏、画、绣、莺、玉、风、月、杏、柳、雁等字也用得极多。"

《论晏殊词之庸俗》对晏殊词所反映的富贵气表示了否定，认为是庸俗之作。而且对向来评价极高的"无可奈何花落去，似曾相识燕归来"不以为然，推崇《玉楼春》六阕。《姜白石词的风度》列举了白石词中带有隐逸之风与冰清玉洁之句，推崇白石词格调之高，如《蓦山溪》云"与鸥为客，绿野留吟屐"，《阮郎归》云"月中双桨归"，《翠楼吟》云"此地宜有词仙，拥素云黄鹤"。

《论秦观词之感伤》探讨秦观词的感伤风格，秦观词中用到"夕阳""斜阳""愁"等字眼，如《点绛唇》云"回首斜阳暮"，《踏莎行》云"杜鹃声里斜阳暮"，《昭君怨》云"红日又西斜"，《浣溪沙》云"无边丝雨细如愁"；《论辛弃疾之崇拜陶潜》亦是用词来探讨辛弃疾推崇陶渊明，作者认为辛弃疾崇拜陶潜是在晚年，举出辛弃疾二十余句子来证明，如《水龙吟》云"老来曾识渊明"，《贺新郎》云"斜川好景，不负渊明"，"我愧渊明久矣"，《洞仙歌》云"东篱多种菊，待学渊明"。

《论词亦有泛声》认为泛声在诗歌中常见，作者引《苕溪渔隐诗话》与《远志斋词衷》探讨词的泛声，作者以《花间集》为例，说明《花间集》七十五调中有二十六调是有泛声的，如《归国谣》《酒泉子》《南歌子》《玉蝴蝶》《诉衷情》《思帝乡》《河传》等。其中又以《河传》为例，张泌有二十个泛声，秦观有十个泛声。最后区别了

"和歌"与"泛声"的区别,"泛声"是有音而无字,"和歌"是有字而重叠,二者不可混为一谈。

【内容摘录】最早的赵崇祚词的选集《花间集》约七十五调,其中倒有二十六调是有异式的,有异式即有泛声。这二十六调是《归国谣》《酒泉子》《南歌子》《玉蝴蝶》《诉衷情》《思帝乡》《河传》《荷叶杯》《应天长》《望远行》《江城子》《上行杯》《木兰花》《感恩多》《西溪子》《临江仙》《生查子》《满宫花》《中兴乐》《纱窗恨》《何满子》《南乡子》《献衷心》《山花子》《春光好》《后庭花》。

——《论词亦有泛声》

《词说》

【出处】载《大夏》1934年第1卷第6号。

【作者小传】顾名,不详。

【内容提要】首先探讨词之名称,有"诗余""乐府""长短句"之别称,然后引《说文》释词"意内言外"之义,然后引刘毓盘之语进一步阐释:"明乎我欲言,必有司我言者,而后可以尽我之词,故隶司部,意者,司我言者也,故曰内,意与志不同,故词与诗不同。"其次梳理乐府到词的流变,汉亡以后,雅乐以后又有杂曲,至唐以后又有燕乐出现,遂有词之产生,"词亦乐府之流"。再次论述从唐至宋的音乐演变,宋词本唐之燕乐,至周邦彦审定八十四调,并作了改进,“复增演慢曲、引、近,移宫换羽为三犯、四犯之曲”。最后列出参考书目,如《宋书》《南齐书·乐志》《燕乐考原》。

《词迻》

【出处】载《中国文学会集刊》1934年2期。

【作者小传】夏承焘(1900－1986),字瞿禅,别号谢邻、梦栩生,室名月轮楼、天风阁、玉邻堂、朝阳楼,浙江温州人。毕生致力于词学研究和教学,是现代词学的开拓者和奠基人。1918年毕业于温州师范学校。1930年,由浙江省立第九中学(即浙江省严州中学)转之江大学任教。曾任浙江大学教授。1949年后曾任中国科学院文学研究所兼任研究员,中国科学院浙江分院语言文学研究室主任兼研究员;《文学研究》杂志编委,《词学》杂志主编,中国唐代文学学会顾问。

【内容提要】词话为考证《花间集》词人张泌。首先引《历代诗馀》所载“张泌一作佖”,与胡适怀疑应当为两人,其次引史书证明确有另一人张佖,这其中马令《南唐书》之张泌与郑文宝《江表志》之张泌亦有笔误,应为张佖。再次通过欧阳炯《花间集序》之写作年代与词人生平,判定张佖非花间词人,其尚年幼。作者又考《历代诗馀》误将两人合为一人,吴任臣《十国春秋》误将一人之事分为两传。最后作者厘清了《历代诗馀》及《诗话总龟》中对词人张泌的籍贯、事迹的错误记载,肯定了胡适的论断。

《词话》

【出处】载《津汇月刊(天津)》创刊号,1934 年。

【作者小传】林瑞良,不详。

【内容提要】词话评点了数位词人,以词论人。首先评李后主词,引王国维"词至李后主而眼界始大,感慨遂深",作者认为后主词"情致深挚和意境高远",录《虞美人》词;第二评欧阳修词,录其《临江仙》《南歌子》,认为以道德与文章著称的老夫子写艳丽之词是其伟大之处,这是从人性方面加以肯定,对词史上的公案表明了态度;第三位是辛弃疾,录其《祝英台近》,辛词是"近于闲淡与潇洒的一种境界";第四位是李清照,其笔调"细腻委婉",录其《醉花阴》;第五位是晏幾道,其特点"在词里能够运用诗句作辞藻",录其《点绛唇》《蝶恋花》;第六位是秦少游,"他的作品底音韵非常清妙,有一种新颖丽都的情绪",举《忆王孙》《鹊桥仙》《桃源忆故人》;第七位是冯延巳,其佳处"思深词丽,韵逸词新",举《谒金门》《蝶恋花》;第八位是周邦彦,"运用诗句作辞藻,不过他的手笔胜过晏叔原",举《琐窗寒》。

作者对于词人评价的标准是:"填词最要紧的是含蓄","文体要新颖,词句要美丽,音韵要相切"。最后推荐了民国学者的词学研究著作如卢冀野《宋诗十九首》、刘大杰《春波楼诗词》、胡云翼《词学小丛书》、董康校《众香词》。

《读词杂记》

【出处】 载《学风》第 4 卷第 9 期,1934 年。

【作者小传】 巴壶天(1904－1987),名东瀛,字壶天,号玄庐,安徽滁州人。中华学术院哲士。历任安徽省府秘书、贵州省民政厅主任秘书、湖南省府秘书长等职。1949 年前往台湾,受聘为"国立编译馆编纂"。1963 年应新加坡义安学院之聘,出任该院中文系教授兼主任。此外,又曾先后任教于师范大学、台湾大学、东海大学等校。晚年会通诗、禅,颇为台湾学术界所瞩目。所撰禅学论文多见载于《艺海微澜》及《禅骨诗心集》二书中。

【内容提要】 词话前有小序:"人间词云'客里欢娱和睡减,年来哀乐与词增。更缘何物遣孤灯'。余江城重到,殊乏好怀,秋馆灯凉,读词自遣,此情聊复似之。偶摭群言,兼参己说,其事为大雅所笑,其旨与流俗或殊。尤冀诵者亮焉!"词话共十五则。主要比较词人词作、词之考证、词学观点。全篇确如序所言,引前人论词话语,间以己说如第一则评冯延巳《谒金门》首句"风乍起,吹皱一池春水"与刘基《谒金门》"风袅袅,吹绿一庭秋草"比较,作者引《渚山堂词话》评"二词相较,刘公当退避一舍",具体阐释"止水一池,春风乍起,心随风动,而辄愁生,颇觉意境两忘,物我一体"。

词之考证如第三则考《菩萨蛮》(平林漠漠烟如织)出处,《湘山野录》认为李白作,胡应麟认为无名氏作,《北梦琐言》认为温庭篱作，作者认为皆不可信。词之观点如第九则，“词能以有寄托入，以无寄托出，方为上策”，引王沂孙《咏蝉》，以端木埰之阐释例证。词人总结“句句言君国，句句不脱言蝉，无一涩笔，洵词中高境也”。

其他点评词句如苏东坡、史达祖、吴梦窗、纳兰性德、辛稼轩、况周颐等。

【内容摘录】 苏东坡卜算子“缺月挂疏桐”一首，鲖阳居士《复雅歌词》云：“‘缺月’，刺明微也；‘漏断’，暗时也；‘幽人’，不得志也；‘独往来’，无助也；‘惊鸿’，贤人不安也；‘回头’，爱君不忘也；‘无人省’，君不察也；‘拣尽寒枝不肯栖’，不偷安于高位也；‘寂寞沙洲冷’，非所安也。”谭献《复堂词话》曰：“以考槃为比，其言非河汉也。此亦鄙人所谓‘作者未必然，读者何必不然’。”余谓读词能多悟一意，即作词能多办一法也。

况蕙风《水调歌头》落花云：“风雨枉教人怨，知否无风无雨，也自要飘零。”又《江南好》云：“怜花瘦，移向绣闺中。掩却碧纱屏十二，晓来依样有残红。不敢怨东风。”比兴温厚，然即蒋元龙《好事近》“风定老红犹落”，及沈覃九《浣溪沙》“落花风定也难收”句意耳。

【学界研究】《辑校民国词话三十种》收录。

《读彊村词》

【出处】 载《光华大学》半月刊第3卷第5期，1934年。

【作者小传】 万云骏(1910－1994),上海人。他在光华大学读书期间,正值吴梅来校任教,乃师从吴梅专攻词曲。家贫,得吴梅私人资助而得以读完本科。毕业后长期从事中国古典文学的教学与研究,1936年毕业于上海光华大学国文系。中华人民共和国成立后为华东师范大学中文系教授。著有《词学论文集》《诗词曲比较研究》《略论杜甫诗论》。

【内容提要】 首先谈及彊村词版本,次叙彊村词特点。彊村词刻本有二:《彊村词》《彊村语业》,后者比前者多录辛亥以后词。彊村词可分为二期,辛亥以前为第一期,词“伤时念乱,哀感悱恻”,第二期词“心怀旧国,梦恋故主,黍离麦秀之歌”。前期词如《摸鱼儿》“天涯别有凭栏意,除是杜鹃能道”诸词,忠臣念主之思,词境尚未至苦。后期词如《曲玉管》“永嘉几许流人,唯余叔宝神伤”诸词,境愈苦而词益工。

世所共知彊村词宗尚梦窗、苏、辛词,作者认为其亦学习柳永词而融化四家“得梦窗之秾丽而去其晦涩,取苏、辛之雄放而汰其粗疏,似耆卿之缠绵而弃其俚俗”。关于彊村咏物词,作者认为无一首不寓身世家国之感,所谓“词中有人”。作者喜爱彊村词与其年少生活凄苦有关。

《谈词》

【出处】 载《人间世》1934年第12、14、16期。

【作者小传】憾庐(1891－1943),原名林和清,又名林河清,号憾庐,笔名有心感、林憾、林憾庐等,林语堂三哥,福建龙溪(今龙海)人。早年就学于家乡的教会学校。1926年在厦门行医时,开始与鲁迅往来,并在《语丝》周刊发表作品。1927年到上海从事文学创作,曾在《奔流》《人间世》等刊物发表诗、散文诗、散文等。1936年8月,应林语堂之邀赴上海,接编林语堂1935年所创办并曾担任主编的《宇宙风》。1943年去世。与巴金交好,巴金曾撰文《纪念憾翁》。

【内容提要】该词话是白话写成的谈词随笔。作者首先谈及词的产生,其次论证这一过程。在历代词话词论关于词的产生方面,作者最认同汪森《词综序》中的提法,“自有诗而长短句即寓焉。……古诗之于乐府,近体之于词,分镳并世,非有先后”,然后引用胡适在《词选序》中关于“词起源中唐”的论断。作者不赞同,认为词是起源于民间的歌曲,远在唐代以前。

作者首先认为“一切文学都起源于民间”,词与歌曲是在一起的,诗经与古乐府都起源于民间,先后有孔子与乐工加以整理。到五胡乱华、南北朝、隋唐时代,民间歌曲极盛了,词调中就能看出歌曲之名如《采莲曲》《渔歌子》等。词是歌曲的另一明证是调名带有地域特征,如《生查子》《卜算子》。到了元代,词与歌曲分开,“歌”是有调的,不需要音乐伴奏,“曲”是有音乐伴奏的。词则有的是依曲调而填,有的是依歌而填,如《竹枝》《杨柳枝》《破阵子》都是歌曲演变为词。作者总结道:“词的起源是歌曲,就是乐府,也就是和五、七言诗同一来源,由民间歌曲衍化而成。”

其次,作者不赞同词是诗的变体这一论点,他认为“诗和词同出于民间的歌曲”。诗和词有三点不同：一、诗是可歌的，但无音乐伴奏；词是可歌唱的，大多有音乐伴奏。二、诗除抒情之外，还有应制、赠答、载道等用途；词纯粹抒情。三、诗是文言的、古典的；词是白话的、通俗的。作者以五代的词来证明他的观点。

【学界研究】柯文博：《林憾：一位不该忘记的编辑和作家》，载《闽台文化交流》2009 年 2 月总第 18 期，详叙其生平。张璋《历代词话续编》收录。

1935

《词论》

【出处】载《国立四川大学周刊》第 3 卷第 30 期,1935 年。

【作者小传】张文宬,不详。

【内容提要】《词论》探讨了词之源流、词的定义、词的创新、词的体式等问题。原创价值不高,大量摘录前人词论以充己论而不注明出处,如开篇探讨词之源流,“诗迄于周,离骚迄于楚,是后诗之流为二十四。……”摘录元稹的《乐府古题序》的言论;词的定义摘录《说文》;词的创新摘录李渔《窥词管见》;词题与音调摘录顾宪融《论词之作法》。

《半雨楼杂钞》

【出处】载《青鹤》第3卷14期,1935年。

【作者小传】郑文焯(1856－1918),字俊臣,号小坡,又号叔问,晚号鹤、鹤公、鹤翁、鹤道人,别署冷红词客、大鹤山人,奉天铁岭(今属辽宁)人,隶正黄旗汉军籍,而托为郑康成裔,自称高密郑氏。光绪举人,曾任内阁中书,后旅居苏州。词集有《瘦碧》《冷红》《比竹余音》《苕雅余集》等。

【内容提要】《半雨楼杂钞》为笔记,其中录词人两条,第一条"辛幼安有机数调度高枚,词语洒落,俗传所谓稼轩长短句是也",第二条说明宋词人用典"渊雅妙能脱化无痕",举吴梦窗与姜白石词各一例。

《海日楼笔记》

【出处】(五)(六)(七)(八)载《青鹤》第3卷第9、11、21、23期(1935年),(九)载第4卷第5期(1936年)。

【作者小传】沈曾植,见前。

【内容提要】《海日楼笔记》其中(五)(六)(七)(八)(九)见

于唐圭璋先生《词话丛编》中《菌阁琐谈》附录部分(将沈著《菌阁琐谈》《全拙庵温故录》《长语》《笔记》《札记》《护德瓶花斋涉笔》中论词曲之语,和手批词话三种统辑为《菌阁琐谈》及附录),其中(六)(七)(八)全文见于附录,但是(五)共有四页,仅有一二页见于附录,名《大晟乐》,剩余之"凌次仲以起曲毕调之说,《律吕新书》撰出于古未之前闻,盖沿毛西河《竟山乐录》之论……则起曲毕调之法或竟出于唐世,未可知也",则未见唐先生收录。(九)共四页,第一、二页前半部分未见收录。"四声配五音,《琵琶录》以平声为羽,上声为角。……唯韵家有最浊、无最清意或指各类第一字耶。"

(五)主要探讨两个问题,第一是大晟乐,第二是起曲毕调之说。大晟乐为宋方士魏汉津所造,宋至明皆无变化,然后叙述大晟乐十二律与十二月对应关系。凌次仲以起曲毕调之说,沈氏认为不出于大晟乐,通过考证《宋史·乐志》等书,阐述了起曲毕调之法。但对具体产生时间亦未有结论。(六)探讨《宋史·乐志》中十二均问题,认为"十二均"本于《律历志》,但"自来不得其解",作者引《藏经》《乐书》解释其演变。(七)主要探讨"一声叶一字""谱字""词变为曲之关键"。较有价值者为"词变为曲之关键",这是从唱词的角度去考虑,其中张炎《词源·讴曲旨要》"字少声多难过去"一语道出了真谛。以前一种是靠歌者"声中无字助以余音"的演唱技巧,另一种是"加字以济之"像声诗变为长短句一样。在探讨中沈氏将《梦溪笔谈》《词源·讴曲旨要》《白石道人歌曲》《事林广记·音谱类》等文献串联起来,考释"字少声多"。(八)首先探讨歌之唱法,如"歌之格调""歌之节奏”。《燕乐考原》与《词源》参照讨论云:“歌之节奏有停声、待拍即《词源》停声待拍慢不断也。”认为“芝庵盖金宋间人,故所用术语犹与词家承接,而词曲递嬗之节,亦可寻之”。其次探讨《白石乐议》中乐曲分配四声。最后将《梦溪笔谈》卷五与《词源》对照,探讨“声中无字,字中有声”,是词唱法的重要记载,但理解不易,沈氏联系《词源·讴曲旨要》的相关论述来解释。(九)探讨“四声配五音”,引《琵琶录》《乐书》《辽史·乐志》,三书皆唐人之旧法也。宋《乐髓新经》始变唐人旧法,作者以为唐宋间徵调之亡与此有关。其次探讨音曲之变有三:“拟乐府作为华辞,本非协律,诗乐分二,去本浸远”;从古乐曲词句有常到唐末“篇无定句,句无定字”;古之大曲咸有辞解,今之大曲“以谱字记其声,折慢叠既多,尾遍又促,不可以辞配”。此外还通过对陈旸《乐书》的解读,来探讨燕乐字谱仿自唐人。

这一观念构成了从晚清“词唱”“词之乐”(恢复词体音律)到民国“唱词”“乐之词”(新体乐歌)的学术理路中间环节,具有承前启后之意义。

【学界研究】沈曾植的词曲研究,近年来学术界已有关注,如彭玉平《论沈曾植之词学思想——以王国维为参照对象》(江西师范大学学报2010年第1期),昝圣骞《沈曾植〈菌阁琐谈〉与近现代词体声律学》(江西师范大学学报2016年第5期),昝圣骞《论清末民初词体声律学的新变》(《文艺研究》2017年第2期)。

《读词杂记》

【出处】载《词学季刊》第 2 卷第 4 期,1935 年。

【作者小传】杨易霖,字雨苍,生卒年不详,四川犍为人,邵瑞彭弟子,有《词范》《周词订律》,《历代蜀词全集》辑其词四十余首。

【内容提要】《读词杂记》共十则,以考辨词作见长。第一则,主要总结《书目答问》中著录清词一类错误。第二、三、四、五则指出彊村本校勘词集的缺失,如第二则由米芾与秦观关于《满庭芳》词的著作权归属问题:"彊村翁校此词未加按语,又失注互见等字,似一时偶未经意所致。"第六则论《八声甘州》起首二句的四种读法。第七则考辨元好问的两首词,一为永年武慕姚兄家藏残钞本补遗载《小圣乐》一首,另一首《太和正音谱》载"骤雨打新荷",两首词前半大略相同,作者推论"《骤雨打新荷》乃遗山原作,《小圣乐》词后半为后人妄增,其前半异文则因传写之误,非遗山原有二阕"。第八则辨《三李词》中李后主词《鹧鸪天》二首中第一首乃"前半白乐天诗句,后半李后主《捣练子》词相合而成"。第九则探讨吕洞宾词,《道书全集》载吕氏词四十九首,《道藏》所录仅《沁园春》一首,朱彝尊《词综》所录仅《梧桐影》一首。其词大多数为神仙家言。第十则乃赞彊村本之精善。

词话可以见出作者读词之精细,尤其擅长在资料排比中发现问题。其对彊村校勘词集的中肯评价亦是民国词学的价值之处。

【内容摘录】 彊村本《淮海居士长短句》卷上载《满庭芳》三首,其第二首彊村本张子野词补遗下亦载入,彊翁俱从黄子鸿校鲍氏知不足斋本而不云互见,但于子野《浣溪沙》一首注云:"又见秦淮海词。"

光绪间,蒙自杨文斌刊太白、重光、漱玉三家为《三李词》,其所取材多从辑佚,而未标出处。所录后主词中有《鹧鸪天》二首,第一首云:……除杨升庵《词林万选》外,前此未见。且此词前半乃白乐天诗句,后半乃后主《捣练子》词相合而成。不知《鹧鸪天》换头第三句为平平仄仄仄平平,此词作仄仄平平仄仄平,与律不合,宜为伪作。况夔笙先生作《蕙风词话》,明知其伪而取之,盖词章家之议论,固不能以考证之科条绳之也。

……顷阅《道书全集》,内有杨良弼云石校本《纯阳吕真人文集》八卷,第七卷末载《渔父词》十八首、《梦江南》十一首,卷八载《西江月》八首、《沁园春》三首、《卜算子》《步蟾宫》《满庭芳》《酹江月》《水龙吟》《浪淘沙》《苏幕遮》《雨中花》《促拍满路花》各一首,共词四十九首,而《道藏》所录仅《沁园春》一首,朱氏《词综》所录仅世传之《梧桐影》一首,余皆无之。上述各词,是否真出洞宾所作,或为羽士伪托,或为扶箕而来,无从考证,其词十九为神仙家言……

《便佳簃杂钞》

【出处】 载《青鹤》第3卷第23期,1935年。

【作者小传】沈宗畸(1865－1926),字太侔,号南雅、孝耕、繁霜阁主,广东番禺人。少年时随父亲进京,师从著名学者郑杲学习《诗经》,与其弟沈宗畴同时考中举人,任礼部祠祭司。1908 年结著涒吟社于北京,与记者徐凌霄、袁世凯之子袁克文、书法家徐半梦并称为“京师四大才子”。

【内容提要】第三十六则有“都门本事词二”记录王半塘与朱祖谋寓居北京期间关涉时事者。彊村词中有《丹凤吟》咏戊戌变法之初翁同龢去位之事,《声声慢·和味聃落叶》词咏珍妃事,半塘《金明池·咏扇子湖荷花》亦咏珍妃事。由于词之缥缈难解,非得同时人笺注不可。

按《今传是楼诗话》第三百六十九则有“沈宗畸结诗社”的记载,有关文字说:沈太侔曩于胜清戊申结著涒吟社于都门。辛亥六月,诗社星散,越两月即有武昌之变。太侔为诗纪之云:“主文谲谏抱深悲,八表同昏哭向谁。风雅沦亡关国运,此中消息几人知。”今坊间有所谓《国学萃编》者,皆吟社中刊物也。

《词的浅说》

【出处】载《光华附中半月刊》第 3 卷,第 9/10 期毕业特刊,1935 年。

【作者小传】李昌浸,不详。

【内容提要】首先论述诗词一体,引王昶“不知者谓诗之变,而实诗之正也”。第二探讨词的好坏标准,以王国维“境界说”最为适宜。在有境界的词中又析分二种豪放与婉约。第三逐条反驳《散曲研究》中的关于词的四点提法:“(一)词仅可以抒情写景,而不可以纪事,议论亦不能多发;(二)词仅宜于悲,而不宜于喜;(三)词仅可以雅,而不可以俗;(四)词仅贵于庄,而其贱于谐。”第四谈及如何填词,作者以常州词派立论,首贵沉郁,次则讲片段,再则讲离合。第五谈词的忌讳:一,失真离实;二,琢玉雕句。最后批评填词名家,如温庭筠、李后主、韦端已、冯正中;晏幾道、柳永、张先、苏轼、秦观、周邦彦、朱敦儒、辛弃疾、姜夔、吴文英、张炎。这些词人之中重点评价是温庭筠、李后主、张先、苏轼、辛弃疾。

论文自成体系,逻辑较为严密,但正如题目标明,仅为浅说,所论点到为止,未作深入探讨,如篇首诗词一体论述上,诗词同源较诗词一体更为合适。

《传卞赛吴梅村忏情》

【出处】载《青年界》第 8 卷第 5 期,1935 年。

【作者小传】谭正璧(1901 - 1991),笔名谭雯、梿人、赵璧等,上海嘉定人。先后就读江苏省立第二师范学校、上海大学等,抗战时曾任中国艺术学院艺术系主任,历任上海美专、山东大学、华东师范大学教授,上海文史馆馆员,专注于中国文学史和语文学的研究工作,出版了大量论著,如《中国文学史大纲》《女性词话》《中国女性文学史》《中国小说发达史》《话本与古剧》《三言二拍资料》等。

【内容提要】 论文以叙述吴梅村与卞玉京的情感为主线，通过二者情感的叙事，突出了吴梅村与钱谦益、龚鼎孳二人比较中的品德高尚，论文篇首即提示了阐述思路：“诗人吴梅村——梅村被人挖苦的原因——梅村诗的赏识者——明末几个男性追逐者——瞿女的单恋——梅村的性格——卞玉京的出身——几首荡气回肠的献会词——琴河感旧本事——横塘之夜——弹琴歌中所写——玉京的下场——梅村的未能忘情——玉京死后的梅村——关于梅村人格的旁证——凄咽的贺新郎词。”全文以吴梅村诸多诗词为旁证材料。

【学界研究】 刘树勇，复旦大学硕士，2013 年发表《谭正璧及其文学研究》。《谭正璧学术著作集》由上海古籍出版社于 2012 年出版。

《论词之作法》

【出处】 载《出版周刊》第 112 期，1935 年。

【作者小传】 吴梅（1884－1939），字瞿安，号霜厓，江苏苏州人。现代戏曲理论家和教育家，诗词曲作家。先后在国立东南大学、中央大学任教。一生致力于戏曲及其他声律研究和教学。主要著作有《顾曲麈谈》《曲学通论》《中国戏曲概论》《元剧研究》

《南北词谱》《霜厓诗录》《霜厓曲录》《霜厓词录》等。

【内容提要】 主要从词之结构、字义、句法、结声字等方面论述。至于结构，主要是如何使用小令、中调、长调。具体方面“凡题意宽大宜抒写胸襟者，则用长调”，“若题意纤仄，模山范水者当用小令或中调”。词是合乐而歌，所以乐调选择也颇为重要，“南调、南吕诸调词皆近悲怨，正宫、高宫之调皆宜雄大”。次论字义，再论句法，将句法分为一字句至七字句，这些是词作中常备句法。至于结声字，则是谈到词的守韵问题。近人作词，守律矜严，作者不赞同，作词分毫不自由矣，作者认为词中第一韵与两叠结韵处守韵即可。最后列举了词话书目。

《读词闲话》

【出处】 载《中华邮工》第1卷第4期，1935年。

【作者小传】 唐弢（1913－1992），原名唐端毅，曾用笔名风子、晦庵、韦长、仇如山、桑天等，浙江镇海县（今宁波市江北区甬江街道畈里塘村）人。著名作家、文学理论家、鲁迅研究家和文学史家，中国社会科学院文学研究所研究员。著《推背集》《海天集》《向鲁迅学习》《鲁迅的美学思想》《中国现代文学史》。

【内容提要】 该文是作者的读词杂记，主要谈到词之起句难于结句，词为诗余，词的发展历程、作小令与作长调难易程度比较。有研究者认为结句难作，作者认为起句难作，究其原因“盖结只需种种一句，竟在言外，便足耐人寻味。若起则须如长江之源，一决千里”，谓起句须有气势，才能厚积薄发而不至于虎头蛇尾。词为诗馀之馀，非赢余之余，赞同况周颐词论，是为尊体。词之缘起是南朝变乐府为长短句，经唐李白、温庭筠、白居易诸人发展才成为词。小令与长调孰难孰易，应当相对而论，“通常小令易于长调，若求其工，则长调易于小令”。

关于作此文缘由，作者是将此作为向旧体文学的告别：“这里是我五年前的一篇读词闲话，自从我弄新文学以来，已经宣告和旧文学脱离关系，立誓不再作诗、填词了，自然也不再会弄词话一类东西。去年的复兴文言运动，声势是非常浩大的，但我自己却也更明白而且坚定地走着我自己的路。把这篇东西寄给中华邮工，算是给我自己一点纪念。从此以后，在文言诗词里，再不会找到我了。”这段文字说明了民国时期部分新文学家对旧体文学的决裂态度，也折射出新文化运动之后，旧体文学的生命力依然强大，以至于会有复兴旧体文学的运动。

【内容摘录】 学词须先胡诌，然后再读前人词论，不难改头换面，徐入化境。若一下手便读词论，则难乎落笔矣。

南朝变乐府为长短句，词之茗芽也。至唐李白有《忆秦娥》《菩萨蛮》二阕，而后温庭筠、白香山诸人继之，至宋而大盛，争调竞思，各制新腔，此词之所由起也。

【学界研究】《辑校民国词话三十种》收录。

《词的研究法》

【出处】载《出版周刊》第112期,1935年1月。

【作者小传】刘麟生(1894－1980),字宣阁,笔名春痕,安徽无为县人,教授、编辑。毕业于上海圣约翰大学政治系,曾任商务印书馆、中华书局编辑。1916年刘麟生师从南社发起人虞山庞檗子(庞树柏)学填词,夏敬观《忍古楼词话》曾录其幼年所作"玄武湖满庭芳"。1927年起任南京金陵女子文理学院教授、国文系主任,上海交通大学及圣约翰大学研究院教授。1966年任职于哥伦比亚大学,1970年移居旧金山。著有《中国文学概论》《中国诗词概论》《骈文研究法》《春灯词》《茗边词》等。1983年台湾商务印书馆为刘麟生出版了遗著《茗边词》,收录了自1950年至1979年刘麟生在日本和美国期间的作品。

【内容提要】该词话为《词的研究法》专著导读。作者认为研究词之方法为读词与作词。读词就是读专集与读词选。对于初学者而言,先读词选后读专集,关于词选书目,作者列举了很多,但是最核心的是成兆麐《五代词选》和朱祖谋《宋词三百首》,缘由是读唐五代两宋的词,不读宋以后的词。关于词的专集,作者列举了唐五代两宋名家的集子,如南唐二主、冯延巳、晏殊、欧阳修、苏轼、柳永、周邦彦、秦观、朱淑真、李清照、朱敦儒、辛弃疾、陆游、姜夔、史达祖、吴文英、张炎、王沂孙。

至于学习作词，则包括了词话、词史、词律、词韵。词话方面优先阅读《词源》《词苑丛谈》，而词史方面，则只有民国时期刘毓盘《词史》、王易《词曲史》。词律有万树《词律》《钦定词谱》，词韵有戈载《词林正韵》。

《今人词话》

【出处】 载《南方（福建）》第2卷第1期，1935年。

【作者小传】 星舫。按星舫有二。张炯（1878－1958），字星舫。湖南常德人。清光绪三十四年（1908）京师大学堂毕业。辛亥革命后主持同盟会常德分会，曾任湖南第三女子师范校长，并创办莲湖中学。1927年任国民革命军第二军政治部主任。1929年后历任湖南省政府委员兼教育厅厅长。1938年任湖南第四区行政督察专员兼保安司令。1945年任国民党湖南省党部主任委员。

沈奎图（1898－1943），字星舫，号西溪居士，福建诏安人。中学国文教员。

【内容提要】 介绍章衣萍[1]《看月楼词》，认为章词是有写作背

---

① 章衣萍（1902－1947），现代作家和翻译家。安徽绩溪人。1908年赴潜阜读书后入安徽省立第二师范学校，1921年入北京大学预科。北大毕业后，在陶行知创办的教育改进社主编教育杂志，在上海大东书局任总编辑，与鲁迅筹办《语丝》月刊，系重要撰稿人。1928年任暨南大学校长秘书兼文学系教授，抗战后任成都大学教授。曾为南社和左翼作家联盟成员。著作甚丰，有短篇小说集、散文集、诗集、学术著作、少儿读物、译作和古籍整理等二十多部。

景的,即"海边女郎"及其小说"小娇娘"是也。而且大多数词是在可怜而又浪漫的心情中写下的。征引了三首词《江城子》《虞美人》《摸鱼儿》,皆为香艳之词。

《恋张女欧阳修受劾》

【出处】载《青年界》第8卷第3期,1935年。

【作者小传】谭正璧,见前。

【内容提要】此论文体现出严密的逻辑性。篇首即标明了本文的论证思路:欧阳修的真性格——两次冤狱——盗甥案始末——当时人的非笑——江南柳与回偈故事的对比——胡适的成见——用词证明的不可靠——时人伪造欧词的原因与用意——永远是疑案——第二次无根之谤——谁是造谤者——盗甥案产生的推测。

此文核心是对胡适用词证明欧阳修盗甥案的商榷。胡适所依据的《望江南·江南柳》,《欧阳修全集》没有收,但是胡适以为"欧词多被后人删削,罗泌、曾慥皆删去不少",这一点不成问题,他仍然相信"以今所存的看来,此词大概不是伪造的"。作者根据胡适这一断语,推测胡适不曾见过载此词的《醉翁琴趣外编》与《名臣录》,作者继续推断,胡适为了证明自己的"成见",又摭出另一词《南歌子》,但此词是僧仲殊所作,虽然此词收于现行欧公集中,但作者认为胡适被瞒住了。这样胡适的成见就被驳倒了。

作者最后认为以现在的欧词来作证明,他的可靠性是十分脆弱的。原因之一是欧阳修的集中多掺入他人所作,作者用林大椿的考证“已知有《长相思》二十余首为他人所作,而且都有姓名可指”。

关于盗甥案,作者认为欧公的真性格得罪了政敌,政敌炮制盗甥案,欧阳修知贡举没有录取的举子作词诬陷欧阳修以期坐实盗甥案,后人误将仲殊的词编入欧公集子,又经钱愐在书中污蔑,后人掩饰又反而弄巧成拙。

本文的长处在于文史资料的旁征博引,从胡适证明的词的论据的真伪来驳倒胡适的论点,同时又注意吸收民国时人的研究成果。

《两宋词人小传》

【出处】载《学术世界》第1卷第5、6、7、8、10、11期,第2卷第5期,1935年。

【作者小传】顾培懋,生卒年不详,按词话自序为潘飞声弟子。

【内容提要】该词话首先列词人目录大约近七百人,首位词人是徐昌图,末为无名氏。其次是自序,自序有文献价值,第一介绍了作者的信息,师从潘飞声、朱祖谋、张尔田。第二介绍了小传的缘由、成书过程及体例。第三包含了民国知名词人张尔田、朱祖谋的信息,尤其是朱氏对《宋词三百首》的评点。最后依次介绍词人。

词人小传长短不一，最短者仅有生平履历、录词两部分，如卷首徐昌图，仅录词一首。篇幅长者如张先，按生平履历、词集简介、历代词话词集序跋评点、录词等部分撰写，录词七首，在每首词后又附有相关词话评点。

【内容摘录】忆予十九年秋，求学上海。赍奉潘兰史师之命。诣归安朱彊村先生之门。先生为指示词家宗派甚详。而尤推重梦窗，坐谈良久。亹亹无倦容。既退，先生授《宋词三百首》一册而告之曰：初学得此，较叔旸《花庵词选》、草窗《绝妙好词》不更易领悟耶。子曷归而细味斯旨。予唯唯。自是欣然始有志于草窗之学。顾予赋性愚暗，不谙音律，以致年来，了无所得。二十年冬，先生捐馆时，世变方殷，人事抢攘。家鲜藏书，独学是偲。盖此一年中，迄未与先生更谋一面也。二十三年春，得江山刘子庚先生《词史》读之，会山阴俞弁山年伯又贻以刘先生《噙椒词》一卷，故于词学一道，益有专嗜，是年秋，来学北平，课余辄就平市各大图书馆，札录有宋一代词家琐事，恒诣杭县张孟劬师请益。每语以年辈幼远，未得师事彊村先生为憾。偶语及先生流风韵事，为之唏嘘下涕不能已，追阅古香堂丛刻，其目有《宋词纪事》四十卷。惜其书未梓行，稿亦不知何往。兹积累月之功，辑录所得，成《两宋词人小传》，凡五百余人。盖予深慨王氏《宋词纪事》之不存。李氏《词坛纪事》、张氏《词林纪事》之不存。李氏《词坛纪事》、张氏《词林纪事》之人次错杂，不易检阅。故始以二书为据，旁采他书。首录其姓名爵里，次录其逸事作品，以为爱好此道之一助。只冀初学检阅之便，不避自身抄袭之嫌。纂辑之初，盖以词人姓氏笔画多寡排比之。旋得唐君圭璋《两宋词人先后时代考》，阅之，乃尽弃笔画而一以时代先后为律,所得益众,都六百七十七人,较唐君所辑,约增四五人,然尚有如干人,因时世不详,未便窜入,附之卷后。其无事实者亦列其名,又作品之可查得者,检而录之,其不可得,俟之后来,其人之政事文章、《宋史》文集强半有之,故不赘录,若冀广增识见,则古人诗话、词话、笔记之书具在,异日,予宋人词谱、宋人词话编纂有成,亦足以暂聚一编之中也。内子沅南女史,检予旧箧,得若干条,邮以示予,皆向欲觅而未得者,记之于此。二十四年四月序北平燕京大学研究院。

《凝寒室词话》

【出处】 载《国专月刊》第 1 卷第 2 期,1935 年。

【作者小传】 徐兴业(1917 – 1990),浙江绍兴人,文学家。1937 年毕业于无锡国学专修学校。曾任上海国学专修馆、稽山中学教师,上海通成公司职员,1949 年后历任上海失业工人救济委员会店员工会教育科长,上海立信会计学院、和建中学教师,上海教育出版社编辑,上海师范学院历史系教师。1980 年开始发表作品。长篇历史小说《金瓯缺》(四卷)获第三届茅盾文学荣誉奖、上海市庆祝建国 40 周年优秀小说奖。

【内容提要】 词话共六则,“情真”是其论述重点:“作词当贵情真,不当夸才大。情其情真,而后有板拙语、至性语”,“诗人体物感情,触境抒怀,发之于文……唐五季北宋之词亦然。自东坡、清真，间为咏物之作，大抵托写感怀，借物以抒情”。而“情真”也是南北词人差异之一：“北宋诸家，除自东坡外，才实不逮后人。但以其情真，遂觉脱语天籁，自有浑璞之诣。南宋诸词人，才大而气密，故能独创词境，不剿袭前人，然以其真挚之情稍逊。”

在历代诸词人中，作者首推清真咏物词、纳兰小令、彊村绝笔词，认为其“情真”，关于清词，作者点评了陈子龙、钱芳标、朱彝尊等清初词人，晚清词独推蒋春霖，认为其超越项莲生与纳兰性德。

【内容摘录】 清初词人大抵承明季之极弊。小令学花间，长调拟苏辛，陆次云、汪懋麟以下，专事纤小，格卑语狎，湘瑟（钱芳标）延露（彭孙遹）稍称醇正，亦瑕瑜互见。迦陵号名家，不脱叫嚣奔放之习。锡鬯入于南宋而不能出，以视汴京尚远，遑论五季，故欲于清初求词有真气者，其唯纳兰乎？蒋春霖《水云楼词》，璆然冠有清三百年，清灵处直逼白石。而身世感怀，发为沉郁。其《渡江云》云：“纵青衫无恙，换了二分明月，一角沧桑。”《甘州》云：“待攀取杨枝寄远，怕杨花比客更飘零。”又云：“画眉错问愁深浅”，皆惨淡，极自然。所谓自然从惨淡中出者。一代雅音，遂得复见。谭复堂以之与成容若、项莲生并论，犹非允言。

【学界研究】 张璋《历代词话续编》收录。

《读词随笔》

【出处】 载《津中周刊》1935 年第 129 期。

【作者小传】陈机峰,名宗枢,1917 年生,天津市人。法商学院毕业。高级会计师。天津诗词学会、天津楹联学会顾问。与张牧石、寇梦碧并称“津门三子”。

【内容提要】其核心是反对词的儒家阐释过度附会之说,以李白《菩萨蛮》为例,作者欣赏词的写作,但是不满意词家的附会阐释,以卢前的注解“鸟尚归飞,而以人君之尊,漂泊于外,欲归不得,人君不如鸟矣,其感慨何如也”与刘熙载的注解“太白《菩萨蛮》《忆秦娥》两阕,足抵少陵秋兴八首,想其情境,殆作于明皇西幸后乎”相较,这种求实的态度是与下文“论猜度”的精神一致的,他批评张惠言“张皋文《词选》犯此病甚深,开首便把温庭筠《菩萨蛮》注成‘此感士不遇也’,真不知他是怎样研究出来的”。

《论词之起源》

【出处】载《沪江附中季刊》创刊号,1935 年。

【作者小传】支抱拙,不详。

【内容提要】这是一篇词话形式的论文,首先引用徐釚《词苑丛谈》、汪森《词综序》、黄昇《花庵词选序》中关于词之起源论述,对于词产生于梁武帝时、产生于两汉时,以及李白为词曲之祖之说,逐一批驳。作者认为词的产生与乐有密切关系,先秦时,诗、乐合一,至汉乐府时,诗与乐分离,各自并行发展,至中唐时乐工与诗人又互动“文人乐工既相互为用,诗、乐遂得一接近之缘,一般学者,始试依乐调之曲拍填歌辞矣,白居易偶填《忆江南》而刘禹锡效之,韦应物截作《转应曲》,而戴叔伦因之",这样长短句便兴起了。

《古今词话》

【出处】载《人间世》1935 年第 23 期。

【作者小传】风子,不详。

【内容提要】词话以词纪事来为婚姻恋爱中女子的不平等待遇而发。青岛危文绣女士再嫁,被青岛当局驱逐,危女士便作词一首寄给报社为自己鸣不平,作者便由此联想到了文人笔记中记载的苏东坡的逸事,《江城子》与《卜算子》的本事,同样性质的事情,男女两种不同的遭遇,皆因社会地位的悬殊而有天壤之别,不禁让作者深有感叹。

《怎么样读词》

【出处】载《中国学生》1935 年第 1 卷第 11 期。

【作者小传】漱英,不详。

【内容提要】这是论词札记。首先,作者论述读词要先分句读。第二，关于词体制的划分，不同意长调、中调、短调的划分，认为应当分为小令和慢词。第三，读词要先了解词的意义，体会到词中所描写的情境，再去领略那种情境所兴的观感。然后以柳永的《雨霖铃》与姜夔的《长亭怨慢》（渐吹尽）为例进行分析。最后，关于学词的参考书，词选方面作者首推张惠言的《词选》，刘麟生编辑的《词洁》《绝妙好词》《花间集》《尊前集》值得一读；词律方面以万树《词律》为佳，刘毓盘《词史》也可以作为研究的门径。

《再论读词》

【出处】载于《中国学生》1935 年第 1 卷第 12 期。

【作者小传】漱英，不详。

【内容提要】论文首先探讨王国维《人间词话》中的境界，作者认为境界指“可以寄托情绪的对象”，内涵有二，“真实的情绪”与“具体的对象”，以欧阳修《临江仙》为例进行了说明。作者进一步认为“以景象表现情绪为词的胜境”，以温庭筠、韦端己、晏幾道等词为例子解释。词之中，作者认为“咏物词最难写好”，但是作者以现代人眼光来看，反对咏物词中寄托的是香草之寓，而是以景象来表现情绪，最后认为词里面只有比兴而没有赋，就是赋也是用比兴来写。

《词之矩律——“词式”导言》

【出处】载《出版周刊》1935 年总第 112 期。

【作者小传】林大椿(1883 - 1945),字坚之,浙江温州人。编有《词式》《唐五代词》《珠玉词》《欧阳文忠公近体乐府》《东坡乐府》《小山词》《晁氏琴趣》《清真集》《和清真词》《西麓继周集》《稼轩长短句》等。《词式》(上海:商务印书馆,1934 年)分 10 卷,共收录 840 调,924 体,每调取一首常见的、规范的词作为示例,均附关于该调的源流、宫调、种类等注释。书末附《词韵目录(韵目用广韵)》《词调通检表》及《四十八宫调表》等。

【内容提要】作者首先认为词为“文学中具有矩律性之一体”,不赞成以“诗余”或“乐府”称呼词,应当以“长短句”来作名称。其次叙述词之发展,唐词以破诗句为之,离诗为近;北宋与南宋各有其长,至南宋末词与乐分离,词之矩律尽失;明代词为衰期,清代复振,万树《词律》与王奕清等《钦定词谱》为代表之作,但是稍嫌繁重,作者“乃不度绵力,从事本书之草创,思举最简明之程式,以表现较精确之标准,务期既便初学并保矩律”,乃至矩律是作词标准是词谱之类的参考书。

【学界研究】张璋《历代词话续编》收录。

《熊毛嘉礼词话》

【出处】载《北洋画报》,1935 年 2 月 21 日。

【作者小传】耳食,不详。

【内容提要】词话叙民国国务总理熊希龄与毛彦文女士结婚,熊氏六十六岁,毛氏三十九岁。熊作词一首《贺新郎》,朱经农有和词一阕。

《倚声臆得》

【出处】载《文艺捃华》1935 年第 2 卷第 1、3 期,1936 年第 3 卷第 1、2 期。

【作者小传】金松岑(1874－1947),原名懋基,又名天翮、天羽,自署天放楼主人,江苏苏州人,清末民初学者。光绪二十八年(1902)创办同川学堂。翌年,应蔡元培之邀赴沪参加中国教育会和爱国学社。1912 年当选为江苏省议会议员。1923 年出任吴江县教育局局长。1937 年任江南水利局局长,旋又离职。曾任安徽通志馆编纂,主要作品有《天放楼诗集》《天放楼文言》《鹤舫中年政论》《孤根集》《皖志列传》《词林撷隽》《女界钟》《自由血》。

【内容提要】词话六十余则，为早年之作，主要评论词人作品。首先论评词之标准，“倚声之道，意欲转而忌直，心欲闲而忌迫，景欲远而忌窄，脉欲通而忌隔”，“词又须胸襟高旷，而摹写艳情者为劣”。

关于北宋词人，评晏殊、欧阳修词为诗人之词，非词人之词，然后举词为证；评柳永词“多北方鄙语，遂开元代曲本”；评东坡词“率然而成，然不经意处，往往境界极大”；评贺铸词工于赋景，词有似诗者；评晁补之词，举其极似苏轼者；评秦观词“神闲意远，词人之上品”；评黄庭坚词“习用北方犷语，与屯田同开北曲”，“山谷小词，美不胜收”，如《采桑子》（荔枝滩上留千骑）。

关于南宋词人，对稼轩词评价较多，如“稼轩词非独掉书袋而已，其气发越而不凝，其声甚嚣而尘上”，赞同周止庵论稼轩词“多英雄语，少学问语”，举稼轩词“壮而能和”与“清隽”多阕。关于辛派词人，评刘龙洲词“豪壮处近似之”，认为同甫词不甚佳，龙川亦有俊语；不赞同刘潜夫“放翁、稼轩，时时掉弄书袋”之论，举陆游词多阕为证，认为皆词中高格。评周密《高阳台·送陈君衡被召》“清处能雄，壮而能婉”；评白石词佳者《霓裳中序》《满江红》《念奴娇》《探春慢》《扬州慢》《徵招》《凄凉犯》，通首完善；评梅溪词惊才绝艳，词人之词也；评石林之为人不足道，词则胸次高迈，且词中多诗句，如“细雨黄花后，飞雁点遥天”。

关于谁是词中李、杜问题：词话云：“余谓倚声中求杜陵，舍苏、陆外无可求也。而苏、陆不足当之，辛、刘是昌黎耳”，“雄如东坡、稼轩，清如片玉，绮如草窗，皆不足当此道中李、杜。放翁诗得杜之心,或以为几杜,要未必然,意降格为词,其亦可以南面乎”。词话以为只有苏轼、陆游才有资格称词中杜甫,评清真为词中李白,举多阕词为证,如“堤前亭午未融霜。风紧雁无行。重寻旧日岐路,茸帽北游装”。其吐属亦宛然太白也。

关于梦窗词,词话多贬语:“二窗并称。余读梦窗,觉脂香粉腻,埋没性灵,于句法逗处不能逗,不逗处强为逗,殊未知盲从者何以推崇如此。清真可方太白,草窗是飞卿,梦窗则长吉乎?长吉虽脉络不贯,然有生气。梦窗殊未足以当之也,其西昆诸公乎?”

词话对女词人贬多褒少,如评易安词“作词乃更庸下”,评朱淑真《断肠词》“更一无可取也”。

【内容摘录】倚声之道,意欲转而忌直,心欲闲而忌迫,景欲远而忌窄,脉欲通而忌隔。此为余一人之言,然持此道以衡量古今之词,古今作者之优劣视此矣。(1935 年第 2 卷第 1 期)

止庵谓:“北宋词多就景叙情,故珠圆玉润,四照玲珑。至稼轩、白石,一变而为即事叙景,使深者反浅,曲者反直。”余按此言,即比兴与赋之不同也。北宋人作诗,不谙比兴,而以之入词。词多无题,故耐人思。然有时所咏之题,可望而揣也。南宋无词不有题,读之自不能深曲。然稼轩之《摸鱼儿》,深曲且掩北宋,惜纵弛之作太多耳。姜、辛味自较薄,止庵少年服膺白石太过,其反动则诋之亦太过。其尤冤者,谓:“白石好为小序,序即是词,词仍是序。”按白石小序,多论曲律,如《霓裳中序第一》《凄凉犯》《徵招》等是也。若平调《满江红》,又记作词之缘起,与词初不相犯,即有犯者，如《念奴娇》“闹红一舸”全首，然能序是顺说，词偏逆做，即为不犯。《探春慢》“衰草愁烟，乱鸦送日”一首，即亦无此病矣。东坡亦屡犯此病，止庵何以不敢抨弹耶？（1936 年第 3 卷第 1 期）

【学界研究】 和希林整理：《倚声臆得》，《古代文学理论研究》第四十四辑。

1936

《词品》

【出处】载《河南政治》1936年第6卷第4期。

【作者小传】陈永年，不详。

【内容提要】词话仿钟嵘《诗品》述两宋词家流品，上品七人：苏轼、柳永、秦观、周邦彦、辛弃疾、吴文英、姜夔。中品十人：晏殊、晏幾道、欧阳修、张先、贺铸、李清照、史达祖、蒋捷、王沂孙、张炎。下品十五人：黄庭坚、晁补之、程垓、毛滂、李之仪、朱敦儒、万俟咏、陆游、刘过、刘克庄、周密、高观国、吕渭老、陈与义、陈师道。划分符合主要词史标准，但是李清照列中品、周密列下品恐不当。

词人评论点明作品风格如柳永"幽秀温婉中具浑然之气"，辛弃疾"豪放似东坡，而当行则过之。""其秾丽绵密者，亦不在小晏、秦朗之下”；举词学路径，如吴文英“梦窗学清真，最为神似”，姜夔“白石嘤求稼轩，脱胎耆卿”，贺铸“方回原出永叔”，欧阳修“永叔原出南唐”。

【内容摘录】

上品：

柳永：耆卿铺叙展衍，曲折尽意，状难状之景，达难达之情，一出以自然，而才力亦足包举其文，幽秀温婉中具浑然之气。千载以下，未可以人废言也。

周邦彦：清真，集大成者也。其词涵浑汪洋，千态万状，吐纳众流，范围百族，况诸诗家则犹老杜，古今词人，鲜能与京。余尝谓最高之文学，要在独创与共喻。人人笔下所无，斯为独创；人人意中所有，斯能共喻。清真词，可谓极独创与共喻之能事矣。

中品：

晏殊：元献承五代余绪，和婉明丽，不减延巳。

蒋捷：子晋称竹山语语纤巧，真世说靡也，字字妍倩，真六朝隃也。然其词多睠恋故国感怀身世之情，沈挫呜咽，类似稼轩，固不独以纤丽胜也。

下品：

陆游：剑南驿骑东坡、淮海间，奄有其胜，而皆不能造其极。

周密：草窗雕镂文字似梦窗，风骨沈厚殊不逮，然其情文相生丰约适体之作，正亦未可轻议。

《读词偶识》

【出处】载《国专月刊》1936 年第 4 卷第 1 期。

【作者小传】高树,不详。

【内容提要】词话主要考索词句出处。如讨蒋春霖《水云楼词》中的《高阳台》中警句“雁归客未还家”,所本五代阎处士《河传》“雁归人不归”,阎所本温庭筠“燕归人不归”,但是蒋氏词融化己出,浑然天成。词话又举纳兰词例说明词人沿用古人成句,其例甚多。

《香塚词话》

【出处】载《戏世界》,1936 年 3 月 30 日。

【作者小传】惧生,不详。

【内容提要】录香塚词一阕,并记其本事。

《安徽两宋词人小识》

【出处】载《学风》1936年至1937年。胡舜陟父子及汪晫祖孙(第6卷第3期),休歙十词人(第6卷第4期),二汪、二朱及王炎(第6卷第7、8期),相山居士王之道、阮阅及朱翌、词人周紫芝及吴潜兄弟、于湖先生张孝祥(第7卷第1、2、3、5期)。

【作者小传】宛敏灏(1906－1994),字书城,号晚晴,安徽巢湖人,毕业于安徽大学中国语言文学系。曾任安徽省政协常委、中国作协会员、中国韵文学会顾问、中华诗词学会顾问、《汉语大词典》编委、《词学》编委。宛敏灏先生致力于词学研究近七十年,与夏承焘、唐圭璋同为当代词坛元老,著有《二晏及其词》(上海:商务印书馆,1935年)、《词学概论》(上海:上海古籍出版社,1987年),并发表词学论文多篇。

【内容提要】词话记录了两宋时期安徽词人三十余位,既有名词人如张孝祥、周紫芝、吴潜,亦有存词仅一首的布衣词人。词话勾勒出了两宋时期安徽词人的分布地图,如绩溪词人胡舜陟父子及汪晫祖孙;婺源词人汪存、汪藻、朱松及朱熹、王炎;舒城词人阮阅、朱翌;宣城词人梅尧臣、汪辅之、赵企、周紫芝等;休歙程大昌、程先、聂冠卿等十词人。

首列每一词人姓氏、籍贯、字号等个人信息,次及个人传记,再则著述,最后词集著录,词作评价,及录词作若干。对词作信息介绍颇细致,如评程大昌:"《文简公词》一卷,见《彊村丛书》,凡《念奴娇》等十四调，词四十六首，集中寿词颇多，寿其母者有《万年欢》等五阕，自寿者有《汉宫春》等八阕，寿其妻者有《减字木兰花》等二阕，寿其弟者有《临江仙》三阕……”有的对词人之作做了详细的分类，如王之道词酬赠之词较多，于是分为“追和前人者”“和赠兄弟者”“和赠时人者”共九十二首，寿词共十五首，几占全集百分之八十。对词作亦有详细考证，如朱翌词，“翌词今存《潜山诗馀》一卷，《彊村丛书》据邵二云藏钞潜山集本刊入。仅存《桃源忆故人》《谒金门》《点绛唇》《朝中措》《生查子》各一首。其《生查子》毛本误入王安中《初寮词》，陶本又误入张孝祥《于湖乐府》，其《点绛唇》又误以为孙仲或朱希真词”。

作者对词人的词亦有总体评价，如评程大昌词“类皆鄙俚无可取，余词亦平庸”。评张孝祥词“孝祥诗文，皆追摹苏轼，其词亦近似。当时宋室南渡，国难日深。故多慷慨悲歌之作。声调宏远，语气振拔”。

作者参考宋史、四库总目等古籍之外，亦参考民国时期的词学研究成果如朱祖谋《彊村丛书》、唐圭璋《全宋词》、赵万里的著作，故资料翔实，立论扎实。

《读词偶得》

【出处】载《约翰年刊》1936 年。

【作者小传】怀素，府丙麟（等），作者不详。

【内容提要】该词话选取了十首词解读,冯延巳《蝶恋花》二首(谁道闲情抛弃久)(几日行云何处去);李煜《蝶恋花》(遥夜亭皋闲信步)、《破阵子》(四十年来家国)、《捣练子令》(深院静);周邦彦《西河》(佳丽地)、《玉楼春》(桃溪不作从容住);李白《菩萨蛮》(平林漠漠烟如织);韦庄《菩萨蛮》(红楼别夜堪惆怅);晏幾道《鹧鸪天》(彩袖殷勤捧玉钟)。

词的解读注重揭示题旨,如怀素解读周邦彦《西河》时"音节铿锵,语旨沉郁",府丙麟解读周邦彦《西楼春》时"此篇语旨甚显,当年缠绵温柔之境,与今日凄凉之光景,两两对照,能不回肠荡气。词成写此藕断丝连,余情未已之境,微妙欲绝"。词的解读同样注重关键字、词作用的发挥,如评周邦彦《西河》:"试观'断崖树,犹倒倚'的'犹'字,'莫愁艇子曾系'之'曾'字,'空余旧迹'之'空'字,及'伤心东望淮水'之'伤心'二字,虽句句是写景,而句句寓着深深的情感。情怀悱恻,读之凄清欲绝。"通过字词的分析,揭示词人的感情,能深深打动读者。

《影香词话》

【出处】载《天津商报画刊》1936年第35、36、37期。

【作者小传】佚名。

【内容提要】词话共十三则,作者探讨词之分期,词之唐宋元明清之发展阶段,词之体制、风格,以及词之作法。词之分期,词话认为“诗分初、盛、中晚(唐)及有宋南北,词亦分有唐、南唐及南北宋,下逮元明清”,唐词则推李白,宋则推秦、柳、苏、黄,而寇准、陆游、范仲淹、辛弃疾、晏殊、晏幾道亦是名家。

作者词论多采他家,如“又词起结最难,而结又不易……”,“中调、长调转换处,不欲全脱,不欲明粘……”来自刘体仁《七颂堂词绎》,“张子野、宋子京、晁次膺辈”一段采自李清照《词论》,清空与质实之说来自张炎《词源》。

【内容摘录】 以唐言李,则太白是其奎选。秦楼一月,炤耀千古。洎乎南唐李氏父子,花月千秋,冠冕百代,音传天上,响逸人间。至宋又复大开门户,如秦、如柳、如苏、如黄,堂奥森森,更臻圆妙。迨于北宋,如寇如陆,亦复壁垒森严,工于排比,中间更益之以范、辛、大小晏等辈,譬如缕金错采,出手如新。碧玉楼台,随地涌现,而朱李秀出,益为水藻之湘花,冰层之琼茁,斯后家有玄珠,人争片玉尤复逸情云上已。

又词有境界,有尺寸,差一分不可,多一分不能。各有精神,各有系属。以苏辛为秦柳固不可,即以秦柳为苏辛,则亦不能。各家面目,各有成就,以纤细认为宏放,或宏放视为纤细,皆不足以尽其功能,矧其变态更有千出不穷乎哉?

《读词杂记》

【出处】 载《南开高中》1936 年第 9 期。

【作者小传】周汝昌(1918－2012),字禹言,号敏庵。古典文学研究家、诗人、书法家,考证派主力和集大成者,被誉为当代“红学泰斗”。著有《红楼梦新证》。

【内容小传】关于这篇论词之体,作者自言:“我写的东西既不是词笺,也不是词注,又不是词话,更不是词诠。我近日颇有改题为‘词扯’之意。”实际上是以话体来写论文。作者解释了两个词牌:秦观《浣溪沙》(漠漠轻寒上小楼)、无名氏《菩萨蛮》(牡丹含露真珠颗)。

词话结构严谨,首先征引原词,然后介绍词牌知识,列《浣溪沙》词谱。接着介绍作者履历,然后是征引蔡伯世、张延、冯梦华等人的评价。接着征引另外几首词《如梦令》(莺嘴啄花红溜)(门外鸦啼杨柳),《忆王孙》(萋萋芳草忆王孙),《江城子》(西城杨柳弄春柔),《踏莎行》(雾失楼台)等词。最后进入《浣溪沙》词的分析,作者评点注重词与词的联系,以及词与诗的联系,如赏析首句“漠漠轻寒上小楼”以为与“无言独上西楼”绝相似,因为都含愁登楼,在解释“穷秋”的穷字,作者以为可以作“深”,如杜甫“穷冬急风水”。由秦观词又联想到陈克《菩萨蛮》(绿芜墙绕青苔院)、毛熙震《清平乐》(春光欲暮)。作者由秦观守律,探讨词之平仄四声,唇齿之发音,感叹填词“不能不注意音律一点”。最后征引晚唐五代词人韩偓、顾敻、李珣、张曙等人《浣溪沙》结尾。

作者前半部分以白话形式的现代赏析为主,后半部又采用传统词话评词,如“小令本宜婉怨,以述旖旎之怀,缠绵之意。迥异长调慢词之一唱三叹,如泣如诉,《浣溪沙》调间架本玲珑,加以少游之句,毫无滞境,真为上品”。

作者为著名红学家，解词时不忘联系红楼梦，在解释无名氏《菩萨蛮》“一向发娇嗔，碎挼花打人”时联想到《红楼梦》第二十三回《西厢记妙词通戏语，牡丹亭艳曲警芳心》中的一段。

《褒碧斋诗词话》

【出处】载《青鹤杂志》1936 年第 22、24 期。

【作者小传】陈锐，见前。

【内容提要】以诗话为主，间记词人之事，如首则记录李瑞清事迹，辛亥之变时，瑞清在城中管理库银七十万两，不为张勋所迫，而交银于省议会，后避地上海，朱祖谋寄其诗一首，词话录之：“骨折心摧泪亦干，世人只作等闲看。犹闻下笔风雷起，便与临觞醒醉难。着想何人到青史，收身百计逊黄冠。寻仙采叶诚非妄，期汝行吟创大还。”又一则记录郑叔问作画一幅。又记作者昔年避兵，朱祖谋次韵寄诗：“极天冰火况修途，谁谓萍蓬匪定居。用意故须忧患外，告哀犹是乱离初。新知濡呴宜樽酒，旧颂流传尚井庐。日夕双江急东下，莫因人事损音书。”朱祖谋以词名天下，诗极少，故词话录之。

【学界研究】陈锐撰有《褒碧斋诗话》《褒碧斋词话》（共有 42 则被唐圭璋《词话丛编》收录），葛渭君《词话丛编补编》第四册从《褒碧斋诗话》辑录论词五则，亦收录《词比》。暨南大学硕士论文《陈锐及其词学研究》、昝圣骞《晚清民初词体声律学研究》有专节讨论其《褒碧斋词话》《词比》。

1937

《读词杂记》

【出处】 载《华年》1937 年第 6 卷第 20、25、27 期。第 20 期署名细华，第 25 期与第 27 期署名淡华。

【作者小传】 细华(淡华)，不详。

【内容提要】 第 20 期读词洪咨夔《眼儿媚》(平沙芳草渡头村)，刘翰《好事近》(花底一声莺)；第 25 期读词张元干《菩萨蛮》(春来春去催人老)，刘仙伦《菩萨蛮》(吹箫人去行云杳)；第 27 期读词姜夔《扬州慢》(淮左名都)，陆游《乌夜啼》(纨扇婵娟素月)。

作者选词主题多样，洪咨夔词与张元干词叹时光流逝，姜夔词作者谓"非战"词，陆游词则是属于闲适词。作者读词的方法是逐句分析，细读文本，并未从传统的词韵、词律方面探讨，主要是从抒发的情感方面解读,如读洪咨夔词先后读了两遍,而情感则发生了变化:“只感觉到了有些窒息,好像受到什么冤抑似的,不再感受到先前的冲淡可喜了。”在解读张元干词时读出了一种积极向上的人生情感:“青春诚然是宝贵的,但人所贵乎青春者,不过青春能够更多的给人们利用以为人生努力,虽青春已逝,又复何碍?”作者读姜夔词时使用典故分析,将所征引杜牧诗引出,加以对比分析。在分析张元干词时用到了知人论世:“作者生平以忠义自矢,不屑与奸佞同朝,飘然挂冠。绍兴中,胡铨上书请斩秦桧被谪,作《贺新郎》一阕送胡,坐是除名,其节概风骨,凛然可见。”

作者亦由词论及到诗歌规律:“中国诗歌,《子夜》读曲而下,以‘闺怨’一体,最为哀感顽艳,至词则所题‘春思’‘秋思’‘闺思’者,几占半数,类皆。荡妇思女之幽情,要皆闺怨之遗也。唐人上承子夜读曲之余绪,下开五代两宋之先河,闺怨之作,尤所胜擅,言近旨远,语浅意深,此词似之,故题日效。”

《聆风簃诗词话》

【出处】 载《中华月报》1937 年第 5 卷第 4、5、6、7 期。

【作者小传】 黄濬(1891 - 1937),字秋岳,福建福州人。自幼随外祖父读书,有“神童”之誉,与同乡陈宝琛、严复等人相识,受知于梁启超。民国初年留学日本,与日本人素有来往。回国后在北洋政府中任职,梁启超任财长时聘为秘书。北洋政府垮台后,入南京国民政府行政院任职。1937 年 8 月 26 日，以叛国罪被判处死刑。著有《壶舟笔记》《花随人圣庵摭忆》等。

【内容提要】 记录词话七则。第一则记江标为冒广生画扇题《念奴娇》一词，录下半阕；第二则记蒋春霖词《琵琶仙》；第三则记仲鸣归国途中作《高阳台》词一阕，描述洋人化装舞会一事；第四则记录彊村词《洞仙歌 · 过玉泉山》一首，评其“亡国之音哀以思”；第五则录彊村词数首，选词标准为学梦窗髓者，有《齐天乐》（锦窠春湿红云透）、《梦芙蓉》（溪霞明断绮）等；第六则引王半塘与朱祖谋书信；第七则评彊村诗，认为彊村诗学山谷未化，受清人影响较深。

《蕉窗词话》

【出处】 载《北平晨报 · 艺圃》，1937 年 7 月 12 日。

【作者小传】 林丁，据词话透露为济南人，余皆不详。

【内容提要】 词话的特点是评选词人之最，如两宋词人之最为辛弃疾与李清照，评语为：“幼安词奔放淋漓，如悬崖飞瀑，充满忧国热忱；易安词轻柔婉约，如午夜洞箫，抒发个人忧乐。以思想以量论，前者胜后者；以艺术以质论，后者胜先者。”清代词人成就最高为两位满人，纳兰性德与郑叔问，评曰：“纳兰容若词缠绵凄回，含蓄蕴藉，抒发个人忧乐，极似易安；郑叔问词粗犷豪迈，多涉时事，则极似幼安。前者以小令胜，后者之词格高。”历代帝王最能词者李后主与宋徽宗，主要原因是词抒写亡国之滋味，举李后主《破阵子》与徽宗《宴山亭》；唐诗人能词者推李白与白居易。最后词话举出中国八大词人：李后主、冯延巳、晏殊、欧阳修、苏东坡、李清照、辛弃疾、纳兰容若。

【内容摘录】 唐诗人中，兼工词者，当推青莲、香山，量虽不多，自然通畅，远出五代宋词以上。

胡怀琛先生以屈、陶、李、杜、白、苏、陆、王为中国八大诗人，吾以李后主、冯延巳、晏殊、欧阳修、苏东坡、李清照、辛弃疾、纳兰容若为中国八大词人。

【学界研究】 张璋《历代词话续编》收录。

《词话》

【出处】 载《进化周刊》1937 年第 7 期。

【作者小传】 仲宪，不详。

【内容提要】 词话辨析岳飞《满江红》，首先录全词，然后分析其不合词谱处："词中'驾长车踏破'五字，照谱当以此连合为句，但文义上似当以'驾长车'三字为句，且原作于'踏破'下更有一'了'字，自必以'踏破了贺兰山缺'七字连合，始能成句。而原谱以五字、四字分作两句者，今乃改作三字、七字两句，尤难叶合。想此一'了'字，或由后人随意加入，仍当以删去为是。"最后作者录己作《满江红》一阕，当时处于抗战阶段，所以词风与岳飞《满江红》类似，但内容则赋予了新时代抗战内容。

【内容摘录】……余近于时事有感，亦尝拟填一阕，不揣固陋，愿以质诸高明，词云："误我儒冠，叹颓老、一筹莫展。谈国难、孑身欲赴，末由实践。义士纷驰辽海檄，将军尚惜天山箭。盼神州失地早收回，何当见。　扛废帝，营伪满。嗾群匪，侵绥远，笑登场傀儡，各凭牵线。弱肉已先供宰割，强邻犹自谈亲善。念同仇誓及汝偕亡，看谁健。"

《谈词》

【出处】载《约翰声》1937 年第 48 卷。

【作者小传】何家炳，不详。

【内容提要】词话是论词短文。主要谈及两个问题：词之起源与词之特质。作者引《诗薮》的一段话，认为"由此看来，可知词虽是古乐府的流别，却是从唐之绝句产生出来的"。词之风格有婉约与豪放两种，作者以秦观词与柳永词为例，说明"词之好处与其所以占得地位，也只在乎凄婉艳丽，满带悲哀的成分罢了"，而苏轼与辛弃疾之豪放词风只是个例，并以北宋英雄人物范仲淹的《御街行》、韩琦《点绛唇》为例，说明词之婉约才是正体。

1938

《淡伯斋词话》

【出处】载《华文大阪每日》1938 年创刊号。

【作者小传】李冰人，字唐雪，籍属福建南安，1934 年移居马来西亚，文学博士，世界新闻学院教授，南洲诗社社长，著有《踏青散草》《祖国中兴欢唱集》等。

【内容提要】论李后主与李清照词，二人皆为一代词宗，生平际遇相似，皆是前半生为喜，后半生为悲。李后主以国亡为界，李清照以宋室南渡为界。先后引李后主词《一斛珠》（晚妆初过）、李清照《采桑子》（晚来一阵风兼雨），认为是两种香艳。又引漱玉词《浣溪沙》（绣幕芙蓉一笑开）、《减字木兰花》（卖花担上），李后主《菩萨蛮》两首，两人前半生都是写各自的幸福生活，但一个是才子心思，一个是少妇襟怀；对于晚年生活之凄凉，作者引李煜著名的《虞美人》（春花秋月何时了）、李清照《武陵春》（风住尘香花已尽）。

《绛岑词话》

【出处】 载《社会日报》，1938 年 11 月 11、13、17、19、21、29 日，12 月 3、7 日。

【作者小传】 佚名，按词话内容系夏敬观学生。

【内容提要】 词话主要以记晚清民国词人为主，介绍词人信息，评点词人词作，应当受其师夏敬观《忍古楼词话》影响，间以简评明清词史。词话首先认为“词至明代，衰敝已极”，对清代词只看重晚清词，认为清初词感染明词积习已深，唯可表彰的是纳兰词，对晚清词又特别看重由清季至民国的词人如“文道希、王半塘、朱古微、陈伯弢、郑文焯、夏吷厂、况蕙风、程子大”。这当然是有欠公允的，但可以看出受到夏敬观的影响较深。

评点词人如朱祖谋，评其“格高韵远，一寄其忠爱悱恻之思，而能哀而不怨”，特别赞赏朱氏绝笔词《鹧鸪天》。叙陈鹤柴词，朱祖谋赞其“诗人之词”。叙潘飞声，强调夏敬观编辑潘氏词集《说剑堂词》。叙陈锐，突出其忧伤憔悴之思寄托于词，小令慢曲，追摹二晏、柳、周；叙陈锐于北宋词人颇崇柳永，其编著《袌碧斋词话》评当时词人，多有中肯之语。叙其师夏敬观，夏氏推崇北宋之词，对周、吴之词斥为异端，对夏氏《吷庵词》评价极高。叙林鹍翔词，强调其《半樱词》寄情于樱花颇多，对林氏作词之认真，甚为佩服，"一词之成，往往累月"。对吴曾源，录其《江南春》一首；对叶恭绰词，录其《西河·用片玉韵》。

【内容摘录】词者声律之文也，调有定格，字有定音，非可率尔操觚者。沈伯时《乐府指迷》云：音律欲其协，不协则成长短之诗，下字欲其雅，不雅则近乎缠令之体。然平仄之道，初学亦知，若平有阴阳之异，仄有上、去、入之分，则类为今之学词者所忽矣。

1939

《词牌脞说》

【出处】 载《文心》1939 年第 1 卷第 6、7、9、10 期。

【作者小传】 斯文，不详。

【内容提要】 主要是对词牌的出处与来源进行叙录，总共录了 110 个词牌。谈到作文缘由，作者在序言中说："今之读词者多不识词牌之义，或虽识而未确也。……对之望文生义而陷于误解者，亦多甚也。由是而有词牌脞之作。"而古人虽有类似之作，但都有三点错误："所谓'穿凿附会'，即其一也；所述多系一鳞半爪，二也；解释只凭一己之揣测，而未遑博采他人之说，三也。"观词话知词牌之来源之多元化，如《惜春令》见于杜安世《寿域词》，《大椿》来源于庄子《逍遥游》，《南浦》来源于《离骚》；词话对词牌异名多有考察，如《如梦令》别名有《宴桃源》《不见》《比梅》；《南歌子》别名有《南柯子》《春宵曲》《水晶帘》《碧窗梦》《十爱词》《风蝶令》。作者对于词牌之来源考证力求客观，不妄加评论，如考察《解佩环》来源："亦《疏影》之别名。汪汲《词名集解》云其变名解佩环者，因姜白石原词有'想佩环'三字耳。按《词谱》谓彭元逊词有'遗佩环浮沈丰浦'句，故名《解佩环》。二说未知孰是。"列二说，并未断言二家之正确。

【内容摘录】《伊州令》：《唐书·礼乐志》云："天宝乐曲皆以边地名，若伊州、甘州、凉州之类。"王灼《碧鸡漫志》云："伊州有七商曲。"后世误作《伊州令》。

《梁州令》：亦称《凉州令》，《碧鸡漫志》云："凉州，即梁州，有七宫曲。"徐献忠《乐府原》："开元中，西凉都督郭知运进凉州官调曲。"盖亦以边地名曲者也。按张同《幽间鼓吹》云："段和尚善琵琶，自制西凉州，后传康昆仑，即道调《凉州也》。"是则为另一《凉州曲》。

《客窗随笔》

【出处】载《新东亚》1939 年第 1 卷第 7、8、9、10 期。

【作者小传】苹末，不详。

【内容提要】作者以词系人，先后述及朱彝尊、王世贞、纳兰性德、陈维崧、厉鹗诸人。评竹垞《卖花声》（衰柳白门湾）一阕，感情丰富，与南唐二主不相上下。因为作者评词标准“不论诗词散文，若一失性情，便无好处”，“竹垞之长，便在采藻纷华以外，能不失性情”，这一点王世贞“神韵说”也不能及。对于纳兰性德词，作者首推《蝶恋花》（辛苦最怜天上月）（眼底风光留不住）（又到绿杨曾折处），这三首词包含悼亡、行役、死别、生离之感，全自性情中流出。其《河传》（春浅，红怨，掩双环）能直逼花间词，在温庭筠、和凝、冯延巳之间也。陈维崧之《虞美人》（无聊笑捻花枝说）表面是嬉笑怒骂，其实寓有香草美人之意，其《摸鱼儿》（是谁家本师绝艺）与“白传歌行、梅村乐府，同斯情感，同斯笔调”。

除了纳兰性德以外，作者还推崇厉鹗，赞他“诚能循规蹈矩，踏步不失，谨于格律，而又丰于情感，富于词藻，纤不伤雅，粗不越律，加诸情趣横溢，才力盘旋，使人读之，如得宝筏，凭虚引渡，深入津梁者，有清一代，窃谓厥樊榭山房一人而已”。评其《玉漏迟·永康病中，夜雨感怀》一阕“刻意镂心”，《百字令》（秋光今夜）“此词若能遗貌取神，在散文中与《赤壁赋》可比类”，《齐天乐》（簟凄灯暗眠还起）如欧阳修《秋声赋》，与白石《暗香》《疏影》相仿佛；评其《卖花声》（花月秣陵秋）犹乐天《琵琶行》之尾声，又如《眼儿媚》（一寸横波惹春留）词在姜、史而外，雅近竹山。

厉鹗之外，又评黄仲则《丑奴儿慢》（日日登楼）是才人之笔，阳湖派词人，恽子居而外，张惠言《茗柯词》，亦堪与浙派竞美。

《词人的幽默》

【出处】载《中国公论(北京)》1939 年第 2 卷第 3 期,1940 年第 2 卷第 4 期。

【作者小传】田坤,不详。

【内容提要】关于词之观念,作者认为:“词是要物体,‘意’‘境’就是物质,也就是说词由‘意’‘境’两个元素组成的。意与境浑,其次或以境胜,或以意胜,这样内可以抒己,外更足以感人,才能称为绝妙佳词。”关于词的演变过程,作者这样描述:“词盛行于五代北宋,五代的代表词家有李后主、冯正中,北宋有欧阳永叔、苏子瞻、秦少游、周美成,自南宋以后,词就有些不振了,元明清以来,词人所写的东西,大半都局促雕琢浅薄,在谐美方面委实差得很多,大多数的词家都走上摹拟的一途,这是词演变的过程。”

作者关于词的观念,由意与境组成,有些道理。关于词的演变过程,太过于简略,有失公允。《词人的幽默》讲述了六个关于词的幽默故事,作者以词为线索来叙事。但全篇所录并非全部是词,如第一则写关汉卿写《朝天子》表示钦慕夫人丫鬟,受到夫人嘲弄。但《朝天子》为曲牌,非词牌也。

1940

《词话》

【出处】载《立信会计专科学校卅年级级刊》,1940年2月。

【作者小传】顾尚勤,不详。

【内容提要】词话首先推崇词:"而以词者为尤能充分显透当时情形,可歌可泣之事,跃乎欲出,写情之妙,叙景之盛,富丽凄恶,更胜诗品一筹矣。"其次论述作词之法,摘录杨守斋《作词五要》,"第一要择腔,腔不韵则勿作","第二要择律","第三要填词按谱","第四要随律押韵","第五要立新意"。最后点评名家名句,如李后主"雕栏玉砌应犹在,只是朱颜改。问君能有几多愁,恰似一江春水向东流",忧郁之情,尽情毕露。宋子京"刘郎已恨蓬山远,更隔蓬山一万重",一串相思定,缚个紧切。此外还有欧阳永叔、柳永、秦观、李清照等名句亦被点评。

《读余偶记：历代女词家评介》

【出处】载《新民报半月刊》1940年第2卷第1期。

【作者小传】白葆仁，不详。

【内容提要】作者认为中国妇女文学史颇少，但是女词家却很多。作者介绍了花蕊夫人费氏“制有宫词百首，极清新雅俊”；陆游妾词描写生活艰辛之词颇多；元末曹妙清“其词超逸绝伦，虚灵在骨”；元末薛兰英、薛蕙英词能道人意中事，亦清警；明末叶小鸾词多凄怨；叶纨文，小鸾之妹，词亦颇工；王微，明末扬州妓，词多淫艳，但能脱尽俗气；明末商景兰，词文藻温丽，骨气清高；明代葛宜，词跌宕昭彰，气调清新；庄盘珠，清阳湖人，兼有梦窗词、片玉词之长；谈印梅，词以误佳期最富情趣。作者篇末提及，李清照与朱淑真另当专文论述，清代女词家甚多，因篇幅仅举一二。

从所举女词家来看，词之风格亦是多样，清新、豪迈、艳丽都有，作者在每位女词家介绍之后，征引一首词。

《寒蛩碎语》

【出处】载《同声月刊》创刊号，1940 年 12 月。

【作者小传】按俞耿即龙榆生也，龙厦材《记父亲的一篇佚文》："几年前，施老蛰存交给我一部《同声月刊》，嘱我将有关词学的文章汇集编目，于是我就有了机会将父亲在一九四〇年至一九四五年间主编的这一刊物通览一遍。题名《寒蛩碎语》的一篇短文引起了我的好奇。卒读之后，我意外地发现，这篇署名'俞耿'、不过三四百字的小文竟是我父亲所作。"[①]

【内容提要】论诗词三则，其一评陆游诗；其二录岳飞《小重山词》（昨夜寒蛩不住鸣），以为沉郁凄壮远胜《满江红》词；其三忆及王静安"闲愁无分况清欢"，觉其沉痛入骨。

【学界研究】《龙榆生杂著》收录。

《菊部词话》

【出处】1940 年 3 月起载《半月戏剧》第 3 卷第 1 期。

---

① 张晖编：《忍寒庐学记：龙榆生的生平与学术》，北京：三联书店，2014 年，第 129 页。

【作者小传】庄蝶庵(1911－1982),号端赓,江苏无锡人,现代篆刻家。中学时期在上海读书求学,后考入东北政法大学,学满毕业。先后任职于哈尔滨造船所、青岛市政府、航空委员会、天津塘沽新港、广州港工程局等。1949年到台湾,历任台湾工矿公司材料处副处长、台北纺织厂长、台北纺织厂总务部经理。庄蝶庵十分喜好篆刻。初从王冰铁习印。无论朱白,皆以端庄典雅为旨。庄蝶庵到了台湾后,又随溥心畬学习绘画,且转益多师。后又从吴泳香、陈隽甫学习北派山水与花鸟,从黄君璧学习南派山水国画,中国画造诣颇深。

【内容提要】词话叙乾隆时某杭绅家有声妓名小樱官,玉魫有《百媚娘》词寄之。

《纫芳宧读词记》

【出处】载《之江中国文学会集刊》1940年第5期。

【作者小传】陈运彰(1905－1956),原名陈彰,字君漠,一字蒙安、蒙庵、蒙父,号华西。原籍广东,生长于上海。早年从广西临桂况周颐研究词学,为入室弟子。历任上海通志馆特约采访、潮州修志局委员,之江文理学院、太炎文学院及圣约翰大学教授。

【内容提要】读词记实际上是校词记,有着较高的学术价值,对《莲社词一卷道情鼓子词一卷》《晦庵词校江氏刻汲古阁本刻宋元名家词》《天游词》《东海渔歌》《东海渔歌四卷本佚词》作校记。读词记体现出“考”“辨”相结合的色彩。

“考”体现在梳理词集版本源流，对词作收录变化的记录，如《莲社词一卷道情鼓子词一卷》中对莲社词的辑佚考证十分清楚：“劳氏据《阳春白雪》补录《春光好》一首，《武陵旧事》补《壶中天慢》一首，以首九首及《春光好》合十首，为莲社词中作”再如对《天游词》与他人雷同之作之考证：“今以元草堂校之，则此诸词见于同卷他人之作者竟达十三首之多，其《洞仙歌》送张宗师捧香一首、《归朝欢》一首、《点绛唇》墨本水仙一首为滕玉宵词……”

“辨”体现于在考证的基础上总结了某种认识，《莲社词一卷道情鼓子词一卷》云“宋人著录之词校其异同，颇疑调下诸题为后人所加，然亦出宋人之手”。《晦庵词校江氏刻汲古阁本刻宋元名家词》中由于不同版本间词之顺序不同，作者推测“毛氏所见全集，当是别一本，故后来补入，不复与前四莲同列矣”。

作者考证《东海渔歌》时亦参考了日本汉学家铃木虎雄《支那文学研究》。该词话的文献价值体现在文末对佚词的收录。

《艳词拾录》

【出处】载《新亚》1940年第3卷第4期。

【作者小传】寒儒，不详。

【内容提要】词话以孔子“唯女子与小人为难养也，近之则不逊，远之则怨”为引子，用艳词来论证关于女子的“近之则不逊，远之则怨”的论点。首以孙光宪《浣溪沙》(何事相逢不展眉)、黄庭坚《归田乐引》(对影还消瘦)来阐发“近之则不逊”之情。次引柳永《木兰花令》(有个人儿真攀羡)、晏幾道《西江月》(愁黛颦成月浅)、黄庭坚《沁园春》(把我身心)来论证“远之则怨”的观点。作者探讨不止于此,而是在民国新时代的背景下,探讨艳词中女性对性的看法,以和凝《河满子》(正是破瓜年纪)与韦庄《思帝乡》(春日游)对比,来反映“初懂人事之少女”与“成年女子之心情”女性中两个不同年龄段对性的不同态度。

《歌词臆说》

【出处】 载《同声月刊》第1卷第1号。

【作者小传】 赵尊岳(1898－1965),原名汝乐,字叔雍,斋名高梧轩、珍重阁,江苏武进人,词学家。民国元老赵凤昌之子,毕业于上海南洋公学,历任《申报》经理秘书、行政院驻北平政务整理委员会参议。抗战期间,投靠日本,历任汪伪政府要职。著有《明词汇刊》《珍重阁词集》《和小山词》《炎洲词》《填词丛话》等,其作品收录于《高梧轩诗全集》。

【内容提要】 词话围绕歌词及词谱展开探讨。作者首论词谱之重要:按谱填词与按谱歌唱。按谱歌唱,则词唯作者为唯一;如果无谱可歌,作者必须笃守陈法,这一点蕙风先生也赞同。谱之重要性还体现在,有了谱虽然无词,但是可歌;如果有词无谱则终不可歌矣。如白石词谱虽然仅存十七调,但是如果能译成现代工尺,则仍可歌。如果以曲谱与词谱相比较,那么曲词较词更为流行,例如以京剧为例,武生与旦角之可以歌唱同一谱,差异仅在尾腔之增减缓急;词则不可,词“不能以尾声为转腔以媚字”。

接着具体探讨了制谱的基础,如古之旋宫以及音乐的单位“拍”等概念,古今制谱之不同,古今音乐歌唱的区别:“今之俗乐,于歌前往往先动弦管,俗称过门。南北曲中,歌随腔起,无过门矣。词以一字隶一声,据白石谱,亦不见字前别有他谱,则亦知为词随腔动者也。”

最后再次探讨谱之重要性,词有换头,也是因为与谱格有关;谱可以填词,也可以是歌唱词之依据,但是制谱较难,所以填词者多,作谱者少。作者最后说,白石旁谱不难译成现代音谱。

作者为蕙风先生高足,从此文中可以看到词人对词谱、词乐也有相当造诣。但是结尾处说白石旁谱不难译成现代音谱,则值得商榷。

《定庵词话》

【出处】载《小说日报》,1940 年 10 月 30、31 日,11 月 2 日。

【作者小传】康公,不详。

【内容提要】围绕龚自珍词而作,分为上、中、下三则。上则介绍定庵词集情况,龚词有《无著词》《怀人馆词》《影事词》《小奢摩词》《庚子雅词》,录其集外未刻词两阕《贺新郎》(梦断秋无际)、《凤凰台上忆吹箫》(白昼高眠);中则录其杂诗自注与其外公段玉裁题《定庵词序》,使读者进一步了解定庵词;下则记龚自珍之子改父词,举《菩萨蛮》《虞美人》《醉太平》词为例证。

《星槎词话》

【出处】载《国学通讯》1940 年第 2、3、4 期,1941 年第 5、6 期。

【作者小传】厉鼎煃(1907 - 1959?),字筱通(亦作小通、啸桐),号星槎,另有笔名蠖生、忆梅、阿通。1923 年考入国立东南大学,1927 年自国立东南大学毕业后,任中学教师多年。1933 年应聘南京国立编译馆编译,后因脑病归里,助办扬州国学专修学校,于扬州国专任教师。七七事变,国专停办,再度归乡,创办芜城文理学院。1941 年春,赴上海孤岛,组建中华国学会,附设中华国学院,创办《国学通讯》杂志。1947 年 7 月,厉鼎煃主编《集成》杂志创刊号出版。1947 年秋至 1948 年春,在江苏省立扬州中学教书。1949 年,至上海市吴淞中学任教。1958 年被判处有期徒刑,关押在上海提篮桥监狱。后转押至安徽省铜陵市顺安镇叶山矿区服刑,此后下落不明。有《契丹国书新说》、《浩劫忠信录》、《莎士比亚考信录》(译著)、《华欧交通史》(译著)等书。另有论音韵、诗话、词话之作,散见报刊。

【内容提要】《星槎词话:书人间词话后》,《国学通讯》1940

年第2期,《续》第3期。《外编》第4期。《三读纳兰词》1941年第5、6期。

词话分专题刊登报刊,第一个专题是探讨《人间词话》若干问题,首先是质疑“境界”说。《人间词话》论词以境界为中心,作者对此表示异议:“故专以境界论词,犹非深于词者。”在作者看来,境界与古代文论中“气象”“兴趣”“神韵”无甚区别,“未能跳出表圣《诗品》范围”。其次对静安以“隔”字讥白石表示异议,白石之病在婉约而不深闳,非境界之病。第三认为气象在词家是指境界之壮美者,非限于词。第四,分析《人间词话》最精粹处在引用词人之例句,如追求人生的三种境界,由此作者认为词之所以为词者,渐近自然而已。第五,评论诸名家词,如后主词、韦庄词、冯延巳词、苏辛词、白石词、李清照词以及清词人蒋春霖、朱祖谋、况周颐,而且认为诸词佳处在于渐近自然。

在《外编》中谈到了词之英译问题,作者以柳永《雨霖铃》、张志和《渔歌子》、李后主《相见欢》进行翻译,作者之师友韩湘眉译《漱玉词》,最后附林语堂英译辛弃疾《丑奴儿》。在《三读纳兰词记》中大量引用纳兰词,每一卷分为佳句与通体之妙者两种,如卷一分为有佳句者十三首,如“心字已成灰”(《梦江南》)。通体妙者十数首,如《长相思》:“山一程,水一程,身向榆关那畔行,夜深千帐灯。　风一更,雪一更,聒碎乡心梦不成,故园无此声。”

1941

《珍重阁词话》

【出处】载《同声月刊》第一卷第3、4、5、6、8号。

【作者小传】赵尊岳，见前。

【内容提要】《填词丛话》的前身《珍重阁词话》，主要包括创作论、作品分析论，以及对词史的评点三部分。在创作中，强调了词的章法理脉的安排："章法无定则，要以理脉可通为主。一切草蛇灰线之隐现，布局者当自定之。何处应起，何处应伏，何处明写，何处暗写，能使之停匀妥顺，即章法之所在。"对于词创作中具体各个部分，赵尊岳也加论述，如词题与词序，词的起拍过拍及煞尾。创作完成之后改词也很重要："首当求平贴易施，再进求精稳。其能于精稳之外，别立新意，而又不蹈纤佻者，更擅胜场。"

在作品分析过程中，赵尊岳讨论了情与景关系，论咏物词与寄托，论风格。“词虽有写景言情之分，然写景非缘之以情，景亦不深。故说来仍是情语。”赵尊岳还进一步将词中情景交融分为四个层次。“以禅喻词”也是赵尊岳的词学思想之一，在早期的《珍重阁词话》中有一条“以禅境喻词境”：“去夏六月十五日夜，月色如晴昼。子正，天无片云，圆蟾中山河桂影，一一可见。维时万籁俱渺，久语无闻，凭阑顷刻中，乃构遐想，匪夷所思，真词境也……”词话以自然之道悟词境。

词史的评点，主要推崇六家词：“宋人词以晏、秦、周、苏、吴、姜为六大家。”而且进一步分析各家短长“周虽蹊径俱在，而学步为难。晏望之似小智慧，实乃纯金璞玉。秦丰神骀荡，要不落儇佻。姜老干扶疏，拙中多语。苏之清雄，吴之针缕，学者虽多，实亦不易成。学者盖多不知苏之秀处、清处，吴之宽处、疏处也。”

从《珍重阁词话》到《填词丛话》，二者之间有微妙变化，赵尊岳将《珍重阁词话》中的“神来之笔”改为《填词词话》中的“神来之境”，“神来之笔”指作品本身，“神来之境”则指整个作品的内在境界。“神来之境”是由“神来之笔”创作出来的，由“笔”上升为“境”，体现了作者对于创作更注重内在精神层面的艺术效果，而不是局限于创作本身。《珍重阁词话》对“风度”的要求是“雅洁摇曳”，对“气度”的要求是“雍容和粹”；《填词丛话》对“风度”的要求则是“摇曳雍容”，对“气度”的要求是“静雅冲淡”。关于“风度”、“摇曳”不变，但前者要求“雅洁”，后者要求“雍容”，以人喻词，则如同少年的清丽与中年的持重；关于“气度”，亦从稳重之“雍容和粹”变为淡泊之“静雅冲淡”，均体现了赵尊岳不同年龄时期不同的词学追求。

词人评价的变化,《珍重阁词话》:“宋人词以晏、秦、周、苏、吴、姜为六大家。”《填词丛话》:“宋词以晏、秦、周、柳、苏、吴、姜、张为八大家。”《珍重阁词话》中,赵尊岳认为柳永“自具面目”,但由于“尤难涉历”,所以不提倡学柳词,仅列六大家;《填词丛话》中,则将柳永与张炎都列入八大家之中,并且,对诸位词家的评价也较早期显得更具体精准。这说明了后来赵尊岳学词的眼界更宽,学识更深。

【内容摘录】情景杂糅之作,所见者景,所动者情。以有所见,方有所思,遂似更有新见,益生其感叹之致。故作此等语,以质实为景,以清空言情者,初乘。以清空写景,以质实言情者,中乘。并此清空质实之笔,低回感叹之情,寓之于字里行间,而不必一一明述者,上乘。若更超空言之,写景而不嫌其质实,言情而不陷于蹈虚者,斯为无上上乘。

北宋承五代之后,创雅继声,大小晏之朴茂,秦淮海之嫣致,柳三变之广大,黄山谷之古趣,苏玉局之清雄,各擅胜场,盖花间作者,极蕃艳之能事,而无不浑朴,亦有极清疏者,又无不谐婉。诸子承之,各以宗传。大晏神明于花间之外,规矩于花间之中,进而为穆静渊懿之语,其词固不必压倒五代,而词学已差胜于前。盖欲洗蕃艳之面目,自非渊懿不为功。至美成专斯道,又或有胜于前,庶集前此之大成,而创宗门之式度。至于南宋,三五错综,每每自名其家,所以别为境界者,缕晰言之,多自此中参化以出。宋季元初,白云花外,微坠风格。淮海东山,固不尸其咎。元草堂一集,虽在其时,选政较严,亦足以绳南宋之正字,视草窗绝妙诸篇为胜。

【学界研究】张璋整理《历代词话续编》时只收录了《珍重阁词话》发表在《同声月刊》第1卷第3号上的作品。

《读词杂记》

【出处】载《同声月刊》第1卷第9、10、11、12号。

【作者小传】赵尊岳，见前。

【内容提要】《读乐学轨范札记》刊登在《同声月刊》第1卷第9号，《云谣集杂曲子跋》《唐人写本小曲三调跋》《唐人写本曲子影印本跋》刊登在第1卷第10号，《草堂诗馀跋》《乐府混成集考证书后》刊登在第1卷第11号，《尊前集跋》《绝妙好词跋》《全芳备祖词钞跋》刊登在第1卷第12号。叔雍跋记有以下特点：第一，版本渊源梳理清楚。以《云谣集杂曲子》为例，作者详细列出了五种版本，罗氏刻入《敦煌零拾》十八首词为第一刊本，吴伯宛刻印为第二刊本，朱祖谋刻印为第三刊本，刘半农得词三十首刊行为第四刊本，龙榆生印彊村遗书为第五刊本。在五种书中，后出转精，叔雍推崇第五刊本。第二，叙述词学流变。在跋《草堂诗馀》中，作者叙述了词选流行盛衰情况："花间晦于元明，迨杨升庵始为显之。阳春白雪晦于元明，迨阮芸台始为显之。绝妙好词晦于元明，迨朱彝尊始为显之。"第三，探讨商业因素对词选版本变化的影响。如《草堂诗馀》笺注本的出现："至直斋所记之二卷本是其最先流行之本，当无笺注，仅具正文。继而贾人见其适投时好，行销甚众,则必别有黠利之徒,起分杯之利,于是加以笺注,别为裁篇。注稿既繁,编次少异,则以二卷分为前后集。集各再分二卷,以示略有异同,更求货殖。"

《唱词臆说——玉田生讴曲旨要详解》

【出处】载《同声月刊》1941 年第 1 卷第 2 号。

【作者小传】赵叔雍,见前。

【内容提要】作者首先在前言介绍"唱词之法,夙已失传",而唱词之书中"莫详于张玉田《讴曲旨要》,由已推核有宋唱词之道",由于历来精于此道者不多,所以作者为它作注"试缕述其事,藉以仰测唱词之神情法度"。

作者首先将原文分成八部分,如其一:"歌曲令曲四掯匀,破近六均慢八均。官拍艳拍分轻重,七敲八掯靸中清。"其二:"大顿声长小顿促,小顿才断大顿续。大顿小住当韵住,丁住无牵逢合六。"其三:"慢近曲子顿不叠,歌飒连珠叠顿声。反掣用时须急过,折拽悠悠带汉音。"……其八:"举本轻圆无磊魄,清浊高下萦缕比。若无含韵强抑扬,即为叫曲念曲矣。"其次进行解释概念,如其一中解释"官拍、正拍也","在官拍之外,则曰艳拍"。再次,为使讲解更加明白,多引用郑叔问、陈能群讲解。如其二探讨"顿促"问题:"郑叔问注:顿读作敦,盖依玉田原注作都昆切。陈能群引玉田《词源》卷下音谱,自言慢曲不过百余字,中间抑扬高下,丁抗掣拽，有大顿、小顿、大住、小住、打揹等字。”

作者在文尾进行了总结：“总之，唱词所必须注意者，板眼、顿住、抑扬抗坠、念字行腔、落韵换气诸端，均已见于前八首中，而古今中外之歌曲，初亦不能外于此也。宋人唱词，按诸旁谱，每字一声，但其声之长短，则准诸板眼而定。且一字一声中，有顿、有住、有摇曳反掣。至其声之高下，则又按诸管色之高下而定。和声泛音，用得其当，念字必求正音，落腔勿出韵，斯为要著。”对于唱词的具体技巧进行了总结，突出了一些关键点。紧接着作者又从词的流变进行唱词简史的回顾，“唱词之法，原于汉之乐府，变而至于隋唐之法曲，唐之绝句，五代之小词，两宋之长调。徐文长谓至宋而古意遂微。……至南渡之后，永嘉杂剧，即为村坊俚曲，本无宫调，亦罕节奏，徒以取俾俗子士女之讴歌，所谓随心令也。渐渐而羼入词调，又以宫律相绳，而北曲代起，唱词遂衰。源流大概，约具于是”。音乐的变化促使了词亡，也使词之唱法衰微。

《为初学说作诗词门径》

【出处】载《同声月刊》第 1 卷第 11 号。

【作者小传】冬士，不详。

【内容提要】作者首论学诗词门径很重要，其次探讨“诗词中有义理、有辞藻”，再次论述如何探求义理与辞藻，追求义理要从心与事实两方面，辞藻要从古人之文章来求。具体而言，学词要先学北宋人小令,并学作慢词。小令不可从五代人下手,慢词不可作滑调。词选可选《宋六十家词选》,词律可选万树所作。

《词话》

【出处】载《同声月刊》第1卷第3号。

【作者小传】石狮头儿,不详。

【内容提要】由词话可知作者与汪精卫相识。词话两条,第一条叙汪精卫评云起轩词沉博绝丽乃是学梦窗,彊村词其灏起流转取法东坡。第二条汪精卫解读《云起轩词》中《金缕曲》,认为是为珍、瑾二妃所作。作者通过两则词流露出对汪精卫解词的崇拜之情。

《清词经眼录》

【出处】载《同声月刊》第1卷第12号,第2卷第1号。

【作者小传】龙榆生,见前。

【内容提要】共记录六家清词。(一)上元许宗衡《玉井山馆词》一卷,《玉井山馆诗馀》一卷。(二)金坛冯履和《浪馀词》一卷。(三)《国朝金陵词钞》八卷。(四)江宁邓嘉缜《晴花暖玉词》

二卷。(五)独山莫庭芝《青田山庐词钞》一卷。(六)闽县邓守廉《考功词》一卷。词话均按版本、词人小传、引词集序跋、词集评点,录词等程式写作。

兼对清代词学与地域词学有所评点,如评冯履和《浪馀词》时云:"清季倚声之学,盛极一时。然皆相尚以慢词,鲜专精于小令者。履和集中十则七为小令。"评《国朝金陵词钞》时云:"得词家九十一人,附闺秀十五人,计词一千一百二首。""大抵金陵在有清一代之词,搜罗几备。"评《青田山庐词钞》云:"黔南本号僻乡,倚声尤非所尚。"

【内容摘录】《青田山庐词钞》一卷,独山莫庭芝芷升撰。光绪己丑夏日,日本使署刊本,附印《青田山庐诗钞》后。卷尾有"日本东京木村嘉平刻"一行,楷书镌刻绝精。原藏安徽省立图书馆,经乱散出者也。有津门张体刚序,及曾玮、胡长新两跋。据跋语,则其书初为胡氏刊于铜江,不知何以又在东京精刻。

【学界研究】《龙榆生词学论文集》(上海:上海古籍出版社,2009 年)收录。

《吟边小识》

【出处】 载《同声月刊》第 1 卷第 12 号,第 2 卷第 10 号,第 2 卷第 6 号。

【作者小传】 俞陛云(1868－1950),字阶青,别号斐庵、乐静、乐静居士,晚号乐静老人、存影老人、娱堪老人,室名乐静堂、绚华室。浙江德清人,近代知名学者、诗人,并精通书法。俞陛云是经学大师俞樾之孙,现代著名文学家俞平伯之父。著有《小竹里馆吟草》《乐青词》《诗境浅说》《诗境浅说续编》《唐五代两宋词选释》《乐静吟》《清代闺秀诗话》等。

【内容提要】 首则引诸多诗词辨析秦少游《满庭芳》"山抹微云,天粘衰草"中"粘"今本作"连",为非,"若作连天,便无意味";二则录吕庭芝《鹤缘词》三首,江建霞《红蕉词》三首。建霞学词与庭芝,二者词颇相似,均"词笔妍秀"。

《南唐二主词辑述》

【出处】 载《同声月刊》第1卷第10、11号。

【作者小传】 俞陛云,见前。

【内容提要】 其为词选,后被收录于《唐五代两宋词选释》(上海:上海古籍出版社,1985年),选二主词之缘由,序中已有说明,首先是因为五代词重要,"传李唐之薪火,为赵宋之先河",二主词可与"薛、顾、韦、冯方美",而历代词选所选不多,因此为"振其绪而广其传",选中主李璟词六首,后主李煜词二十六首,先录词,后附评析。

作者评析按词之章法结构一一剖析,如分析中主《应天长》"词写春夜之秋怀……先言黄昏入倦,重帘三句更言楼静听风,下阕闻柳堤汲井……至结句乃点明更阑酒醒，愁病交加”。其次对相关词调之来历溯源较细，如“此调（望远行）数名，《词谱》名‘山花子’，为唐教坊曲；又名‘南唐浣溪沙’，《梅苑》名‘添字浣溪沙’；《乐府雅词》名‘摊破浣溪沙’；《高丽乐史》名‘感恩多’”。作者评析词句亦重视诗词之联系，如李煜《清平乐》“六一词之‘行人更在青山外’，东坡诗之‘但见乌帽出复没’皆言极目征人直至天尽处，与此词春草句，俱善状离情之深挚者”。或突出词人之创举，如“唐人浣溪沙本七言断句，至后主始制二段，每段尚存七言诗二句，盖因旧曲名”。

《词史卮谈》

【出处】 载《同声月刊》第1卷第5、7号。

【作者小传】 王蕴章，见前。

【内容提要】《词史卮谈》的核心论点是“诗有史，词亦有史”。作者认为：“……词则隐约其词，屈曲其声。……或托物以比兴……或借古讽今，余尝谓无论诗词文赋，皆须言之咏物……况词史之作，有系于一朝掌故。吉光片羽，皆遗山野史之余。血泪墨痕，尽虞信江关之赋。”作者认为符合词史标准的作品有两类：或托物比兴，或借古讽今，并列举了历朝符合此标准的作品，如潘佑讽谏李后主的《红梅词》，韦端己身在蜀国而思念南唐的《菩萨蛮》词，欧阳永叔记录党锢之祸的《蝶恋花》词等。

以上亡国之痛作品的选择可以理解王蕴章的词史观念,他自己则经历了清末一系列丧权辱国事件,直至清亡,这种深沉感受影响了他多年,如他在为《梦坡词》作序时说:“曩读蒋鹿潭《水云楼》感怀时事之作,及沤尹《庚子秋词》、半塘老人咏史诸什,皆言之有物,足备一朝之掌故,上比于少陵诗史。方今世变日亟,视昔人所遭更为过之,先生傥有意含宫嚼徵,以成一代词史之伟业乎?”

【学界研究】 陈水云《中国词学的现代转型》曾有论及。

《词学一隅》

【出处】 载《民意》杂志 1941 年 2 月。

【作者小传】 王蕴章,见前。

【内容提要】 全文分为词源、词韵、词律、词派、词史五个部分。在词源中,作者认为词产生乃是“长言之不足,则咏叹之原理”。“诗变而为词”;词韵与诗韵不同,诗歌讲究平仄,词还要讲四声;词律中认为词要辨入声、仄声之韵,要以万树《词律》为标准;词派中以周济宋四家为标准:清真词、稼轩词、碧山词、梦窗词。词史即以词录史,主要以词记录亡国之痛为例,以宋亡与清亡两个阶段为例。五个部分中以词史部分篇幅较长,其余部分均浅显短小。体现出演进稿的特点,也可看出作者对于词学之修养不是很深。关于词史,作者另有《词史卮谈》一文。

《读词随笔》

【出处】载《同声月刊》第1卷第2号。

【作者小传】龙榆生，见前。

【内容提要】随笔有四部分组成：清词之选本、湖海楼词（陈维崧）、曝书亭词（朱彝尊）、饮水词（纳兰性德）。在“清词之选本”中，作者首先强调选本之重要，唐诗宋词作家千万，而我们熟悉者不过数十人，每人不过数首，选本在诗词传承中起到了不可替代的作用。同时，作者针对民国时期影响很大的胡适编选的《词选》提出了批评，“即如近人胡适之词选，力主苏辛，而于稼轩之词，专取其浅鄙不经意之作，贻害词林”。关于清词之选本，作者推崇谭献《箧中词》与朱祖谋《词莂》。而朱祖谋还参与叶恭绰《清词钞》的编选工作，手定陈维崧、朱彝尊、纳兰性德、张惠言、周之琦、庄棫、谭献七家，作者在报刊上就朱祖谋所选陈维崧、朱彝尊、纳兰性德三家词进行评述。

上述三家词，作者都是按照小传、词家评述、录词三种固定程式写作。对于陈维崧词，作者首先进行了赞誉，“自有词人以来，作品之富，未有过于迦陵者。其影响词坛之巨，虽不及彝尊之自开浙派，而二百年来号称苏辛者，固莫不以迦陵为宗”，然后如实评述学迦陵词弊病，“其末流虽不免粗犷叫嚣之失”。作者录朱祖谋选录的《湖海楼词》三十二首，包括小令与慢词。对于朱彝尊词，引陈廷焯词话评其优点“疏中有密”,“《蕃锦集》运用成语,别具匠心”,“《静志居琴趣》一卷尽扫陈言,独出机杼”等,缺点“词伤于碎”,共录词二十四首。对于纳兰词,引谭献评与彊村先生评,谭献评其词为“词人之词”,与蒋春霖、项鸿祚并称;朱祖谋拟之为晏幾道,作者认为彊村之比最为确当。结尾录纳兰词十一首。

《方外词话》

【出处】载《同声月刊》第2卷第6号。

【作者小传】述庵,不详。

【内容提要】词话以人存词,录僧人释正平《菩萨蛮》词两阕,虽是艳词,却很清雅。

《花阴偶笔》

【出处】载《同声月刊》第1卷第4号。

【作者小传】清凉山民,即龙榆生。

【内容提要】词话以汪精卫最喜陈曾寿菊花诗为引子,作者检索陈曾寿《旧月簃词》,发现咏菊词五阕,作者录二阕,分别是《木兰花慢·旧京移菊憔悴可怜感赋》《八声甘州·十月返湖庐晚菊尚余数种幽媚可怜》。

【学界研究】《龙榆生杂著》收录。

《筠轩漫录》

【出处】载《同声月刊》第1卷第10号。

【作者小传】蕙瑜,不详。

【内容提要】作者读《水云楼词》,有感于"满纸秋声,掩抑低回,不能自已",录《凄凉犯·夜泊万福桥》《台城路·丽生自金陵围城出为述沙洲避雨光景感成此解》,认为二词"写烽烟流离之状,恍同亲历",所以蒋春霖被誉为"倚声家之老杜"。

《清季词家述闻》

【出处】载《同声月刊》第1卷第7号。

【作者小传】夏纬明(1906-1972),江苏江阴人。清季词人夏孙桐之子,其父亲与诸名流多为旧识,所以了解清季词坛掌故。

【内容提要】词话首叙王半塘与朱祖谋,突出了半塘与彊村的刻词与校词之贡献。叙潘文勤公突出了其词学推崇周济《宋四家词选》;在词选上推举成肇麐《五代词》《汲古阁六十家词》及谭献

《复堂词》;郑叔问精研音律,《瘦碧》《冷红》词脍炙人口;况蕙风词话为后进所服膺。最后总结道“清季词学,以半唐(塘)、彊村为大宗,所举诸人,皆为其羽翼”,突出了王半塘与朱彊村的核心地位,也厘清了清季词学发展脉络。

《谈谈作词》

【出处】载《立言画刊》第167期,1941年。

【作者小传】金受申(1906－1968),曲艺史家,民间文艺家,民俗学家。原名金文佩、又作金文霈,字泽生,北京人,生于满族镶黄旗家庭,家道衰落,由叔父抚养。他十七岁在北京市立第一中学读书时即为报刊撰稿,以稿酬弥补生活和购书之用。二十一岁考入北京大学研究所国学门研读,至二十五岁。从民国十五年(1926)起一直在北京从事教育工作,曾在十多所中学任教,还当过华北大学等高等学校的讲师。他还是名医汪逢春、赵树屏的弟子,兼任过华北国医学院教授。1953年经作家老舍介绍,调入北京市文联工作,直至病逝。

金受申有《公孙龙子释》《稷下派之研究》《古今伪书考释》《国故概要》《中国纯文学史》《清代诗学概论》《仄韵楼诗话》等多部学术著作出版。二十世纪三十年代起,他就以“北京通”(或“北平通”)专栏在《立言画刊》《一四七画报》等报刊上发表介绍北京生活的文章,计有二百多篇,一百多万字,此外,任《立言画刊》编辑。一系列谈词文章也是发表在《立言画刊》上。

【内容提要】该文虽为白话,却从中可以看到民国时期普通人学词之经历,别具价值。作者自叙学词近二十年,最初三五年从小令中调开始练习,民国十四、十五年对慢词长调发生兴趣,以能填《莺啼序》为成功。后作词稀疏,但读词却更有兴趣,又进而喜欢填词多字的小令、少字的中调。文中又透露了与民国词学教育有关的内容,作者深受清华大学俞平伯先生讲词的影响,俞平伯先生讲词好援引小词为例,作者也深爱小词。

《榆香拾存(卷中)》

【出处】载《同声月刊》第1卷第4号。

【作者小传】张开均,不详。

【内容提要】论词仅一则,录赵梅岑《一丛花》,为天下薄命书生哭。按赵文魁字梅岑,生于1870年,男,怀安左卫镇人。幼读私塾,是清末秀才。清光绪三十二年(1906)毕业于宣化师范。民国初,与当地绅士创办左卫镇小学校,为校长兼校董,并委以县东区教育会常务干事。

《词林要籍解题》(附：近代名家词集)

【出处】载《同声月刊》1941 年第 1 卷第 4 号。

【作者小传】龙榆生,见前。

【内容提要】作者在题前序言说明了解题之缘由,首先论解题之重要"辨学术之渊源,导研究之途径",而且词学从古至今"专集选本,充栋汗牛。非有提要之编,难免望洋兴叹",所以作者要撰写《词林要籍解题》。

此期刊登的是《近代名家词集》中的《水云楼词二卷水云楼词续一卷》,是蒋春霖撰。全文按照作者传略、版本流传简介、近代诸家之评论、水云楼词特色四部分撰写,是以现代学术论文结构来容纳词话之内容。在作者传略中首先突出传主悲剧性的一生,指出其不善治生又随手挥霍的缺点,亦是其悲剧的促成因素之一。在第二部分中探讨了蒋氏词学观,突出了其常州词学的特点。蒋词版本有二,《水云楼词》二卷为作者自定之本,《词续》为后人所刊,《词学季刊》创刊号又得其佚词九首,可见其词流传之不易。第三部分近代词家评中引谭献、陈廷焯、冒广生、刘毓盘词评,以陈廷焯、冒广生所评最为详细,以谭献评最为确论。陈廷焯总论蒋词"深得南宋之妙,于诸家中,尤近乐笑翁",引用蒋词近二十首进行分论。冒广生总论蒋词"哀感顽艳,穷而益工",引词六首。谭献评蒋"与成容若、项莲生,二百年中,分鼎三足。咸丰兵事,天挺此才,为倚声家老杜”,评价甚高。最后部分,作者在前人论述的基础上进行总结,认为标准是“以能表现时代精神者为极致”,而蒋词则能体现咸丰兵事,所以为首,作者引《木兰花慢》(泊秦淮雨霁)、《浪淘沙》(云气压虚阑)、《扬州慢》(野幕巢乌)等八首词为证。

《惜阴堂明词丛刻叙例》

【出处】载《同声月刊》第 1 卷第 7 号。

【作者小传】赵尊岳,见前。

【内容提要】作者首先叙述刊刻明词之重要,云:“世薄明词,而一朝文物所贻,弈叶兰畹之盛,宁可以囿于耳目?而漫笔讥弹,彊翁结集,幸已观成,曷不继起?汇刻明词,汲古四印,功在声党,续有纂述,晚出愈精,及此不图,将悔无及?”由于况周颐言明词向来被人轻视,但是明词有自身之价值,如果继朱祖谋而刊刻明词,亦将青史留名。其次叙述了在编纂过程中众人的帮助:“而番禺叶遐庵社长、江宁唐圭璋、永嘉夏瞿禅、闽侯黄公渚、万载龙榆生教授,亦每各就所见,不吝流通。”

接着进入论述核心,探讨明词价值。首先作者认为不能因明词声律之疏的弊病,就对明词一棍子打死。其次叙述了明词的词史:开国时,青田、扣弦、眉庵、清江诸子,思理绵密,韵调流美;中叶而后,词开始变衰。原因有两个,“曲令渐繁”与“鄙语村谈,俯拾即是”,曲乐兴盛与词内容俚俗化严重,词道为之不尊。但是明清易代之际,词一变为“凄凉激楚”,如“陈卧子、夏存古、张元箸、吴日生、陆真如诸家,典雅清雄,别具胜概”。

明代词家众多,身份多样,如“明代庙堂宗室,均有传词”,“显宦亦雅善倚声”,“大儒如章枫山、邱琼台、薛方山、毛古庵、陈几亭、陆桴亭诸家,亦各以词传”。歌姬与闺秀亦有词传。

明代词学论者多目为衰歇,如词选方面“独有明三百年来,绝少选家”,这是总体而言,即便个别词选如“《百琲》《词林》诸选,抉择未精”。词话方面“升庵、渚山而矣”,“升庵饾饤,渚山抱残”,即便散见诗话杂家者,亦正寥寥可数。

最后列出叙例,共十二条。叔雍叙例实事求是,既探讨明词之衰(词道不尊,词学研究不振),也肯定明词之成绩,如作家鼎盛,词集较多。叙例最后一段可以见出作者积十年之功,编纂而成,实属不易。这些为今日明词研究的繁盛奠定了基础。

《学山词话》

【出处】载《同声月刊》第1卷第8号。

【作者小传】夏敬观,见前。

【内容提要】从《学山诗话》中辑录论词三则,第一则录文廷式词《沁园春》一首,因词檃栝《楚辞·山鬼》篇意。文廷式尝谓“全以《楚辞》入词,可另开一境界”;第二则记康熙年间程颖著有

《松风阁琴谱》二卷，录当时制词曲之十二名家入琴谱，如王阮亭、朱彝尊、顾梁汾等，皆当时名词人；第三则录文廷式《贺新郎》词一首，为珍、瑾二妃谪遣作也。

1942

《寒夜谈词》

【出处】载《立言画刊》1942 年第 174 期。

【作者小传】金受申，见前。

【内容提要】重点讨论词律与词韵的问题，作者曾作慢词《声声慢》《洞仙歌》《水调歌头》，深感词的韵脚与平仄并不是一部词谱、一本词韵就行的，作者举例：“例如词调中应用仄声韵，要有几百调，普通只注明仄声韵，而其中有不少用入声韵。”用错了便会失去词的韵味。最后作者开了书目：李清照《词论》、杨守斋《作词五要》、张炎《词源》、陆辅之《词说》、周止庵《词选序论》、况周颐《玉梅词话》、王国维《人间词话》、刘毓盘《词史》、吴梅《词学通论》、许之衡《词学源流》。这份书单中一半的书是作者同时代作者所编写,可以看出作者对民国词学的关注。

《读词琐记》

【出处】 载《立言画刊》1942 年第 176 期。

【作者小传】 金受申,见前。

【内容提要】 这篇文章主要谈作词的严谨态度,作者引周密《减字木兰花慢》(咏西湖十景序),感叹"十首八十四字的慢词要修改数月,可见其难"。

词话有两点值得注意,一段谈及民国词学教育的感受,一段点评民国邵倬翁太史的四首《菩萨蛮》。前者云:"我在各学校教国文时,也把词来给学生讲,先钞作词人小传,再说说诗变词、词变曲的史的记载。最后讲词的原文,如更能美读一下,似念似唱,那就更显得有本事了。最大胆的,学生作诗词,我也敢改,而且无不翕服。"从这段论述,我们可以看出民国词学的教育是如何进行的。

《谈谈福堂体》

【出处】 载《立言画刊》1942 年第 180 期。

【作者小传】 金受申,见前。

【内容提要】这是作者对某一个词学问题的具体研究，作者首先介绍福堂体，是一种文字游戏，但是对于词学初学者有一定好处，因为通体一韵，则韵上相联系的一个字或一句，必须避免重复，而且句法变化不同，对于以后作窄韵诗、险韵诗，则能运用自如。作者以山谷、稼轩、竹山诸作，分别进行讲解。

《读词劄记》

【出处】载《立言画刊》1942 年第 188 期。

【作者小传】金受申，见前。

【内容提要】文章从《水龙吟》的句法，谈到词的句法，词之句法重要可如陈锐先生所言“尝览柳、周诸大家，音律至精”，但字句或有不齐，如同一七言句，有上三下四之分；同一五言句有上一下四之别。作者又引陈锐《词比》中“上三下一句”“上一下三句”“一字领四句”“一字领五句”等十六种句法。以现代语法结构分析传统文学，令人耳目一新，开后来吴世昌先生的读词之先河。

《沤庵词话》

【出处】载《杂志》1942 年第 10 卷第 2、3 期，1943 年第 5 期，

1943年第11卷第1期。

【作者小传】沤庵，据词话知其为苏州吴江人。

【内容提要】词话共二十三则，主要内容有对王国维词话的探讨，如对“境界说”“有我之境”“无我之境”的探讨。提出了“自然化境者，词中最高之境界”的观点。如何能达到化境？作者说：“心物一境，内外无间，超乎迹象，而入乎自然化境”，“余谓词人触景生情，感物造端；亦复融情入境，比物连类；故外界之物境与其内在之心境，常化合为一。”对词之创作的探讨，如小令：“词莫难于小令，以其体纤弱，明珠翠羽，未足方其清丽，要必有鲜妍之姿，而得隽永之趣，斯为上乘。”注重炼字炼句，如：“词之工拙，固非争胜于一字，而昔人于此，亦复几费斟酌。盖以一字之妙，足令全句生色也。”表达上要含蓄：“词称绮语，言情之作，固所不免。唯闺襜好语，吐属易尽率露之多，秽亵随之。要当以清丽之辞，写缠绵之思，乐而不淫，哀而不怨，斯为名贵。”对于词的风格，推崇厚、雄、灵、淡：“词之厚，在意不在辞；词之雄，在气不在貌；词之灵，在空不在巧；词之淡，在脱不在易。”

【内容摘录】王静安论词，标举境界。所著《人间词话》谓：“有境界则自成高格，自有名句。五代北宋之词所以独绝者在此。而境界非独谓景物也。喜怒哀乐，亦人心中之一境界。故能写真景物，真感情者，谓之有境界，否则谓之无境界。”余谓词人触景生情，感物造端；亦复融情入景，比物连类；故外界之物境与其内在之心境，常化合为一。当其写物境也，往往以情感之渗入，而熔铸为主观之意境，非复客观之物境。当其写心境也，往往借景色之映托，而寄寓于外界之物境，非复纯粹之心境。是故能写“真景物”

者，无不有“真性情”流露其间；能写“真性情”者，亦无不有“真景物”渲染于外。心物一境，内外无间，超乎迹象，而入乎自然化境。自然化境者，词中最高之境界。

【学界研究】胡建次、王育涵：《〈沤庵词话〉词学思想探论》，《南京师范大学文学院学报》2018 年第 1 期。

《迎秋馆杂缀》

【出处】载《同声月刊》第 2 卷第 7 期。

【作者小传】龙榆生，见前。

【内容提要】五则，其中论词两则。一则录徐树铮《金盏子》词，词里透出“兀傲纵横之气”。一则录陈衡恪《庆清朝·咏海棠》词，“亦殊凄艳可喜”。两位都非词人，而所作词都与人物身份相关。徐树铮为民国早期枭雄，陈衡恪则是艺术家。

【学界研究】《龙榆生杂著》收录。

《清代闺秀诗话》

【出处】载《同声月刊》第 2 卷第 1、2、3 期。

【作者小传】俞陛云，见前。

【内容提要】里面与词人相关者五则，第一则彭玉嵌，录《瑞鹤仙》词两句，“算来色色宜人，只有新诗妒汝”。第二则叙词人徐灿生平，有《拙政园》词行世。第三则叙清代闺秀工填词者，清初徐灿，嘉庆、道光推顾太清、吴　香。第四则介绍阮湄川，“诗词皆韶秀”。第五则介绍顾太清生平，对其词评价“诗如其词，格高笔健，意无不达也”。

《宫调辨歧》

【出处】载《同声月刊》1942 年第 2 卷第 9、10 期。

【作者小传】钱仁康（1914－2013），笔名钱万选，生于江苏无锡。音乐学家，音乐理论家。1941 年毕业于国立音乐专科学校理论作曲组。历任中央大学（南京大学前身）、北平师范学院、苏州国立社教学院、江苏师范学院（苏州大学前身）、苏南文教学院、华东师范大学音乐系教授、上海音乐学院音乐学系系主任、博导，中国第一位音乐学博士生导师。

【内容提要】该文是以传统词话体写的新式词学论文。作者言作此篇缘由：“宫调之理甚简，而世都为陈言瞽说所晦。论者愈众，歧误愈甚。诚所谓治丝而棼，心目俱乱者也。爰为参证群书，辨其谬误，析其条理，草为是篇，聊供今后治乐者之一助云尔。”按照正名第一，辨调第二，辨律第三，全文三万多字。结构严谨，论证严密，例如在正名第一中，按照“祖调之歧义”“角闰之通假”“定律之参差”“俗名之混淆”“宫调之混同”,为了使叙述更清晰。论证更有力,乃作八十四调表、燕乐二十八调异名表论证。在关于宫调等音乐的考察过程中,也涉及对姜夔《白石道人歌曲》资料的使用。《白石道人歌曲》共载有琴曲一首,《越九歌》十首,词调十七首。词学家夏承焘《白石十七谱译稿》还将白石十七首词固定调的燕乐半字谱翻译为首调工尺谱,遗憾之处是难以歌唱。

该文颇有创新性,文章指出了凌廷堪《燕乐考原》、冒广生《疚斋词论》、吴梅《顾曲麈谈》、王光祈《中国音乐史》等著作的错误。例如该文指出了王光祈《中国音乐史》的四处错误,并一一辨析(陈应时:《一篇有助于解决“变”、“闰”争议的重要论文——读钱仁康宫调辨歧》,《音乐研究》,2002 年第 3 期)

【学界研究】 钱亦平主编《钱仁康音乐文集》收录。

《三六九画报词话》

【出处】 载《三六九画报》第 13 卷第 9 期至第 15 卷第 18 期,1942 年。

【作者小传】 署名先后有“词客”“靖梅”两人,不详。

【内容提要】 词话共三十则。主体是传统词话写作方式,词话以词人逸事、生平为主,主要围绕晚唐五代、宋代词人,如张志和、冯延巳、李后主、张泌、苏轼、柳永、周邦彦、辛弃疾、姜夔、朱熹、刘改之,取材多是传统笔记,对辛弃疾记述较多。

此外也关注到民国词人，如作者向朱祖谋请教词韵，“翁因言词韵向无专书，宋《菉斐轩词韵》，今已失传。坊间所见《词林要均》，题为菉斐轩刊本者，系后人委托。因无入声部，是为北曲韵书，非词韵明也。其他韵书，详略不同，实严互异，并难依据。宜以戈氏《词林正韵》，四印斋刊本为定本”。评邵瑞彭词有窘涩之病。

“靖梅”署名词话者也颇有意思，由欧阳修词、李后主词、李清照词谈感情话题，又引欧阳修词《南歌子》描少妇的媚态，清人俞庆曾《醉花阴》词写伉俪之情。

《集宋词帖》

【出处】载《同声月刊》第2卷第8期。

【作者小传】易孺，见前。

【内容提要】集宋词帖实际上是文字游戏，关于缘何为之，作者在序言中有所交代：“昔有集句一体，颇见机巧。集诗语者夥，继起遂集词语……今年暑病，会未有已第力疾作书画，都百余事，殊在意外。顾尝信臆所有，戏集宋人词为联，以隶作小楹帖。”集成二十联，皆宋名家如辛弃疾、周邦彦、陆游、姜夔、周密、蒋捷等。有四字句、五字句、六字句、七字句。四字句如“独咏苍茫，忍寒滋味”；五字句如“更说道花枝，念恨如芳草”；六字句如“旋题罗带新诗，莫倚高楼喷笛”；七字句如“一春弹泪说凄凉，三径都荒长却扫”。所集内容如上所述“悲壮苍凉，如无缝天衣，亦所谓借他人杯酒，浇

胸中块垒者也”。（龙沐勋跋）

《况夔笙〈蕙风词话〉诠评》

【出处】载《同声月刊》第 2 卷第 2 期。

【作者小传】夏敬观，见前。

【内容提要】该词话虽然以评《蕙风词话》为主体，但是蕴含作者比较系统的词学思想，即如何创作，包括读词、作词、词外求词、评词等。关于读词的选本，“夫初步读词，当读选本。选本以何者为佳，不能不告之也。故予答来问，必先告以读《草堂诗馀》及《绝妙词选》”。夏敬观认为在作词前，应先理清思路，思路清楚之后，才可步步推进，这样即使浅显也没有关系。如果思路不清，后果会很严重：“若理路未清，而东偷西窃，驳杂无叙，遂永无成就之希望矣。”在作词的过程中，夏敬观指出，首先，要重视起句，因为“一开口，便须笼罩全篇。若以不相干之语，虚引而起，全篇委靡不振矣”。其次，是要注意如何选韵，选韵的关键与律调有关：“作词选韵，须看是何律调。有宜用支脂韵……有宜用东冬韵……拈调后，参看多数宋人同调之词。诸词唯用一类者，则只可在一类中择之。两类均有用者，则不拘。”再次，要注意讲究对偶：“词中对偶最难做，勿视为寻常而后可。又有一句四字，一句七字，上四字相对者。其七字句之下三字要能衔接。五字句七字句对偶，忌如诗句。”最后还要注意用勾勒之法。

如何才能提高写词的能力，创作佳篇？夏敬观认为应当是“词外求词”。第一，要多读书，讲学力。“多读书，始能医俗”，多读书便可多知道典故，但是典故用得太多就会产生“搬弄家私”的弊病，沦为“词之贼”。因此正确的方法应该是通过多读书来增加学力：“作词功力，能渐至于名家，既要天分，亦要学力。有天分而无学力，终不能大成也。”只有将所读之书转化为自己内在的学力，才可大成。第二，词人应当有襟抱，求高格。创作者的气质、品德与作品水平的高低、风貌有很大的关系，如果词人“绝少襟抱”，词便会“无当高格”。因此要想作出好词，词人本身的素质怀抱也需要提高。

评词有两个标准，即词意与词境。夏敬观认为词意要达到“神圆”，词境要达到“神穆”。

词话还有对清词的看法，如：“清初词当以陈其年、朱彝尊为冠。二家之词，微论其词之多涉轻巧小，即其所赋之题，已多喜为小巧者”，“余前言学词不可从清初词入手，即是此意。清初词轻倩者多，未知词之品格高下者，最易喜轻倩一路，以倩易于动人耳。嘉道前词人，喜为姜、张，正是好轻倩之故，即有成就，所谓成就其所成就也”，“乾嘉时词，号称学稼轩、白石、玉田，往往满纸皆此等呼唤字，不问其得当与否，遂成滑调一派。”这三点谈的是清词的劣势。

【内容摘录】 清初词当以陈其年、朱彝尊为冠。二家之词，微论其词之多涉轻巧小，即其所赋之题，已多喜为小巧者。

余前言学词不可从清初词入手，即是此意。清初词轻倩者多，未知词之品格高下者，最易喜轻倩一路，以倩易于动人耳。嘉道前词人，喜为姜、张，正是好轻倩之故，即有成就，所谓成就其所成就也。

乾嘉时词，号称学稼轩、白石、玉田，往往满纸皆此等呼唤字，不问其得当与否，遂成滑调一派。

盖乾嘉人学乾嘉词者，不得谓之有成就，尤不得谓之专家，况氏持论过恕。其下以纳兰容若、厉太鸿为喻，则又太刻。浙派词宗姜、张，学姜、张亦自有门径，自有堂奥，姜、张之格，亦不得谓非高格，不过与周、吴宗派异，其堂奥之大小不同耳。

【学界研究】唐圭璋《词话丛编》收录。

《宋词作法概说(一)》

【出处】载《民族诗坛》1942 年第 4 卷第 6 期。

【作者小传】唐圭璋，见前。

【内容提要】词话分析柳永词作十三首：《曲玉管》《雨霖铃》《蝶恋花》《采莲令》《浪淘沙慢》《定风波》《少年游》《戚氏》《夜半乐》《玉蝴蝶》《八声甘州》《迷神引》《竹马子》。王安石二首：《桂枝香》《千秋岁引》。王安国一首：《清平乐》。晏幾道四首：《临江仙》(一首)、《蝶恋花》(二首)、《鹧鸪天》(一首)。

词作分析章法谨严，首先总论，次析语句，间引他人词话证之。总论或写风格如柳永《雨霖铃》："此首写别情，尽情展衍，备足无余，浑厚绵密，兼而有之。"或叙结构，如柳永《蝶恋花》，"上片写境，下片抒情"，均言简意赅。分析语句则细致入微，如析柳永《玉蝴蝶》："下片极写心中之抑郁。'难忘'两句，回忆当年之乐。'几孤'句,言文酒之疏。'屡变'句,言经历之久。'海关'两句,言隔离之远。'念双燕'两句,言思念之切……"一步步将内心抑郁之感受,如剥茧抽丝般呈现给读者。在对词作的赏析中也涉及了对词人总体特质的把握,如分析晏幾道《蝶恋花》(醉别西楼醒不记)时说:"二晏并称,小晏精力尤胜,于此可见。"

【内容摘录】 此首写残春景象,颇为名隽。起句言莺语留春,已饶韵味。"费尽"二字,倍显留春之殷勤。"满地"两句,倒装句法,言残花经雨狼藉之状,亦见惜春、惜花之深情。换头,因残春足悲,故托之琵琶弹出。"不肯"两句,更写杨花之自在,以喻人之品格孤高。(评王安国《清平乐》)

【学界研究】《唐宋词简释》收录,所收柳永篇目略有变化。

《艺文丛谈:诵帚词筏》

【出处】 载《读书通讯》1942 年第 40、41 期。

【作者小传】 刘永济,见前。

【内容提要】 词话分为《总术》与《取径》两大部分,序言借用佛经之喻,意在作此词话给学词者以指点门径之便。《总术》中第一谈清空、质实之辨:首先梳理了词史,张炎提出清空质实之说,经浙派朱彝尊推崇,又经常州派张惠言、周济加以变化,晚清况周颐与王半塘加以深化,使得理论日趋完善;接着词话评论:"又按清空云者,词意浑脱超妙,看似平淡,而义蕴无尽,不可指实。"第二谈襟抱,首引《蕙风词话》中襟抱之论“此事不可强,并非学力所能到”,词话论到“按襟抱、胸次,皆非专由学词工力所能得,特工力深者始能道出之耳。襟抱、胸次纯在学养,但使情性不丧,再加以书卷之陶冶酝酿,自然超尘”,对如何涵养襟抱提出了见解,必须学养、性情、书卷三者具备。然后以苏轼《定风波》说明。第三论性情。词话认为性情是一切基础:“自来品目文艺,有曰风度,有曰气象,有曰气格者,皆指性情所得养,而形诸笔墨者言也。”第四论境界,首先引《蕙风词话》及《人间词话》之论,然后词话总评“所谓词境、意境、境界者,况君之言最微妙,王君之言最明晰”,作者由评词论及文艺,“文艺之事,析之有三端。一者,人情;二者,物象;三者,文词”,进一步论述三者关系“文词者,人情、物象所由见者也;人情、物象者,文词所依之以成者也”,与词境、意境的关系“偏举之,则或称意境,或称词境;统举之,则浑曰境界而已”,最后认为与前论风度、气象、襟抱、胸次可以参会。第五论常州派寄托。作者由张炎、周济之论拓展到研究文艺的门径:“一曰通其感情;二曰会其理趣;三曰证其本事。”陈文新教授认为“总术”的核心理念是:一个词人,人格涵养和学词功力是不可偏废的两个方面。而以上探讨的如清空、质实;襟抱、胸次;风度、气象、气格;词境、意境、境界;性灵、寄托,则从不同侧面展现了人格涵养和学词功力的理想境界。①

《取径》是针对词人如何取法而言。第一论述历代词人之优

① 陈文新:《刘永济论“填词之事”》,《中华诗词研究》第二辑,上海:东方出版中心,2016 年。

点："欧晏诸公，品格极高，而浑融超妙，不易窥其涯际"，辛词难以达到者是词外性情、学问，梦窗词难以达到者是词内清气、魄力。同时指出词人亦有瑕疵，初学者难以辨明如空滑、纤巧之语。第二论述读词之法。词话赞同况周颐取古人意境绝佳者与自己性灵相互融合的读词之法，同时要注意学古在于自出面目而不能泥古。第三论述文家造诣的境界，有三重境界，初始是性灵为主，其次是学力日进，最后是以性灵运学力。这也是填词的三层境界。

【内容摘录】 文家造诣，略有三境：其初纯任性灵，弥见聪慧，其长处有非专恃学力者所能及，其弊也则或入于纤巧而伤格；及年事日增，学力日进，其长处则组织工炼、词藻富丽，而弊在质实而伤气；唯有性灵而不流于纤巧，有学力而不入于质实，以学力辅性灵，以性灵运学力，天人俱至，自造神奇之境，斯为最上，斯为成就。

【学界研究】《刘永济集》中《词论》一章收录。

《海日碎金》

【出处】 载《同声月刊》1942 年第 2 卷第 11 期。

【作者小传】 沈曾植，见前。

【内容提要】 词论词片言乃遗著，是好友"结集其生平所著书，编成目录，以杂见诸书中之单辞碎义者，别为眉语若干卷……

命之曰海日碎金”。

词话点评了陈亮、蒋捷、高观国、张炎、姜夔、元好问等，如“陈同甫与稼轩为友，其人才相若，词亦相似”，“竹山词如苏灵芝书”，“词品喻诸诗，东坡稼轩，李杜也；耆卿，香山也；梦窗，义山也；白石、玉田，大历十才子也。”

【内容摘录】词要恰好，粗不得、纤不得、硬不得、软不得，不然，非伧父即儿女矣。

词壮语要有韵，秀语要有骨。词之妙莫妙于以不言言之，非不言也，寄言也。如寄深于浅，寄厚于轻，寄劲于婉，寄直于曲，寄实于虚，寄正于余皆是。词有阴阳，阴者采而匿，阳者疏而亮，本此以等诸家之词，莫之能外。词进而人亦进，其词可为也；词进而人退，其词不可为也。

《疚斋词论》

【出处】载《同声月刊》第2卷5期至第3卷第12期。

【作者小传】冒广生（1874－1959），字疚斋，号鹤亭，又号鸥隐，江苏如皋人，沤社、午社词人。光绪二十年（1894年）举人，历任刑部、农工商部郎中。入民国后历任财政部顾问，浙江海关调查员，全国经济调查会会长，后任《广东通志》总纂，三十年代在上海曾任《青鹤》杂志主编，后任中山大学教授。中华人民共和国成立后备受礼遇，被聘为上海文物保管会顾问。撰有《小三吾亭词话》《疚斋词论》《四声钩沉》《小三吾亭词》《小三吾亭文甲集》《小三吾亭诗》《如皋冒氏词略》等著作，今人辑录《冒鹤亭词曲论文集》。

【内容提要】《疚斋词论》对词音乐、体制、韵律等相关问题的研究比较细致，全书分为三卷。卷上：论艳、趨、乱；论大遍解数；论折字；论鬲指；论近慢；论双遍及过遍；论和声；论虚声；论官韵；论增、减、摊破；论声、字相融。卷中：论选韵；论选调；论平仄须注重遍尾；论唱法；论词有谜语；论词有俳体；论词有平、仄通叶。卷下：论词有集词；论词有联套；论摘遍；论歌头第一；论小令；论角、征二调。

《疚斋词论》中有两点内容值得关注：一是对词乐中疑难概念的注解，二是论词有平仄通叶。

（一）对词乐中疑难概念的注解

冒广生《疚斋词论》卷上第一条即对“艳、趨、乱”进行了解释，之所以解释这两个字，是因为《宋书·乐志》言：“乐府前有艳，后有趨。”而这二字无人能解。冒广生认为“艳”即今“引”字也，他以《乐府诗集》有《三妇艳》《罗敷艳》，《辍耕录》载有《四妃艳》《球棒艳》为例：“今词牌有《罗敷艳歌》，此艳字之仅存者。然既曰艳，即不得再加歌字。”他认为“趨”即今之“煞”字，是由于俗工将形旁相近的字互相替代造成的结果，“趨”作“趋”，又急作“煞”，后又用“殺”，最后变“杀”，当“煞”“殺”“杀”同行后，“趨”字最后作废了。至于“乱”字，他认为“破字行而乱字废矣”，乱字即是破字之义，破即“在曲将终时，五音杂奏，即《论语》‘关雎之乱洋洋盈耳’之乱字耳”。冒广生将这些词乐中无人能解的疑难概念一一厘清,推动了倚声之学的研究。

(二)论词有平仄通叶

冒广生认为词牌中叶韵可平可仄者,不独白石《满江红》改仄为平也。还有一首之中平仄通叶者,“如《西江月》《换巢鸾凤》《哨遍》《戚氏》,皆是也。而《哨遍》《戚氏》两调,最为难读。《哨遍》暗韵最多,加以增叠、增韵、减句,则尤难之难者”。冒广生先后例举了苏轼、辛弃疾、刘克庄、方岳的《哨遍》,通过对它们的分析指出万树《词律》“不能分字之正、衬,又误将暗韵一律作叶”的误读。冒广生平仄通叶的观点与其《四声钩沉》中认为四声不指平上去入的观点也是有一定相通之处的。

冒广生在《疚斋词论》中还指出了前人的错误,除了前面提到的万树外,还在“论选韵”一节中,对杨瓒的《作词五要》做出了批评:“其第四云‘要随律通押,如《越调水龙吟》《商调二郎神》,皆合用平、入声韵。古词皆押去声,所以转折怪异,成不详之音。昧律者反称赏之,真可解颐而启齿也’其持论似极精。耆卿集中,无《水龙吟》,有《二郎神》;清真集中,无《二郎神》,有《水龙吟》,均上去通押。东坡无论,柳、周皆词圣,而所作均不限平、入声,则紫霞翁说,亦可破也。”杨瓒认为《越调水龙吟》《商调二郎神》应当用平声韵与入声韵,而冒广生举柳永与周邦彦的词为例说明,周、柳二人并未按照杨瓒所说用平韵与入韵,而是用了上声韵与去声韵。

【学界研究】 张璋《历代词话续编》收录。

《海绡说词：宋周邦彦片玉词》

【出处】载《同声月刊》1942 年第 2 卷第 6 期。

【作者小传】陈洵(1871－1942)，字述叔，广东新会人。朱祖谋见其词，甚加推许，与临桂况夔笙称为“并世两雄，无与抗手”。朱祖谋又为陈洵校印所著《海绡词》，其后收入《沧海遗音集》，晚岁经朱祖谋介绍教授广州中山大学。又有《海绡说词》被唐圭璋《词话丛编》收录。

【内容提要】《海绡说词》共两部分，一是“通论”，包含十二条目。二是阐释具体词作，讲解作法。本文是解读词家中的摘选清真词。词话解读清真词近四十首(清真词共二百余首)，如《瑞龙吟》(章台路)、《兰陵王》(柳阴直)、《琐窗寒》(暗柳啼鸦)等。解读词篇幅不一，长者一段，如《瑞龙吟》(章台路)、《六丑》(正单衣试酒)，短者一句话如《满庭芳》(风老莺雏)，“海绡翁曰：‘层层脱御，笔笔勾勒，面面圆成’”，长篇解读者多强调章法，如首词《瑞龙吟》(章台路)，“第一段地……第二段人……以下抚今追昔，层层脱御”，然后解释结构及笔法“访邻寻里”今，“同时歌舞”昔。“唯有旧家秋娘，声价如故”今犹昔。而秋娘已去，却不说出，乃吾所谓留字诀者。

强调点评笔法是一大特点，如《六丑》(正单衣试酒)“成叹息三字用重笔，盖不止惜花矣”；《关河令》(秋阴时晴渐向暝)“神味拙厚,总是笔力有余”;《渔家傲》(几日轻阴寒测测)“‘醉’字倒提”;《蓦山溪》(楼前疏柳)“前虚后实,勾勒无迹”。除此而外,有研究者认为海绡评清真词同时注重本事与词人思想感情。

【内容摘录】海绡翁曰:“经时信音绝”,时全篇点睛。自起句至“亲折”,皆是追叙别时。下二段全是忆别。上下神理,结成一片,是何等力量。

海绡翁曰:“此重过荆南途中作。杨琼,苏州歌者,见白香山诗。‘徘徊’‘叹息’,盖有在矣。‘敛愁黛,与谁听’,知音之感。何曾再问,正急于欲问也。‘旧曲’‘谁听’,‘念我’‘关情’,问之不已,特不知故人在否耳。拙重之至,弥见沉浑。江陵以下,言知音难遇也。故人二字倒钩。未歌先泪,又不止敛愁黛矣。顾曲周郎,其亦有身世之感乎?”

【学界研究】唐圭璋《词话丛编》收录。龙榆生《陈海绡先生之词学》,钱鸿瑛《评〈海绡说词〉》,载《文学遗产》2007 年第 3 期。

《汇辑宋人词话》

【出处】载《同声月刊》,1942 年至 1944 年。

【作者小传】夏敬观,见前。

【内容提要】关于作词话之缘由,作者前有序言:“宋人词话流传之今不过数种。然其见于笔记或诗话中者,固不为鲜。江宁唐圭璋辑《词话丛编》,凡前人诗词话、诗词杂陈者,不录。其辑

《全宋词》,则遍采诸籍,搜索逸词,而遗其记载之语。盖体例如此,不得不然。昔朱竹垞《词综》、张咏川《词林纪事》,间有征引。然其主旨不属于博采宋人词话。徐釚《词苑丛谈》亦非此例,兹编从宋人笔记、诗话,汇录成书,意在补《词话丛编》之不足。其在一条中诗词并举者,以文义不可断取,亦全录之,阅者谅焉。"此段既说明博采宋人笔记词话是为了补《词话丛编》不足,亦简单略述了"其在一条中诗词并举者,以文义不可断取,亦全录之"体例。

《汇辑宋人词话》从《南部新书》《东原录》《鸡肋编》《志林》《仇池笔记》《吴中纪闻》等数十部笔记中摘录,可见词人用功之勤。所取者多以人存词,然亦有于词之版本可借鉴者,如有取自洪迈《容斋随笔》:"向巨源云:元不伐家有鲁直所书东坡《念奴娇》,于今人歌不同者数处,如'浪淘尽'为'浪声沉','周郎赤壁'为'孙吴赤壁','乱石穿空'为'崩云','惊涛拍岸'为'掠岸','多情应笑我,早生华发'为'多情应是笑我生华发','人生如梦'为'如寄',不知此本今何在也。"

作者并非简单摘录,必要时亦作注解,在第二卷第八号引《鹤林玉露》中"傅公词"一条对所引之词注:"按此词为《水调歌头》,后阕前三句脱一字。"并辨析,如在第二卷第四号《吴中纪闻》中"闾丘大夫"一条,提到苏轼集有诗词二篇为闾丘作,征引了二首词,并对传闻有《鹤林玉露》记载此条作了考索,经查《鹤林玉露》并无此条,推断当是后人据《吴中纪闻》杜撰。

1943

《南唐二主词释》

【出处】载《中国学报(重庆)》第 1 卷第 2 期,1943 年。

【作者小传】唐圭璋,见前。

【内容提要】《南唐二主词释》选中主词两首,后主词十九首,选词缘由作者云:"二主词秀逸绝伦,世罕其匹。虽流传不多,然字字珠玑,无人不爱。择其可信者释之,以为学者鉴赏之资。"选中主词一为秋思之作,一为直抒胸臆之作。选后主词则反映了其全貌,有艳词数首如《菩萨蛮》写小周后事,《一斛珠》咏佳人口,《望江南》两首分写江南春、秋景,《破阵子》极写后主为臣虏之感。

作者词释的内容很有章法,先释主旨,再按结构释词,最后评价。如释后主词《一斛珠》云:“此首咏佳人口。起两句写佳人口注沈檀;向人三句写佳人口引清歌;换头写佳人口饮香醪;末三句写佳人口唾红茸。通首自佳人之颜色服饰,以及声音笑貌,无不描画精细,如见如闻。”作者还注意词作之间的对比,如释中主词《浣溪沙》“还与容光共憔悴,不堪看”,作者认为较之李易安“人比黄花瘦”之句,“试觉有仙凡之别”;少游“指冷玉笙寒”句,从中主“小楼吹彻玉笙寒”翻出。

《北游琐记》

【出处】载《同声月刊》第3卷第7期,1943年。

【作者小传】箨公,即龙榆生,见前。

【内容提要】词话两则。乃是二位父子词人俞阶青、俞平伯印象记,详于俞阶青,而略于俞平伯。叙俞阶青先生“翁勤于著述,所评选历代诗词,积稿盈尺,辄取以相示”,“俞阶青先生所撰《乐静词》,为哲嗣平伯先生写刊本,镌刻绝精。……原有夏闰枝丈题二绝句云……”,叙平伯先生“其沉默寡言,别具一种风度”。

【学界研究】《龙榆生杂著》收录。

《东鳞西爪录》

【出处】载《同声月刊》第3卷第1、2期。

【作者小传】冒广生，见前。

【内容提要】冒广生该文主要谈及七种大曲之渊源，如《霓裳》《六幺》《六州》《水调》《薄媚》《降黄龙》《泛清波》，附《鲍老》，于每种大曲都详考其渊源，以《六幺》为例，作者引《宋史·乐志》《碧鸡漫志》《青箱杂记》《历代诗馀》等资料，叙其“绿腰”“録要”“六幺”名称之出处，使读者一目了然。作者之所以叙述六种大曲之演变，乃是因为大曲亡于宋，而词与大曲有密切关系，而词史又有误解，如：“元人误以为苏小小《蝶恋花》、邓千江《望海潮》、苏东坡《念奴娇》、辛稼轩《摸鱼儿》、晏叔原《鹧鸪天》、柳耆卿《雨霖铃》、吴彦高《春草碧》、朱淑真《生查子》、蔡伯坚《石州慢》、张子野《天仙子》皆为大曲，此不学之过”，“所以作者就词曲中所摘大曲之遍，联合一书，凡七章，附录一章，颜曰《东鳞西爪录》”。

【学界研究】《冒广生词学论文集》收录。

《萍庐词话》

【出处】载《中国商报》,1943 年 4 月 17、21、28 日。

【作者小传】淡岚,不详。

【内容提要】词话主要以录词与点评为主。17 日词话首叙,“余好谱词,尤喜作香奁体”,因报刊之约,撰写词话。词话首录南宋末太学生作《念奴娇》《祝英台近》词两阕,然后进行注解,词叙写了蒙古兵临城下的朝政乱局;又录邓廷桢《高阳台》一词,写鸦片战争事,又录蒋春霖《踏莎行》写太平天国战事,这些词录说明词话的“词史”意识。

21 日词话又录仪征刘新甫词两阕,词暗喻光绪帝珍、瑾二妃。然后论咏物词作法“咏物词不难于体物浏亮,而难于寄托遥深”,以王半塘《鹧鸪天 · 咏烛》《浣溪沙 · 咏马》为例。又评黄摩西“才气横溢,诗文词皆如其人”,录《太常引》。27 日词话续录黄摩西《水调歌头》《鹊桥仙》。又评南通周晋琦词如“元人白描圣手”,录《水龙吟》;评秀水金希侯词“缠绵婉丽”,录《摸鱼儿》。

《读词杂感》

【出处】载《文学报》1943 年第 1 期。

【作者小传】卢鸿基(1910－1985),又名卢隐、卜鳌,字圣时。海南琼海人。早年入国立杭州艺术专科学校学习,参加“一八艺社”,后从刘开渠学雕塑。1938 年入郭沫若主持的政治部第三厅,参加抗日救亡宣传工作。主编《战斗美术》,参与发起“中国全国木刻界抗战协会”,任常务理事,从事木刻创作、文艺批评及诗文写作。1949 年后曾任浙江美术学院雕塑系主任、教授。1950 年起任教于中央美术学院华东分院,为雕塑系教授、代系主任、院刊主编。后从事文艺理论教学和研究工作,兼工粉画。

【内容提要】词话主要谈论两点:(一)对于《花间集》的批判。历来认为《花间集》是词之祖。作者认为词虽然好看、绮丽,但是不足以补救五代的命运,是表示晚唐五代文人的无聊罢了,文章引陆游的“可叹也哉”结尾,说明作者所持文学观点乃是文学应当关注社会,关注时代,注重文学的现实功能。(二)谈论文学史对汉奸作品的历史选择问题。周作人成了汉奸,教材要剔除他的作品。秦桧为世人所不齿,故很难见到他的作品,作者从花庵词客的《绝妙词选》中找到了曾伯可献媚秦桧的《喜迁莺·丞相生日》。最后文章以鲁迅先生的主张,即文学应当反映全貌,认为汉奸之文学作品也不妨留存一二。

《海日楼随笔》

【出处】载《同声月刊》第 3 卷第 3 期,1943 年。

【作者小传】沈曾植，见前。

【内容提要】该篇随笔中沈氏论词有三变：一变为东坡，豪妙之气，天然绝世；二变为朱希真，多尘外之想，虽杂以微尘，而清气自不可没；三变而为稼轩，乃写心中事。

《凯斋词话》

【出处】载《永安月刊》第48期，1943年。

【作者小传】硕父，不详。

【内容提要】词话谈了四点：首先引周德清作曲词十法，证明作曲亦通于作词，如务头之说引任中敏与吴梅之言者证之；第二，引明陆深《溪山馀话》之言证词曲南北之说始于明人；第三，学词要守律；第四，解唱曲者于词学大有益处。

【内容摘录】务头之说，后之学者每不知其究竟。而各家之说，亦时有出入，近人任中敏云："学者倘一时不解何处为词之务头者，但看谱中某调注明某某字必当去上、去平、上平、去上平等等，不可移易者，即知是该调声音美听之处，填词时若严守之，而文字又务求精警，务令声文合美，则虽不悉中为务头之处，要亦相去不远。"此与吴瞿安先生"每一曲中，必须有三音相连之一二语，或二音相连之一二语，即为务头处"之论，盖相符也。

《石淙阁词话》

【出处】载《永安月刊》第 52、54 期，1943 年。

【作者小传】硕父，不详。

【内容提要】第 52 期引大鹤山人与张尔田论词书申明“故欲求词境之高，词句之典，多读唐人诗，为不二法门”；引吴昌绶词一首，以词存人。吴昌绶即吴伯婉，多与朱祖谋探讨词学，并刊《双照楼影刊宋元明清词》，对词学贡献较大。

第 54 期首引钱西园论词之言，“词出于诗，诗原于三百篇……四声之说于古无传，三百篇之韵，多平仄通叶，后世一字数音者，古音多略，究未知古人有无平仄之别，其为诗也，岂有斟句酌字以求合律者”，作者感叹近世词人为了四声一说，反复论证而又莫衷一是，失去了作词之根本目的。第二，对于《花间集》，应当学其情境之浓挚者。

《石床词话》

【出处】载《永安月刊》第 62 期，1943 年。

【作者小传】硕父，不详。

【内容提要】 词话以词存人，录王西庄大儒《双双燕·题张忆娘簪花图》一首，程序伯词《向湖边青溪访张丽华》，作者和五代词《归国谣》一首。

《桐阴漫笔》

【出处】 载《同声月刊》第3卷第5、6期。

【作者小传】 箨公，即龙榆生，见前。

【内容提要】 该期录吕碧城①《晓珠词跋》二篇，可以看出吕碧城晚年之心态，如反复说明潜心修佛未能，而且认为词并非小道，“至若感怀身世，发为心声。微辞写忠爱之忱，小雅抒怨悱之旨，弦歌变徵，振作士气，词虽末艺，亦未尝无补焉”。

---

① 吕碧城（1883－1943），一名兰清，字遁夫，号明因、宝莲居士。女权运动的首倡者之一，中国女子教育的先驱，中国新闻史上第一位女编辑、第一位女性撰稿人，并开创近代教育史上女子执掌校政先例的民国传奇才女。她被赞为“近三百年来最后一位女词人”，曾有过“绛帷独拥人争羡，到处咸推吕碧城”的一大景观。

1944

《读词随笔》

【出处】载《公教学志》第 4 卷第 2、3 期，1944 年。

【作者小传】林书田，不详。

【内容提要】该随笔颇有文艺气息，以新时代的眼光来看词，认为词是纯文学，“可以陶冶人的性情，于德育美育上有无形的帮助”；鼓励读者进行词创作，并不一定要懂音律；宋词“以我驾驭万物”，好处在于“重”和“大”，清词多是自然应酬之作。

观点新颖，有民国新气象，将传统词之尊体包涵的儒家视角功能，改变成教育公民的陶冶情操，辅助德育，与民国时期的新体乐歌运动精神一致，但对于宋词与清词的理解过于浅显。

《读词随笔》

【出处】载《艺文》第 2 卷第 1 期(1944 年),第 2 卷第 3 期(1944 年),第 2 卷第 5 期(1945 年)。

【作者小传】或署汪遵时,或署日寺,不详。

【内容提要】词话首先论述词之渊源:“诗盛于唐而词亦始于唐也,曩昔民间所口诵二韵歌,虽名曰‘乐府歌辞’或曰‘民曲俗调’,然则实为词之苗秧耳。”将词的产生年代定为盛唐,是民间的产物。

其次将词的发展史分为三期。第一期从唐开元、天宝至唐末,其间由词曲萌芽至形成。第二期自五代至南宋亡,这一阶段是文人开始自创新曲。第三期是元末至清末。此三期划分符合词史发展大致趋势,但线条略显粗犷。

再次评析五代词人词作,评欧阳炯《三字令》非似怨言责郎,而以深情思郎;《浣溪沙》词咏情之深;《西江月》是写景代表作,写得春光明媚,鸟语花香。又评毛锡震词“蕴情蓄绪而不直率”。对于西蜀词人,词话列了毛文锡、牛希济、魏承班、尹鹗、顾敻、鹿虔扆、欧阳炯、毛熙震。

《梦桐室词话》

【出处】载《中国文学》1944 年 1 卷 2 期。

【作者小传】唐圭璋,见前。

【内容提要】案《梦桐(室)词话》四卷,发表于报刊中乃其中之一部分。

词话涉及词之考证、词作品评、以人存词等内容。词之考证有考证词作真伪如“明人伪作陆放翁妻词”,考证词人之身世如“鲁逸仲即孔方平”,选本之谬误如“张惠言词选之误”,“董毅续词选之误”。有的考证为谐趣之话题,能吸引读者,如“宋词人之高寿记”“北宋状元能词者”,“南宋状元能词者”。词作品评评点词作之风格,如由诗之言愁想到词之喻愁者,认为词之喻愁的特征是“细密”,如秦少游“无边丝雨细如愁”、李易安“只恐双溪舴艋舟,载不动许多愁”、贺方回“试问闲愁都几许,一川烟草,满城风絮,梅子黄时雨”之词。

【学界研究】朱崇才《词话丛编续编》收录;杜艳红、张幼良:《〈梦桐词话〉的词学思想》,《南师大文学院学报》2012 年第 1 期。

《词的讲解》

【出处】载《国文月刊》第28、29、30、33、34期。

【作者小传】浦江清(1904－1957),江苏松江(今上海)人,著名古典文学研究专家。1926年毕业于南京东南大学,曾任教于清华大学、西南联合大学、北京大学。与朱自清合称“清华双清”。曾任天津《大公报》文学副刊编辑,《国文月刊》创办人之一。朱自清病逝,由他继任清华大学中文系代理主任,并主动承担《朱自清全集》的编辑和出版。1952年院系调整,调任北京大学中文系教授。1955年加入中国作家协会。著有《浦江清文录》《浦江清文史杂文集》《清华园日记·西行日记》《无涯集》《花蕊夫人宫词考证》《词的讲解》《词曲探源》《杜甫诗选》(与人合编)等。

【内容提要】《词的讲解》主要是阐释李白《菩萨蛮》二阕,李白《忆秦娥》二阕,温庭筠《菩萨蛮》十四首。文章有着严谨的章法,例如在阐释署名为李白《菩萨蛮》二阕的部分中,按照考证、讲解、评三个部分。在考证中,作者详细地梳理了词署名为李白的词史流传过程,从最初的《湘山野录》的记载,到词史上赞成与怀疑两派的梳理,及其对二者论据的辨析,最后得出“今此词既无所归,余意不若归之于此北宋无名氏,而认为题壁之人即为原作者”之结论。

词的讲解不是单纯就词论词,而是从宏观的角度加以把握,如在对李白《忆秦娥》的讲解中谈到了诗歌语言与散文语言的不同，如“诗歌和散文是两种不同性质的语言，我们不能说哪一种比较古，总之，是语言的两个不同的方向的发展。当人类把最先能表示苦乐惊叹的简单的声音和指示事物的短语，连串起来巧妙运用，以编成一个歌谣，或者发展成一段长篇的谈话，是向着这个或那个不同的方向发展，用了不同的艺术。这便是诗歌和散文的开始”，而且认为《忆秦娥》是纯诗的最好的例子。

除了对宏观方法的运用，还有具体的对字句的辨析，如对李白《菩萨蛮》讲解中用了超过三分之一的篇幅探讨“平林”的妙处，通过文言与白话的辨析，谈到了词境的浑成之感。在对全词结构的把握中，很强调思路的清晰，如“诗词从人心中流出，往往是些没头没脑的话，但这首词的理路很清楚，从外面的景物说起，由远及近地说到楼中的人”，而且注重诗词互证明，如“玉梯空伫立”中“梯”，作者认为“梯”并不俗，唐诗宋词中屡见之。

在“评”当中，作者坚持客观标准，不以作者知名度为唯一标准：“此词被推为千古绝唱，实因假托李白大名之故。但平心而论，它不失为第一流的作品。”（评署名李白《菩萨蛮》）

【学界研究】《浦江清文录》（北京：人民文学出版社，1989 年）收录。

1945

《词之话》

【出处】载《叔　月刊》第1卷第11期,1945年。

【作者小传】钦德,不详。

【内容提要】关于作词话缘由,作者说:“这篇东西既以词话命题,便只拿词和词人作谈论的对象了。宋词中成名的人物之多……现在姑且把风格分类排列,把一般风格差不多的词人放在一起谈论,别去管他年代谁先谁后。”由此可知,词话主要评析词人词作,勾勒词史,但并非严格按照时间顺序,而是以相似风格为内在连接点。

词话评论风格的标准乃是王国维倡导的“真”字,词话引用《人间词话》:“大家之作其言情也必沁人心脾,其写景也必豁人耳目。其辞脱口而出，无矫揉妆束之态。以其所见者真，所知者深也。诗词皆然。持此以衡古今之作者可无大误矣。”循此标准，首先推举李后主与纳兰容若，引李后主《浪淘沙》（帘外雨潺潺）、《相见欢》（林花谢了春红），这两首词在作者看来“饱含凄婉之真”，可与此境相似者，推纳兰词《长相思》（山一程）、《如梦令》（万帐穹庐人醉），词话引王国维赞《如梦令》以自然之眼观物，以自然之舌言情，故能真切如此。与此词相似者唯苏轼、辛弃疾。词话举稼轩词《西江月》（醉里且贪欢笑）、《丑奴儿》（少年不识愁滋味）、《沁园春》（杯汝前来），与《沁园春》解愁相似推苏轼“无愁可解”，苏、辛词两相比较，苏词是旷放，辛词是狂放。接着引苏词《西江月》《水调歌头》证明苏词较稼轩词更谨严一些。词话又举苏辛词派之刘过《沁园春・寄稼轩承旨》（斗酒彘肩）。

词话举李白《忆秦娥》、范仲淹《渔家傲》、夏竦《喜迁莺》来证明王国维《人间词话》“‘西风残照，汉家陵阙’，寥寥八字，遂关千古登临之口。后世唯范文正之《渔家傲》、夏英公之《喜迁莺》，差足继武，然气象已不逮矣”。

作者在诗、词、曲三种文体之间找内在相似点如：“论者每言唐诗而宋词而元曲，其间不无线索可寻，诗于唐时风格每复见于词，又见于曲。所不同者只是诗、词、曲三者的格式罢了。”作者引李白《把酒问月》《宣州谢朓楼饯别校书叔云》与“举杯消愁愁更愁”相类似的李清照的词，引《如梦令》（昨夜雨疏风骤）、《采桑子》（窗前种得芭蕉树）、《点绛唇》（蹴罢秋千）、《醉花阴》（薄雾浓云愁永昼）、《御街行》（藤床纸帐朝眠起）、《武陵春》（风住尘香花已尽），然后由《武陵春》联系周邦彦、柳永及花间词人顾敻。在花间词人中,词话推温庭筠,引温词《菩萨蛮》(小山重叠金明灭)、《南歌子》(手里金鹦鹉),谓温词句秀,李后主词神秀,而属此格者则又回到了南宋词人姜夔,引白石词《扬州慢》(淮左名都)、《念奴娇》(闹红一舸)、《惜红衣》(簟枕邀凉)。词话最后转到陆游身上,引《双头莲》(华鬓星星)、《桃源忆故人》(中原雷日),认为花间词人冯延巳属此格,引《鹊踏枝》(庭院深深深几许)[①]、《南乡子》(细雨湿流光)。

词之话打破历来词史之时间先后的作法,以词人勾勒风格之相似者,引述作品夹叙夹议,无较深理论,但受王国维《人间词话》影响较深。

《晚清词人的印象》

【**出处**】载《中华周报(北京)》第 2 卷第 5 期,1945 年。

【**作者小传**】陈英三,不详。

【**内容提要**】作者自道由于家庭环境关系,自幼接触晚清遗老,如陈散原、朱古微、王病山、冯梦华等。文章以陈散原、朱古微为主,陈散原为同光体领袖,朱古微为一代词宗。陈散原身材高大而善于酒,后因饮酒过多而得糖尿病。朱古微身材短小,嗓音洪亮,唯喜偶尔吸食大烟,这些笔谈资料可补诗坛纪闻。

---

① 词话作者认为该词是冯延巳作,现在学界认为是欧阳修作。

1946

《诗余闲评》

【出处】 载《大公报》,1946 年 12 月 8 日。

【作者小传】 俞平伯,见前。

【内容提要】 闲评分为七部分。第一释名,作者称词为“诗余”,为了防止词与曲混淆,五代时期词亦称曲;另一面亦是古人称法。第二,词早期的发展,词分为三个时期:纯粹音乐时期、渐有歌唱时期、文学时期。第三,词调的特色,作者分析了令、慢、犯调、自度腔。第四,词调的失传,词调失传是因为普及太广而无人去记录,所以容易失传。此外,新的词调产生有人注意,而旧的消失而无人注意,久之则失传。第五,唱词与乐器伴奏,唱有舞态及徒歌,乐器则是箫。第六,在词的写法方面,分为作的与写的,作的认真,写的随意。第七，对明词、清词的看法。作者认为明词是乐府而不是词，保留了词的音乐性，清词是诗了。

最后谈到了个人看法，词只可以作诗看；填词只论平仄，不论四声；语言以浅近文言为佳，间入白话。这些看法典型的带有民国特征，如词的分期受胡适的影响，而最后个人的看法则又受到新文化运动的影响。

《空祸词话》

【出处】载《和平日报》，1946 年 6 月 23 日。

【作者小传】鬼谷子，不详。

【内容提要】词话录抗战词两首，一为丰子恺《梦江南》，一为卢前《满江红》。词作一方面记录了日军空袭给普通百姓带来的苦难，另一方面歌颂了中国人民不屈的斗争精神。

《弦边词话》

【出处】载《风光》杂志 1946 年第 24 期

【作者小传】健凡，不详。

【内容提要】词话一则，编剧钱杏村与女演员陈琦因话剧《葛嫩娘》而产生一段良缘，心史词人编演谈词并赋《金缕曲》一首，词话全文录之。词话虽短小，却真实反映了民国知识分子之生活，所录之民国词有词史价值。

1947

《读词杂记》

【**出处**】载《现代邮政》第1卷第3期,1947年。

【**作者小传**】王仲闻(1902－1969),名高明,以字行。笔名王学初、王幼安。浙江海宁人,王国维次子。曾任中华书局临时编辑。精熟唐宋文献,尤长于词学,曾参与《全宋词》的校订工作。著述有《南唐二主词校订》《李清照集校注》《人间词话·蕙风词话》(校注)等。

【**内容提要**】词话五则,均是关于词之考证。第一则围绕世传李后主的《捣练子》二首,"深院静""云鬓乱",杨慎《词林万选》皆注为后主词,以后各本从之,"深院静"无疑为后主词。"云鬓乱",石孝友《金谷遗音》记为田中行,作者从之,唐圭璋先生也赞同。

贺黄公《皱水轩词筌》认为《捣练子》二首系《鹧鸪天》后半阕,时人又从贺黄公而诬升庵,作者认为贺黄公有误。第二则考察尹师鲁《水调歌头》(万顷太湖上),周泳先与唐圭璋皆认为欧公词,作者据双照楼影印宋本欧阳修《近体乐府》卷三、《东原录》认为是尹作。第三则考察刘仲方《水调歌头》,此词最初载《唐宋诸贤绝妙词选》卷五,但是《朝野遗记》记载为张、李二生所作,《花庵词选》所载与《朝野遗记》相同,所以《唐宋诸贤绝妙词选》可能有误。第四则考察蒋兴祖女《减字木兰花》(朝云横渡),《词苑丛谈》误记蒋兴祖作,《蕙风词话》从之,作者考《梅涧诗话》乃为蒋兴祖女作。第五则李后主佚词。吴虎臣《能改斋漫录》卷十六引颜氏家训"别会难无可奈然"记是后主词,作者考察此与《乐府雅词拾遗》载无名氏《杨柳枝》一句词相似,认为或是无名氏作,或是吴虎臣误记。

《读词杂记》

【出处】载《学风》第 4 卷第 9 期,1947 年。

【作者小传】巴壶天,见前。

【内容提要】词话共有十五则,词话前有小序交代作词缘由:"余江城重到,殊乏好怀,秋馆灯凉,读词自遣,此情聊复似之。偶摭群言,兼参己说,其事为大雅所笑,其旨与流俗或殊,尤冀读者谅焉。"主要是词之考证与词作评点。

词之评点第一则评冯延巳《谒金门》"风乍起,吹皱一池春水”。陈霆在《渚山堂词话》中将刘伯温“风袅袅，吹绿一庭秋草”与冯词相较，认为刘公当退避一舍，作者在此基础上认为“余味冯公词意，止水一池，春风乍起，心随风动，而辄愁生，颇觉意境两忘，物我一体，刘公又岂仅当退避一舍而已？又‘吹皱’二字特妙”。第九则评王沂孙《齐天乐·蝉》，作者在端木埰基础上申论“此首句句言君国，句句仍不脱言蝉，无一涩笔，洵词中高境也”。

词中考证如第三则对署名李白《菩萨蛮》“平林漠漠烟如织”的考证，先引胡应麟之说定为非李白所作，又引徐釚之论断为非李白而是温庭筠所作，作者又引《人间词话》所证定为非温庭筠作，作者倾向于无名氏，此结论与同时期的浦江清相同。第七则考证温庭筠“小山重叠金明灭”的意思。作者先引杨慎《词品》，对于眉毛之解释认可，但是仍觉得对于小山句仍未解释清楚，最后引《妆台记》，认为“言眉黄零落也”。

【内容摘录】 史梅溪《双双燕·咏燕》云“应自栖香正稳，便忘了天涯芳信”。袭用王荆公《归燕诗》“贪寻旧巢去，不带锦书回”句意，语意尤俊。

唐无名氏《菩萨蛮》“平林漠漠”一首，释文莹《湘山野录》“此词不知何人作……乃知李太白作”，其辞颇涉疑似。胡应麟《庄岳委谭》①云：“今诗余名《望江南》外，《菩萨蛮》《忆秦娥》称最古。以《草堂》二词出自太白也。近世文人学士，或以为实然。予谓太白在当时直以风雅自任，即近体盛行七言律，鄙不肯为……”余按此词为太白所作，固未足信，然据《杜阳杂编》《北梦琐言》唯为温

① 应为《词苑丛谈》。

飞卿作,尤属附会。……又此词末句,《草堂诗馀》作"长亭更短亭","更"字去声,按律应用平声。此字用平,则"长"字可仄。温飞卿此调十四首,此字十三首用平。只第十一首"无憀独倚门","独"亦入声作平用。万红友《词律》改"更"作"运",知此字应平也。第以二字相较,更字实佳。

【学界研究】《辑校民国词话三十种》收录。

《词韵约例》

【出处】载《国文月刊》第55期,1947年。

【作者小传】夏承焘,见前。

【内容提要】关于作文之缘起,作者云:"词之初起,取叶方音。南宋以前,实无一部人人共守词韵。《四库全书提要》谓宋词有用古韵之例,此不可信。""唐、宋词用韵,有大戾韵书分部者",词韵对于词而言很重要,而词史上又有误解,因而总结词用韵规律很有必要。

作者对词体叶韵分类较细,分成:(一)一首一韵;(二)一首多韵;(三)以一韵为主、间叶他韵;(四)数部韵交叶;(五)叠韵;(六)句中韵;(七)同部平仄通叶;(八)四声通叶;(九)平仄韵互改。

注意寻找诗词规律,如在解释(三)以一韵为主、间叶他韵时说:"《诗经》已有此例,孔广森《诗声分例》中名为'间韵例',在词如韦庄《定西番》。"

注意总结规律，指出前人错误，如在谈到“入韵改平韵”，总结云：“宋人间有改入声韵为上去者，如《霜天晓角》，本叶入声，故黄机、蒋捷、赵长卿可改为平韵；而辛弃疾、葛长庚、赵师侠三人却填作上去。姜夔《疏影》本叶入声，彭元瑞改名《解佩环》，则改叶上去。《秦楼月》亦入声调，而元人张小山北曲《联乐府》中一首用‘履’‘路’‘处’‘去’‘雨’叶。此等殆前人偶误，不可学也。”

该文在当时就产生了影响，徐调孚的《从〈满江红〉谈起》（《中学生》1947 年总第 190 期）即引用：“词体用韵的方法，最近夏承焘先生有一篇文章发表在《国文月刊》上，题名《词韵约例》，极为详明，现在摘要列举在这里。”

【学界研究】 夏承焘《唐宋词论丛》（上海：上海古典文学出版社，1956 年）收录。

《从岳飞的〈满江红〉谈起》

【出处】 载《中学生》总第 190 期，1947 年。

【作者小传】 徐调孚（1901－1981），名骥，字调孚，笔名蒲梢，浙江平湖人。1919 年毕业于浙江省立第二中学。曾任《文学周报》编辑，后转《小说月报》社，为主编郑振铎得力助手。同时参加文学研究会，担任该会主办的《文学周刊》编辑。曾任开明书店出版部、编审部、推广部主任，后调入古籍出版社，旋又转中华书局任文学编辑。1956 年加入中国作家协会。翻译《木偶奇遇记》《母亲的故事》等，专著有《中国文学名著讲话》《英吉利文学》《校注〈人间词传〉》《现存元人杂剧本录》等。

【内容提要】 文章以岳飞的《满江红》为引子，谈关于词的创作。首先从词的定义谈起，以词的音乐性这一特征，认为“词是长短句的可以歌唱的诗”；然后谈论词的体制，按《词律》词有八百七十调，一千六百七十余体，主要是填词者在曲谱内略加变更，造成了异体现象。词由于格律不同而产生了词牌，不同的词牌就有不同的含义。词中也有调异名同和调同名异的现象。词也分为不同的种类，如“令”“引”“慢”“三台”“序子”，这种划分是依照张炎《词源》。

词的用韵问题也很重要，援引夏承焘《词韵约例》讨论词的用韵，引用了夏氏十一种词的用韵方法。谈到词的句法时，分为一字句、二字句至七字句，至于八字句以上无非是前几种的组合。作者最后总结词的特点：“词是中国文学中一种很特殊的文体，这种文体也许在全世界各种文体中很难找到相类的一体。”张宏生教授也认为新文化运动中词受到的冲击小，是因为人们以新诗来攻击旧诗，却无法从国外找到词这一文体来攻击词。

《〈宋词三百首〉：一部最精粹的词选：中国文学名著讲话之七》

【出处】 载《中学生》总第 192 期，1947 年。

【作者小传】 徐调孚，见前。

【内容提要】文章题目介绍《宋词三百首》,却是从宋词的发展阶段与演变规律来谈。首先文章反对以朝代为词的发展划分,即"北宋词"与"南宋词"的划分;对于"豪放词"与"婉约词"的划分,作者也感到比较模糊。文章采用六个阶段的划分方法。

第一阶段是延续五代词的时期,代表词人为晏殊、晏幾道父子以及欧阳修。第二阶段是慢词阶段,代表词人为柳永、张先、秦观,作者认为柳词的长处是"缠绵细腻"。第三阶段是词的解放时期"曲子律",代表词人是苏轼与贺铸,形成豪放词风,作词特点是以诗为词。第四阶段是词的典型词派的构成阶段即追求音律的路子上,代表词人是周邦彦,并从字句方面、结构方面、笔力方面推崇清真词。李清照也是属于这个阶段的代表词人。第五阶段继承了第三阶段的特征,以辛弃疾为代表。第六阶段是词发展的顶点阶段,即雅化阶段,以姜夔为代表。

最后谈到了词选问题,作者推崇《宋词三百首》,该词选以"浑成为归,以典雅为上",但是不适宜初学。作者以为胡适《词选》、开明书店版《唐宋名家词选》适合初学,还可以参考《读词偶得》与《宋词举》。

《读词漫谈》

【出处】载《星野(青岛)》第1卷第4期,1947年。

【作者小传】刘次箫(1889－1950),山东安丘人,早年毕业于日本东京高等师范科，曾加入同盟会，参加推翻清王朝之革命，后为国民党中央统计局主任秘书、青岛国民会议促成会执行委员及山东大学训导长。

【内容提要】 作者认为读词的时候，依靠直观的读词是不够的，对于词的源流演变要有所了解，如刘毓盘《词史》与王易《词曲史》值得研读，但是二书又有不同之处，如对于清代侯章灿刻《名家词十种》，两书一褒一贬。

作者从唐五代时期开始谈词的发展，那时的词“直写眼前景，直述心中意”，如李白、韦应物等。宋词承接五代，文人作词有自然美妙之致，如钱唯演、寇准、徐昌图、张先等。词在这一时期产生了两方面的要求，音乐性与文学性，慢词即是从这两方面产生的。这时期词的发展功臣是柳永与苏轼。柳词能出于自然不做作，代表作如《雨霖铃》，苏轼开辟了词的新境界。柳永、苏轼之后，辛弃疾与姜夔发展了词，辛词继承了苏词之风，白石词清秀空灵。而对于词的理解方面，则要推举常州派“作者未必然，读者何必不然”。

文章最后总结，作者赞同把词当作文学作品来读，可以从文字方面有不少益处。而对于从音律方面了解前人的词，作者担心会劳而无功。

《集成词话》

【出处】 载《集成》1947 年第 2 期。

【作者小传】厉鼎煃，见前。

【内容提要】共二则。词话以词存人，第一则录武进董伯度先生《含碧堂词》，摘录其中佳作如《满庭芳》《满江红》《念奴娇》《八声甘州》等近二十首，而最令人为之动容的是《如梦令》十首悼亡之作，情真语挚，自然入妙。其《沁园春》一首则效刘过嬉笑怒骂，非词家所尚，可见生平之慨也。第二则录北大地理教授桂蔚丞《暗香》一词。

《讲词散记》

【出处】载《图书展望》1947 年第 2 期。

【作者小传】夏瞿禅即夏承焘，见前。

【内容提要】主要讲述词调的问题，开篇讲词之初起，皆未定型，有一人作同调而平仄不拘者，如温庭筠《河渎神》三首；还有一人作同调而字句多少不同者，如张泌《河传》两首，还有同调而韵脚平仄不同者。这些情况为词体初期阶段，后词乐亡佚，文人作词而非填词。

关于词调来源，列出了六种：出自民间歌谣及祀神曲、军歌等；来自域外或边地者；宋徽宗时大晟府创制者；文人为歌姬制作者；词人自度曲；截取隋唐大曲法曲者。

字句按谱大致固定，但也偶有变化者，如加一二字为衬字，文章列举了张炎、王沂孙等十人词为例，皆南宋元初人作。词中又有减字之体,列举了吴梦窗、葛长庚等十人词为例,无论衬字、减字"大抵多属虚字,减字比衬字,更易破坏词体,故宋元词例,减少于衬"。

《今古一炉室谈词》

【出处】载《永安月刊》第99、101期,1947年。

【作者小传】郝少洲,江苏淮安人,其余不详。

【内容提要】此词话为修订版本,作者开篇云:"本篇初名《临渠别业词话》,全篇约两万言,去岁《和平日报》为刊十之一二,今日重为编次,如鹤墅谈诗之例,精思而汰选之,约取万言如次。"

首先作者对前人的词话提出了两种分类,所作最难者:"能洗一切之笼统语,能写一二之惊人语,其作法品评之处,综合之,既能高大,分析之,又能精细,有登高一呼之气概,有独往独来之精神,此谓难作者也。"容易者:"取四方闻见作品,与一切交游唱和,搜求而广博之,或钞短句,或用长篇,句尾句中,加以零碎之赞叹语。"分析可谓鞭辟入里。接着将传统词话分解成五项:关于词史者占十之一二,关于词事者占十之二三,关于词人掌故者十之四五,关于词章之格调、字句之引论、命名之异同、交游唱和占十之大半,最后是所谓新议论、新启发等。

其次,为了消除作词板滞的毛病,作者推出以"六艺"来作词:"因云赋者,如此如此者也;颂者,如彼如彼者也;比者,以彼喻此者也;风者,以此喻彼者也;兴者,因彼及此者也;雅者,因此及彼者也。”然后用词阐释,如风雅的用法,词人以自己的词作举例,以“山水外,久飘零,便几番征说,君子怀刑”来解释风雅“不有史事,无所附也”,用赋之法,以爽直为上,如“天若有情天亦老”何其爽也,“残灯明灭枕头欹,谙尽孤眠滋味”何其直也。

再次,词话用了一些精彩的排比说明词的要素的重要性,如:“词之立法,等于文之有经;词之立意,等于文之有权;词之有体,等于武之有兵”,“词之有调,等于舟之有水”,“词之有韵,等于舟之有舵。”

词话注重诗词比较,如:“诗由古体而近体,由繁而入简者也;词由小令而长调,由简而趋繁者也。”“古人诗词,用以合乐奏者,以为特别,故名乐府,普通诗词,不曾和乐器者,不名乐府。”

词话最后谈及选古名人词中豪壮而新颖者,名之为《神灵小钞》,附录己作二十余阕,皆苏辛词风,可见作者所推崇的词风。

【内容摘录】前人论词之法,第一通病,皆由作品太多,作法太细,所举之词又且规矩准绳者多,气概纵横者少。间尝读如干阕,按用以下诸字,曰静、曰幽、曰生、曰炼、曰层叠、曰点缀,从而美之,曰深、曰厚、曰淡泊、曰悠远,若以近代文学比之,无怪乎新文学者,高声打击,称为病文学,死文学也。

普通作词之弊,多由于用物太多(多用实字)之故,由于花草风月,鳞虫鸟兽,日及耳目之间,溺之而不自知觉也(亦有才学较浅之人,以此字类,充填篇幅)。夫人生生活之间,触于心者,事也,触于耳目手足之相接者,物也,人能知耳目手足之接触,日取诸物而材料,不知万物之灵,灵在我心之接触,日取诸我之可珍,同一笔墨，同写文章，抑何宝珠玉者，不知我之体肤，我之心灵，较珠玉为尤贵也。

大凡词之为艺，纯取法外本领，一方面步矩引规，一方面大刀阔斧，以辞为纬，以意为经，纵横之处，皆以神气贯注，一切字句法律之不纯，不必正眼视之，习之既久，强奴不能压主，自无格格不入之律韵也。

《双白龛词话》

【出处】 载《雄风》第2卷第2期(1947年)，《茶话》第23期(1948年)。

【作者小传】 蒙庵，即陈运彰，见前。

【内容提要】 词话涉及宋词家评点、清词家评点、如何作词以及民国词事。

宋词家评点如："碧山词与山中白云较，信为劲敌，叔夏之流美，圣与之凝练，为草窗、山村所不逮。其弊也，乃病滑与琢，两家别集，慎加抉择"，"龙洲词于宋人中，未为上乘，其横放杰出之才，要不可厚非。孺复为元代词人，亦卓然名家"。而对唐五代艳词的描述云："五代北宋之艳词，其骨体，其意挚，愈朴愈厚。南宋之作，不免刷色，自此以降，徒以倖色揣称为能事。"

清词家评点如："次仲填词，守律最严，于词虽不专主一家，而深解音律，其微尚固与白石老仙为近也。""清人词之所以不及五代北宋者，以其看得太正经，又一面则太随便也。”

如何学词：“初学为词，以不看论词之书，为第一要义。”“学词要从相信自己起，不相信自己止。填词要从不学古人起，能学古人止。”

词话引用词学资料篇幅较大，如引《乐府指迷》、凌廷堪论词之语、《蕙风词话》、湘绮楼日记、宋征璧论词之语、尤侗论词之语，在引用的基础上深发。

词话于民国词坛略有涉及，评朱祖谋词与况蕙风词论。对于彊村词则引用其学词经历，以王鹏运的启蒙为主，及关注《宋词三百首》，如论述《宋词三百首》的版本，并作了几则校记。

【内容摘录】 以婉曲之笔，达难言之情，以寻常之语，状易见之景。此闺襜中人，所独擅其长。其病也，或患于浅，或伤于薄。然情真则语挚，意足乃神全。是语益浅近，而愈觉其深厚，景至平庸，而不确其韶秀，要本出之自然，不假雕琢，斯为得之。此唯漱玉词近之，世以幽楱居士与之并称，非其偶也。

曩侍临桂先生坐。一日，先生忽谓予曰：“欲作词，须读古人词五千首，然后下笔。”当时未尝不惊怖其言，若河汉也。由今思之，始恍然而叹曰：嗟乎！此先生不惜心法传授者，政复在此。差幸不误落尘网中，端赖受此头一棒。试问：从古至今，何曾有五千首可供我读之佳词，即读得五千首佳词，又有何用？默察世趋，则此五千之说，尚嫌其少。何则，不如是，不足以语别白是非也。“读十赋然后能赋”与“说法四十年，未曾道著一字”同一义理。要悟到此境，方合分际。

涪翁词正是词家正脉，其为秀师所诃之语，特饰辞为其作诗高位置耳。

柯山存词不多，如《风流子·亭皋木叶下》一首其意境当在少游之上，既选而复删之，何也？

《宋词三百首》所选诸家仅存一、二首而屡见于宋人总集者，似可不录。

岳忠武"怒发冲冠"一阕，自是天地正气，不当以文辞论，若"词以人重"计，何不易以小重山。

觉翁是彊丈瓣香所在，故所选为最多，宜泄宗风，正复在兹，特恐索解人不得耳。

（以上数则《宋词三百首》校记）

【学界研究】张璋《历代词话续编》收录；孙克强整理，载《文学与文化》2012年第1期。

《宋词漫释》

【出处】载《中兴周刊（青岛）》1947年第7期。

【作者小传】魏明经（1912－?），河南邓县（今邓州）人。第二次北伐时期担任冯玉祥第二集团军文职人员，1941年（西南联合大学时期）北京大学历史学硕士研究生毕业（导师汤用彤教授），曾任山东师范大学教授。

【内容提要】文章释词之前，作者先论对词体的认识，如："词是诗的自由化，解除了诗的形式上的束缚"，"诗是封建时代田园诗人所作，重自然，冲穆，所以是老人气”，“词则封建时代闺阁气很浓，主沉郁恬静，是小姐气”，这些评论虽有商榷之处，却也抓住了词的特质。“明末的小品文玲珑精巧，乃是种散文诗，便是竭力采用诗尤其词的意境和修辞的结果”，这种观点有新意，是对词美的推崇。作者对于最美好的词有自己的看法：“最好的词是美而慧，静而渊默，灵巧别致，生动有机智。虽然有点沉郁，但实在是一种悠远的含蓄的情调。”

文章主要释词五首，王观《卜算子》（水是眼波横），苏东坡《卜算子》（缺月挂疏桐），王安石《菩萨蛮》（数间茅屋闲临水）、《浣溪沙》（百亩庭中半是苔），黄庭坚《清平乐》（春归何处）。作者对五首词的解释使用了解题、释义、解字、词的总体解读等几个步骤。解题即解释作者、词的背景，如第一首词解题“王冠号通叟，有《冠柳集》，以高于柳永也。这首词是送行时所觉所想，是送他的朋友鲍浩然往湘东去时作的”，在解字方面注重诗词联想，在解第一首“赶上春”“和春住”的用法时联想了“多愁只有春庭月，犹为离人数落花”、“唯有楼前水，应念我终日凝眸”、“不知红杏犹解嫁东风”来说明物的人格化。对王安石《浣溪沙》的整体解读“此章意境悠然，文字轻松，白描之中夹以想象极自然有高人风致”。无论选词还是解读，都体现了作者“美而慧，静而渊默，灵巧别致”的追求。

《谈词及词人》

【出处】载《正气》第1卷第4期,1947年。

【作者小传】君明,不详。

【内容提要】词话前言首先谈了几个问题:(一)词的定义,回顾了词史上的种种定义,采用近人孙俍工的观点:“词是采乐府之音,制造新律,而填入有意义的文字。”(二)词之产生时间。作者认为词产生于盛唐,当时的曲调如《何满子》《南柯子》《念奴娇》《百字令》《忆秦娥》等即成了后来的曲调。(三)词的体制从小令到慢词。(四)词的题目。(五)词调名的产生。

其次叙述词史:(一)唐代词史。词起源于盛唐,成于中唐,全备于晚唐。列举了唐代词人李白、白居易、温庭筠,先列词人小传,后列词。如白居易举其《长相思》(泗水流)、《忆江南》(江南好,风景旧曾谙),温庭筠列举《菩萨蛮》(水精帘里颇黎枕)、《更漏子》(柳丝长,春雨细),认为温庭筠是唐代词人的领袖人物。(二)五代词史。作者以诗喻云:“词有唐代,如诗之有六朝;词有五代,如诗之有初唐;词有北宋,如诗之有盛唐。”词人首列中主李璟,录其《摊破浣溪沙》(菡萏香销翠叶残),其词不在后主之下;录李后主《玉楼春》(晚妆初了明肌雪)、《临江仙》(樱桃落尽春归去)、《浪淘沙》(帘外雨潺潺)、《虞美人》(春花秋月何时了),词话按照时间顺序对词进行了简单的解释;录韦庄《菩萨蛮》(红楼别夜堪惆怅)，词话评其为西蜀代表词人，其词“似直而纡，似达而郁”；录冯延巳《蝶恋花》(庭院深深深几许)，评其词天才不及后主，但是工夫不在后主之下。(三)北宋词史。北宋词之所以发达，作者认为一是北宋国家承平，二是词本身的发展阶段到了成熟时期。词话认可的北宋词人有一百六十余人。录欧阳修《浣溪沙》(堤上游人逐画船)、晏幾道《临江仙》(梦后楼台高锁)、柳永《雨霖铃》(寒蝉凄切)、苏轼《水调歌头》(明月几时有)、秦观《满庭芳》(山抹微云)、贺方回《青玉案》(凌波不过横塘路)、周清真《满庭芳》(风老莺雏)。在诸多词人中，对清真词推崇备至，词话评曰：“北宋词至清真，可谓集词之大成，他的词富艳精工，前收苏秦，后开姜史，自有词以来，不得不推为巨擘。他的小令以警动胜，较飞卿意态浓，慢词亦善铺叙，不在柳下，其言情体物，穷极工巧，故不失为一流作者。”(四)南宋词史。词话认为虽然南宋名家不少，也多达一百七十余人，但是质上差了一点。在诸多词人中，词话推崇辛弃疾，“他沧桑之感甚多，发为词章，很耐人寻味”，录辛词《踏莎行》(夜月楼台)、《破阵子》(醉里挑灯看剑)，认为豪放处过东坡，浑成处又不及东坡。录姜夔《暗香》(旧时月色)，评曰：“放旷清虚胜人。”录吴文英《唐多令》(何处合成愁)，评此词“已超脱了南宋气色，直追北宋了”，评梦窗总体特点：“学周美成不及美成的佳妙，学屯田不及屯田的浓艳，不过他的精于造句，词成一片清空气派，又为南宋词人所不及。”录周密《高阳台》(小雨分江)，评草窗词“新意妙语”，录王沂孙《无闷》(阴积龙荒)，评曰：“其实碧山的词，闲纵有刚劲的句法，也不免要带一点粗气，此不及辛、姜之处。”录张炎《高阳台》(接叶巢莺)。(五)金元明词史。首先词话认为“词至金元明，是词的中衰时期”，金代录吴激《人月圆》（南朝千古伤心事）、元好问《临江仙》（今古北邙山下路），评遗山词云“善于用事，精于炼句，但于纵横超逸处不及苏辛，骚雅清虚处又不及姜、吴”，元代词录张翥《摘红英》（莺声寂），明代录刘基《小重山》（月满江城秋夜长）、王世贞《玉蝴蝶》（记得秋娘家住）。（六）清代词史。“清代词无论在数量上还是质量上都超过了金元明的总和”，但是仍然赶不上南宋与北宋。录纳兰性德《浣溪沙》（谁道飘零不可怜），陈维崧《虞美人》（无聊笑捻花枝说）、朱彝尊《浪淘沙》（衰柳白门湾）、厉鹗《眼儿媚》（一寸横波惹春留）、彭羡门《柳梢青》（何事沉吟）、项鸿祚《水龙吟》（西风已是难听）、蒋春霖《木兰花慢》（泊秦淮雨霁）。（七）女词人。李清照《凤凰台上忆吹箫》（香冷金猊）、《武陵春》（风住尘香花已尽），朱淑真《谒金门》（春已半）、《减字木兰花》（独行独坐），魏夫人《菩萨蛮》（溪山掩映斜阳里），马湘兰《蝶恋花》（阵阵残花红作雨），徐灿《永遇乐》（无恙桃花），席佩兰《苏幕遮》（绿阴深）。

关于金元明词的衰败，是因金元本身文化程度不高，明代又是以八股取士。对于清词不及宋词，词话认为一是文字狱的影响，二是词人喜欢取法南宋，取法乎下。对于当时民国词不振的原因，作者认为一是音律的原因，学校当时不教音律，且又受到西方音乐教育的影响。二是新文化运动的影响，学文言的少了，学填词就更少了。

评词特点：作者先征引正反两方面的评价，然后词话给出客观的评价。在对北宋词人贺铸的评语中，先云：“张文潜极称他的词为妙绝一世，盛丽如游金张之堂，妖冶如揽墙（嫱）施之祛……

但是王国维则说，北宋名家，以方回为最次……”后评曰：“他的词可与小晏、屯田并论，当不及周、秦。”

《谈六州头歌》

【出处】载《文潮月刊》第2卷第6期，1947年。

【作者小传】施蛰存（1905－2003），原名施德普，字蛰存，常用笔名施青萍、安华等，浙江杭州人。著名文学家、翻译家、教育家，华东师范大学中文系教授。1923年考入上海大学，后转大同大学、震旦大学。1932年起在上海主编大型文学月刊《现代》并从事小说创作，是中国最早的“新感觉派”的代表。1937年起，相继在云南大学、厦门大学、暨南大学、大同大学、光华大学、沪江大学等校任教。1952年调任华东师范大学教授。

【内容提要】文章先从音乐角度论述六州歌头，然后征引词作。首先释名，六州者乃唐代西边州名：伊州、凉州、甘州、石州、氐州、渭州。歌头乃是大曲或法曲中的一段。引《容斋随笔》《碧鸡漫志》证实唐代六州均有大曲。次则介绍大曲构成：第一部分为散序，第二部分为排遍，第三部分为入破以下至煞衮。《六州歌头》乃是六州大曲中之排遍一阕，而此种音乐风格适合搬演史实，因此《后山居士诗话》《演繁露》说宋时词人以此曲吊古伤咏已成为风气，文章引张孝祥《六州歌头》（长淮望断）、刘过《六州歌头》（中兴诸将），最后引民国词人顾一樵用《六州歌头》吊拿破仑墓者结尾。

《无庵说词》

【出处】载《文学》1947 年第 1 期。

【作者小传】詹安泰(1902－1967),广东潮州人,著名古典文学学者、文学史家和书法艺术家。1924 年开始学填词,1938 年起任广州中山大学教授,一生从事古典文学研究和教学,尤其精于诗词的研究、创作。日本学者有"南詹北夏,一代词宗"的评誉。著有《詹安泰词学论稿》《詹安泰词学论集》《詹安泰古典文学论集》等。

【内容提要】词话主要分为三个部分:第一重视令词,首尾呼应。开篇即说"令词最重情意","令词不可立意取巧","令词非铺叙之具";结尾处则将令词与慢词对比,"令词易纤,慢词易滞","令词不难于浓艳而难于凝重,慢词不难于铺排而难于顿宕"。

第二阐述重、拙、大。"以重、拙、大而言,南唐二主及冯正中词实过《花间》",但是与常州词派推崇词家不同:"常州词人主重、拙、大而高抬飞卿,殆不可解。"常州词派从张惠言开始重视温庭筠词,尤其阐述其《菩萨蛮》十四章,詹安泰则推崇南唐二主及冯延巳词。对冯延巳词推崇不止一处:"重、拙、大为作词三要,固也;然轻清微妙之境界亦不易到,因此等境界,不容不用意,又不容大着力也。冯正中'风乍起'词,深得此中三昧。"

第三,点评知名词人。点评花间集及两宋词人。花间词人除了上文的冯延巳词外，对于孙光宪词也给予了肯定："花间词派，孙孟文是一大家，与温、韦可鼎足而立……宋人张子野、贺方回均由孙出，张得其意，贺得其笔，故贺犹逊张一筹。"所评点两宋二十位著名词人，有范仲淹、欧阳修、张子野、柳永、苏轼、秦观、晁无咎、黄庭坚、周邦彦、张炎、滕宗谅、李清照、陈师道、辛弃疾、姜夔、朱希真、范成大、史达祖、吴梦窗、王沂孙，其中对于柳永词、苏轼词、辛弃疾词评点较多。"词至东坡（苏轼），境界最大，取材最广，可以发抒怀抱，可以议论古今，其作用不亚于诗文，盖至是而词体乃尊矣。"此段评论乃词史主流。"读东坡词多，不唯可以扩胸襟，开眼界，于慢词驱遣驰骤之法，亦大有裨益。"借以谈论慢词词法，金针度人。

词话具有很高学术水准，夏承焘曾于 1947 年 9 月 23 日收到詹安泰寄送的《无庵说词》，在日记中说："接詹祝南《无庵说词》一册，在中山大学讲词笔记。得暇拟亦写一编，恨无深入超出独见耳。"

【内容摘录】令词非铺叙之具。写令词不可立意铺叙，须立意精炼；精炼而觉晦昧时，则当力求自然。精炼而能出之以自然，则进乎技矣。古来令词之精炼无过飞卿者，试读飞卿词，有不自然之句不？温词最丽密，人惊其丽密，遂目为晦昧，失之远矣。

宋以后学东坡词者大率走稼轩一路，稼轩固不能与东坡例视也。武进张皋文不以学苏自命，所作《水调歌头》乃真神似东坡，因知此事自有解悟，非可点滴以求也。

淮海词，不慑不怒，不茹不吐，其音和，其气静，其神穆，而深入浅出，情味浓至，读之令人低徊不尽。周止庵谓其逊清真之辣；又病其少用重笔，殆非真知淮海。不辣不重，而正其所以为淮海也。

亵诨之作，山谷、耆卿均喜为之。唯耆卿体贴入微处用常语便得，山谷则非运用俗语方音不成，此固可见山谷之好奇，要之。对此等事之描绘，山谷究非耆卿敌手。

【学界研究】张璋《历代词话续编》收录；学界有《试论詹安泰的〈无庵说词〉》，《韩山师范学院学报》2008 年 1 期。

《燕柳词话》

【出处】载《申报》，1947 年 3 月 24 日。

【作者小传】阿龙，不详。

【内容提要】词话一则，韦庄爱姬为蜀主王建所夺，韦庄赋《荷叶杯》（记得那年花下），爱姬见词绝食而殉情。杨偍《古今词话》和蒋一葵《尧山堂外纪》对词都有记载，所以该词话为改写前人作品。按夏承焘《韦端己年谱》考定韦庄留蜀时，年已七十左右，故杨、蒋之言不足信。

1948

《词林语丝》

【出处】载《上海洪声》1948 年第 5—8 期。

【作者小传】红豆轩主人,不详。

【内容提要】词话分为两部分,一谈论词之作法,如:"小令易学而难精,长词难学而易精,如诗之难于无言绝句。""词贵于悲郁中见忠厚,悲怒中而见激烈。""词忌质实,盖质实则灵感尽失,但过于清空,则流于滑,填词诚非易事也。""诗忌言理,词尤忌。"均短小而精悍。二是评词人。如评晏幾道《鹧鸪天》(彩袖殷勤捧玉钟)"风度闲雅,词情婉丽"。评秦观、苏东坡"少游新诗似词,东坡小词似诗"。周邦彦《二郎神 · 七夕》词"能融会咏事之旨，而不着痕迹”[①]，白石小令《点绛唇·丁未冬过吴松作》“通首只写眼前景物，唯感时伤事，在末结句，只用‘今何许’三字提倡，再‘凭栏怀古’下，仅以‘残柳’五字，咏叹了之，全在虚处，寓无穷哀感”。

《客窗漫谈》

【出处】载《湘桂黔旬刊》第3卷第4、5期，1948年。

【作者小传】冬父，不详。

【内容提要】词话主要为李后主《破阵子》词辩解。以往词史上皆以此词贬斥后主，作者先从李后主之性情风格进行阐述，为辩驳作铺垫，认为李后主于父母、兄弟、妻子、臣民皆有深厚感情，因此是一位至情之人。引《饔膳闲评》加以反驳，认为此词非后主作。又引刘永济、任二北先生言论，申论此词非后主手笔。最后总结道：“无论在当时或事后，都可断非后主所作，而且他的一生所作的词在炼句的技巧上，和自然吐露的风格上，也和这首词不类。”

---

① 《二郎神·七夕》（算谁在、回廊影下），词话认为是周邦彦作，实为柳永作。

《诗词闲话》

【出处】 载《上海洪声》1948 年第 4 期。

【作者小传】 晞云,不详。

【内容提要】 闲话四则,两则谈词,内容短小,如:“诗词均多有句似以理不可解者”,如“双鬓隔香红,玉钗头上风”;“诗词结句,多取有余不尽之意”,如“归骑晚,纤纤池塘飞雨,断肠院落,一帘风絮”。

1949

《纫芳簃说词》

【出处】载《永安月刊》总第118期,1949年。

【作者小传】陈运彰,见前。

【内容提要】词话共有八则,作词话缘由开篇即叙:"十数年前,曾作《词述》一卷,杂叙声家雅故,词籍源委,间抒臆见,或事目论,随笔抒写,都无诠次。……或订旧制,别标新意,庶几他日更为论定。"可见,词话是原先旧作的修订本。

词话主要探讨清词的特点,如谈清代词派,作者依据词选而分,如王渔洋《倚声集》、朱彝尊《词综》、张惠言《词选》、周济《词辨》、谭献《箧中词》;朱祖谋得王半塘指点,研习清词六家"梁汾""珂雪""樊榭""稚圭""忆云""鹿潭";评论《词莂》选词;对于清词创作规律，词话总结说："清代二百数十年，词格屡变，每变而益高，而门户逾多，党争遂起，一派之兴，亦各主持数十年，彼非一是非，尚不知其所属也。"引赵执信、李良年词，认为清初词家喜掉书袋，赵词用诗疏，李词引孝经纬。最后引周密《西湖十景》词序言，谈论填词守律的问题，作者认为周密已不能守律，现在旧谱既亡，诸家争论"徒具其说而已"。

【内容摘录】清代词派，凡更数变，可就当时撰录觇之，若王渔洋、邹程村之《倚声集》，朱竹垞、王兰泉之《词综》，皆属别出手眼，能使古人就其模范，一时风气，为之丕变。张（惠言）董（士锡）结集，切箴时弊，实奠常州词派之始基，而周（济）潘（德舆）乃首为发难，《词辨》之选，即其帜志，介存自云"全稿厄于黄流者"，乃是饰辞，观其拟目，则"正""变"两卷，俨然与张、董为敌国，其他琐琐，乃不足论矣。复堂于光绪初元，主持风雅，最为老师，《箧中》之集，《词辨》之评，亦此志也。然一派之盛衰，其是非利钝，乃行之久蹔，则时代为之，有非大力者所能左右矣。

【学界研究】杨传庆：《民国词话四种说略》，《古典文学知识》2013年第5期。

《香宋词读后》

【出处】载《风土什志》第2卷第5期，1949年。

【作者小传】潜庵，不详。

【内容提要】词话为对赵尧生[①]《香宋词》的评点。词话首叙版本信息,“香宋词一册,三卷,长短调凡三百首,民国七年成都刊刻,为赵尧老所著诗词唯一刊本”。然后对其词作进行解读,首先是反映时事的词作进行解读如《倾杯乐》(蜗角军声)刺袁世凯称帝,《莺啼序》感民国四年滇军警,民国的多灾多难使他怀念清朝,如《法曲献仙音》《望海潮》《西江月》《三姝媚》等表现遗民思想。另一类则是咏物之作,作者认为“盖咏物之作,不贵其工,而贵有寄托,寓物写志”。《香宋词》的咏物之作分为两类,一类咏风琴、银耳、洋婆子、茅台酒等“了无意趣”,另一类咏花影、白秋海棠、绿菜“堪称佳作”。

最后评价赵尧生词史地位,云:“尧老之词,就此集言,几全为长调,结体健密,出语质实,偶有郁勃沉厚之音,而少疏宕空灵之趣。”对于清真、稼轩、白石、梦窗四家词之优长,尧生虽极力学习,但“门墙未逮”。词话认为不能与同时代郑叔问、朱祖谋等词人并列。

【学界研究】《赵熙香宋词的题材特点初探》,《河池学院学报》2009年第3期。

---

① 赵尧生(1867－1948),名赵熙,字尧生,号香宋,四川荣县人,清末民国著名诗人、词人、书法家。

《无所任庵词话》

【出处】 载《大地周报》1949 年第 29 期。

【作者小传】 竹庵，不详。

【内容提要】 其内容为两则，第一引况周颐《玉梅词话》如何填词之论述，又评曾今可“解放词”无大成就。第二引《耆旧续闻》录李后主词两阕，一为《临江仙》（樱桃落尽春归去），二为《虞美人》（春花秋月何时了）。宋太宗见词以毒药毒死李煜，词话评李煜“以生命殉词第一人”。

主要参考文献

著作

上海图书馆编：《中国近代期刊篇目汇录》，上海：上海人民出版社，1965－1985年。

夏承焘：《天风阁学词日记》，杭州：浙江古籍出版社，1984年。

浦江清：《浦江清文录》，北京：人民文学出版社，1989年。

冒广生：《冒鹤亭词曲论文集》，上海：上海古籍出版社，1992年。

马兴荣、吴熊和、曹济平等编：《中国词学大辞典》，杭州：浙江教育出版社，1996年。

严迪昌编：《近代词钞》，南京：江苏古籍出版社，1996年。

俞平伯：《读词偶得·清真词释》，北京：人民文学出版社，2000年。

蔡鸿源主编：《民国人物别名索引》，长春：吉林人民出版社，

2001年。

张寅彭主编:《民国诗话丛编》,上海:上海书店出版社,2002年。

孙克强编:《蕙风词话、广蕙风词话》,开封:中州古籍出版社,2003年。

朱惠国:《中国近世词学思想研究》,上海:华东师范大学出版社,2003年。

上海图书馆编:《上海图书馆馆藏近现代中文期刊总目》,上海:上海科学技术文献出版社,2004年。

朱德慈:《近代词人考录》,北京:中国社会科学出版社,2004年。

唐圭璋编:《词话丛编》,北京:中华书局,2005年。

张璋编:《历代词话续编》,郑州:大象出版社,2005年。

徐友春:《民国人物大辞典》,石家庄:河北人民出版社,2007年。

杜海华编:《二十世纪全国报刊词学论文索引》,北京:北京图书馆出版社,2007年。

姚鹓雏:《姚鹓雏文集》,上海:上海古籍出版社,2008年。

刘梦芙编选:《二十世纪中华词选》,合肥:黄山书社,2008年。

龙榆生:《龙榆生词学论文集》上海:上海古籍出版社,2009年。

刘梦芙编:《近现代词话丛编》,合肥:黄山书社,2009年。

谭新红:《清词话考述》,武汉:武汉大学出版社,2009年。

朱崇才编：《词话丛编续编》，北京：人民文学出版社，2010年。

谭正璧：《谭正璧学术著作集》，上海：上海古籍出版社，2012年。

屈兴国编：《词话丛编二编》，杭州：浙江古籍出版社，2013年。

葛渭君编：《词话丛编补编》，北京：中华书局，2013年。

任中敏：《任中敏文集》，南京：凤凰出版社，2014年。

陈水云：《中国词学的现代转型》，北京：社会科学文献出版社，2016年。

杨传庆、和希林：《辑校民国词话三十种》，台湾：花木兰文化出版社，2016年。

陈匪石：《宋词举（外三种）》，上海：上海古籍出版社，2016年。

赵尊岳：《赵尊岳集》，南京：凤凰出版社，2016年。

陈去病：《浩歌堂诗钞》，上海：上海古籍出版社，2016年。

曹辛华：《民国词史考论》，北京：人民出版社，2017年。

龙榆生：《龙榆生杂著》，上海：上海古籍出版社，2017年。

王熙元：《历代词话叙录》，台湾：中华书局，2018年。

论文

钱鸿瑛：《评〈海绡说词〉》，《文学遗产》2007年第3期。

柯文博：《林憾：一位不该忘记的编辑和作家》，《闽台文化交流》2009年总第18期。

詹杭伦:《论徐棨〈词通〉及其词学》,《文艺研究》2011 年第 6 期。

孙克强、和希林整理:《纗兰堂室词话》,《文学与文化》2011 年第 4 期。

傅宇斌整理:《红藕花馆词话》,《词学》2012 年 6 月。

孙克强整理:《双白龛词话》,《文学与文化》2012 年第 1 期。

郑海涛、赵欣:《姚华词曲观刍议》,《文学评论丛刊》2013 年第 2 期。

孙克强、和希林整理:《双凤阁词话》,《文学与文化》2014 年第 4 期。

孙克强、和希林整理:《词学讲义》,《南阳师范学院学报》2016 年第 10 期。

和希林整理:《西溪词话》,《词学》2017 年 12 月。

邱美琼、刘雨婷:《谭觉园〈觉园词话〉词学思想探论》,《湖南大学学报》2018 年第 5 期。

胡建次、王育涵:《〈沤庵词话〉词学思想探论》,《南京师范大学文学院学报》2018 年第 1 期。

邓骏捷:《民国词人冯秋雪的创作及其地位》,《中国韵文学刊》2018 年第 4 期。

孙克强、孙文婷整理:《读〈闺秀百家词选〉札记》,《文学与文化》2019 第 2 期。

邱美琼,刘雨婷:《谭觉园〈觉园词话〉词学思想探论》,《湖南大学学报》2018 年第 5 期。

和希林整理:《晚清民国词话两种》,《古代文学理论研究》第四十二辑。

和希林整理:《先施乐园报载词话五种》,《古代文学理论研究》,第四十五辑。

和希林整理:《小时报载词话五种》,《古代文学理论研究》,第四十六辑。

(说明:本书所征引之民国报刊名称及日期已在前文列出,在此不一一注明。)

图书在版编目(CIP)数据

民国报刊词话叙录/马强著.—桂林：广西师范大学出版社，2020.11
ISBN 978-7-5598-3195-8

Ⅰ.①民… Ⅱ.①马… Ⅲ.①词话(文学)-诗词研究-中国-民国 Ⅳ.①I207.23

中国版本图书馆CIP数据核字(2020)第172519号

民国报刊词话叙录
MINGUO BAOKAN CIHUA XULU

出 品 人：刘广汉
责任编辑：魏 东
助理编辑：罗 兰
装帧设计：王鸣豪

广西师范大学出版社出版发行
(广西桂林市五里店路9号　　邮政编码：541004
网址：http://www.bbtpress.com)
出版人：黄轩庄
全国新华书店经销
销售热线：021-65200318　021-31260822-898
山东韵杰文化科技有限公司印刷
(山东省淄博市桓台县桓台大道西首　邮政编码：256401)
开本：690mm×960mm　1/16
印张：23.5　字数：250千字
2020年11月第1版　2020年11月第1次印刷
定价：108.00元